漱石の居場所

日本文学と世界文学の交差

安倍オースタッド玲子 *Reiko Abe Auestad*
アラン・タンズマン *Alan Tansman*
キース・ヴィンセント *J. Keith Vincent*
編

漱石の居場所

日本文学と世界文学の交差

岩波書店

はじめに——漱石の世界性

安倍オースタッド玲子
アラン・タンズマン
キース・ヴィンセント

今から百年以上も前、『文学評論』の序言で夏目漱石は自己のローカルな見地にとどまりながらも文化や言語の境界を越えて広く読むことの大切さを強く訴えた。「しからば吾人が批評的鑑賞の態度を以て外国文学に向う時は、如何にしたらよかろう」と問い、漱石は次のように答える。

西洋人と反対になるという事が、強ちに自己の浅薄という事の証明にはならない。これを浅薄と考うるのは今の世の外国文学を研究する者の一般の弊であって、吾人は深く省みて或程度までこの弊を矯正しなくてはならん。アストンが『日本文学史』を書てもチェンバレンが日本の文章を評してもやはり英人の見地からするのであってこれが正当なる批評である。……趣味を以て判断すべき以上は、自己の趣味の標準を捨てて人の説に服従するという法はない。……趣味がなくなる以上は外国文学は無論のこと、自国の文学さえ批評する資格がなくなった者といわねばならぬ。

（『文学評論（上）』岩波文庫、四六—四七頁）

ここで漱石は西洋の批評家による自国文学の理解の優位性を否定する。日本の読者には彼らなりの「自己本位」の外国文学理解があるはずだ、ということだ。イギリス留学から戻ったあと東京帝国大学で講じた英文学概説で、漱石は「彼等の如き過去を持たず、過去の因縁に束縛せられない吾々は、英国人の如く不自由ではない」とまで語っている(漱石『英文学形式論』)。言ってみれば、英国人の如く「束縛せられない」日本の読者は自らの批評の伝統や前提による、新鮮な視野から読むことができるのである。

これは無論、反対に言えば、日本の批評家も自国の文学を読む際に特に優位である訳ではないということだ。西洋と日本の批評家それぞれの視野が単に違うだけであり、どちらかに特権が与えられているのではない。この信条は漱石の本質論に陥らない歴史的な特異性を持ったナショナリティー理解と呼応していると言えよう。『文学論』で漱石は心理学者ロイド・モーガンに拠って波のような意識の流れを三つのレベルに分けて捉え、かの有名な(F＋f)の公式を編み出した。一刻、個人の人生における一時期、そして社会進化の一時期である。最初の二つが一緒になって三つ目を形成し、一つの世代全体に共有されるような姿勢または態度に発展する――これは、文脈によっては「国家」とも呼ばれ得るものを内包する。この公式は、読者の反応を個人のレベルのみでなく、社会のレベルにおいての人生経験に照らし合わせて説明する。それによって、漱石は、文化や国民文学の伝統を尊重しながらも、本質論的な理解の罠を避けることができたのである。

言い換えると、批評家のナショナリティーがすべてを決定する訳ではないが、漱石にとって批評家がどこから来たのかは重大な問題なのだ。要はどこか卓越した視点からではなく、どこかの誰かとして読むべきだということだ。ここで漱石が提案するローカルに根ざした読者としてのスタンスは、彼を世界的な作家にしたと私たちは信じる。

漢文の教養を備えた最後の世代の学者として、また俳人、写生文家、小説家、そして英文学者としての漱石の作品はジャンルにおいても多岐にわたっており、芯から多言語的（ポリグロット）であった。しかし漱石は、誕生しつつあった世界文学の周縁に位置する作家だったが故に、そのシステムの構造的な不均一さにも気がついていた。漱石はたまたま日本の作家だったわけだが、それはローカルな一国民の言葉を使って、コスモポリタンな言語を創り出さねばならない運命にあったことを意味した。日本の「近代」との出会いをグローバルなジャンルである「小説」という形式を「借りて」描き出し、それによって、「近代」も「小説」も批判し、革新し、異化することができたのだ。このすべての意味で世界作家であったといえる漱石の作品は世界文学の視野から読み直されて然るべきで、しかも、そのような努力に応えてくれる何かを兼ね備えているのである。

プロットに依拠するタイプの小説に比べて、漱石の作品は必ずしも私たちが何に関心をもつべきかについて明確にしないことが多い。しかし、知らずしらずのうちに、私たちは読み続け、登場人物に感情移入し、その読みのプロセスについて考えさせられる。ある感情の束から何かまとまった意味が読み取れそうだと思うとすぐに、それが中断されたり、方向が変わったり、消えたりしてしまう。このように、定まった意味や読みを読者に強いないところが、漱石のいう「余裕」なのではないか。この「余裕」のお陰で漱石の作品はある一定のイデオロギーの潮流にはまることなく、その世界をさりげない現実味をもって巧みに描き出すことができたのではないか。これが一世紀以上も経った今でもなお彼の小説が古く感じられず、世界の読者たちが漱石の登場人物を誰か知っている人たちに似ているように思える所以かもしれない。

『こころ』の朝日新聞初連載から一〇〇年記念の二〇一四年春に、北アメリカ、ヨーロッパ、アジアからの研究者たちがアン・アーバーのミシガン大学に集い、漱石についての大規模な学会が開催された。(1) “Sōseki's Diversity”（漱石の多様性）と題されたこの学会は、私たちの知り得る限りでは日本以外で開催された漱石に関する学会でも類をみない規模のもので、三日間にわたり九つのパネルと二つの基調講演から成るものであった。基調講演者は『明暗』の新しい翻訳が終わったばかりのジョン・ネイサンと、小説家多和田葉子であった。

一年後の二〇一五年五月にカリフォルニア大学バークレー校で学会参加者の何人かが集まり、ミシガンで発表したエッセイを修正するワークショップが催された。その中からいくつかのエッセイを選び、さらにもう一度校訂と日本語翻訳の過程を経て、この論集に収められることになった。漱石没後一〇〇周年にあたる二〇一六年のほとんどをこれらのエッセイの校閲や翻訳に費やし、ついに二〇一九年に晴れて岩波書店からこの論集を出版できることとなり、私たち編者一同にとっては大変喜ばしいことである。

このプロジェクトの主宰者として、エッセイの選択についてはこれまでの固定概念にとらわれないように留意したつもりである。ミシガンでの論文発表申し込みの呼びかけはネットでオープンに行い、その中から多様さをサンプルする形で論文を選んだ。全体として、ここに収めた論文は、日本文学研究の現状について、そしてまた、なぜ漱石が今なお世界の関心を惹きつけられる作家であり続けるのかについて、多くを語っていると言える。

ミシガンの学会で「漱石の多様性」というタイトルを選んだのは漱石文学の最も際立つ面、作品が引き出す多様多彩な読みにちなんでのことであり、解釈の多様な可能性は、今までに膨大な言葉と紙幅が費やされながらも新しい読みを生み続ける『こころ』に関する論文に、最も如実に現れていると言えよう。

ブライアン・ハーリーは、漱石の作品がどのようにして戸坂潤が「漱石文化」と呼んだその制度に取り込まれたのかを示す論文で、『こころ』の最も正典的な受容から論じ始める。戸坂を通して漱石を読みながらハーリーは、漱石の作品はイデオロギーにまみれた作品と無縁ではないことを思い起こさせ、同時に、力量ある明晰な批評で戸坂がそのメカニズムを暴き、制度を転覆させる過程を見せてくれる。その過程において「大きな」漱石が等身大に戻されていくのである。漱石を保守的な思想家として見る読み方は日本に限られていた訳ではない。ハーリーはその最初の翻訳者エドウィン・マクレランを含む、「冷戦」を背景にした新保守主義派の『こころ』解釈に、相当する読みがあることを指摘する。太平洋の両側にいる保守的な研究者たちにとって、『こころ』は規律が乱れ堕落しつつある近代で謂わば道徳の砦になるような小説と理解された。彼らにとって、一新聞小説である『こころ』が「論語」のような重みをもち、その主人公である先生にはほぼ宗教的な熱愛が注がれたのである。言い換えると、マクレランを通して、漱石はアメリカ保守主義の誕生にもほんの少し関与していたことになるのだ。マクレランの『こころ』訳は多くの英語圏の学者にとって漱石そして日本文学への最初の入り口だったのであり、日本文学を生涯にわたって読み続けようと思わせる魅力をたたえていた。私たち英語圏の読者もまた「漱石文化」形成のある部分に参与していたということである。

安倍オースタッド玲子はこのプロジェクトの期間に『こころ』と『明暗』についての論文を書いた。雑誌『文学』の漱石特集(岩波書店、二〇一四年一一・一二月号)に載ったエッセイでは、『こころ』を道徳の教科書からはほど遠い読みの可能性を秘めたテキストとして読む。遠い昔「情動」の混沌の中で経験したトラウマに満ちたある事件を、一世代若いナレーターに筋の通った道徳的な教訓として伝えることが先生の目的であったとしても、『こころ』の小説としての倫理的なパワーはそこにはなく、むしろその不可能性を暴くところにある、と。先生のプロジェクトの失敗こそがクィア理論と共振するような、既成道徳にとって代わる「新しいより寛容な人間関係の倫理」の可能性を示唆していると読む。

中川成美の論文も『こころ』を「道徳」ではなく、情動的な強度の現象についてのテキストとして捉える。漱石が拠りどころにしたウィリアム・ジェイムズの認識に先立つ身体的な情動の概念の説明から始め、『こころ』というテキストがいかに漱石のジェイムス的心理学理解の集大成であるかを論じる。この哲学的な背景を示しながら、『こころ』と市川崑による映画「こころ」との比較を行う。ハーリーが論じるマクレランの『こころ』の英訳が出版される二年前の一九五五年に公開された市川の映画では、理不尽で、純粋な情動としての「「死への傾斜」を漱石の小説の核心として読み取り、その映画の全編を「ある「死」のイメージに染め上げた」ことを解いていく。

ケン・イトウの論文はさらに新鮮な『こころ』の読みを提供する。九〇年代以降、イデオロギー評論が他のすべての可能な読みを侵食してしまったと批判するリタ・フェルスキーの最近の説を拠り所に、『こころ』の正典的な読みがいかにテキストの多様な可能性を閉ざしてしまったかを見せてくれる。イトウにとって『こころ』とは果てしなく新しい読みを紡ぎだす「変幻自在のテキスト」である。Kの幽霊であるかのごとく、話の種が尽きたと思うと同時に、『こころ』は再度生まれ変わって私たちの前に立ち現れてやまない。イトウの言うように、これは高校の教科書で極端に手足を切断された形になっても、である。

漱石で忘れてならないのは、小説の人間関係理解の上で一つの大きな軸となっているジェンダーである。この論集の中でもいくつかの論文が、それがテキストでどう機能しているかについて新しい洞察を提供している。女性の存在をほとんど無視する、極端にホモソーシャルな世界観から日本文学史上最も細やかで入念と評される女性描写を可能にする感性へと展開する軌跡を、漱石の小説家としてのキャリアに見究めることができる——お金や教育の配分が不均一な現実の世界で、力関係が女性の位置にどうかかわるかという問題を敏感に捉えた上での「女性描写」である。ただし、『道草』の語り手に自分のアルター・エゴである健三を容赦なく批判させているように、漱石はここで自分も含め権力をもった男たちがいかにその特権を譲りたがらないかについても極端に正直であろうとした——「自分は自分の為に生きて行かなければならないといふ主義を実現したがりながら、夫の為にのみ存在する妻を最初から仮定して憚からなかつた。「あらゆる意味から見て、妻は夫に従属すべきものだ」二人が衝突する大根《おおね》は此所にあった」(『道草』七一)。

男の頑固を知り尽くしていた漱石は自分自身のみならず読者にも男が変われるというロマンチックなファンタジーに甘んじる余地を与えない。『明暗』についてのエッセイで安倍オースタッドは、お延があこがれる観念的なロマンチック・ラヴや西洋の結婚イデオロギーは明治の現実においてはユートピア的でしかあり得なかったと主張する。そして同じような現実とのずれが漱石の「小説」というジャンルの実験にも跡を残している。それぞれ「異質な形式」であった「結婚をめぐるプロット」と「三人称過去形の語り」(ともに一八、九世紀近代リアリズム小説の重要な要素であった)が構造的な「亀裂」を生み、それが『明暗』という小説のユニークな「混合性」に寄与している。逆説的に言えば、『明暗』は、その形式的な「亀裂」故に、日本の近代化における複雑かつ特殊な歴史的状況を確実に捉え得たということだと主張する。(2)

明治が男女間の平等な愛を阻む構造的な障害があった時代であることを考えると、漱石の小説の中で真の友情もしくは愛は、対等な男同士にしかないという印象を受けるのも偶然ではないだろう。キース・ヴィンセントが主張するように漱石の子規との友情は、ホモソーシャルな一連の友情の中でも際立って意味のある、かけがえのない関係であったと言える。子規の死は長きにわたって、漱石のキャリアに深い影を落としている。ヴィンセントは漱石の、子規との友情が仲介した紫式部との「三角関係的」と呼べるような決定的な出会いに注目し、漱石の『源氏』理解が時間をかけて展開し、実をむすんでいく様子を追う。『源氏物語』のような「柔らかいだらだらした」和文より漢文を好んだことでよく知られる漱石が、実は『源氏物語』の大変丁寧な読者であったことを示す。ヴィンセントは『源氏物語』の「須磨」と漱石の『門』の十四章の間に並行して見られるモチーフを探りあて、漱石が最終的に紫式部から得たものは彼が作家として成熟して行くうえで非常に有意義であったとし、明治の男性作家の中でもいち早く、日本文学においてジャンルをジェンダー化する従来の規範を乗り越えることのできる作家になり得たのは暗に紫式部のお陰でもあったのだ、と示唆する。

『草枕』の那美は、男同士の関係が優勢な漱石の初期の小説の中では目立って現実味のあるいきいきとした女性像の例であると言える。しかし、ロバート・タックがエッセイで示しているように、お那美は「女装の男」としても読める。タックのエッセイではお那美と漱石の生徒であり華厳の滝に身を投げた藤村操、両者の響き合うさまを掘り起こし、漱石が藤村への哀惜の思いを「那美」の姿に重ね合わせることで乗り越えようとしていた可能性を示唆する。藤村のダブルとしての那美の発見は漱石の「日本文学の中の近代がますます男女間の愛を自然化することを前提としていくことに関する」捨てきれない懐疑、もしくは抵抗として読むことができる。しかしタックにとって、この懐疑は規範的な異性間の愛や性的慣習の批判というよりは、藤村の劇的な自殺や男たちの間に与えたショックとして結晶した、失ったホモソーシャルな世界への懐かしさの表象である。

クロス・ジェンダーのアイデンティティーは『草枕』に限られるわけではない。高橋ハーブさゆみの『三四郎』についてのエッセイでは、一七世紀の英国の女性小説家アフラ・ベーンに強く同一化する漱石の姿が見られる。高橋ハーブは、広田先生がベーンについて「職業として小説に従事した始めての女」だと言うなど、ベーンが何度も小説に登場してくることに注意を促す。英国でヴァージニア・ウルフによる再評価が起こる二〇年も前にベーンがそれ程の印象を漱石に残したことは、彼の優れた文学的感性の証拠と言えるだろうし、漱石のジェンダー意識の再考を促すものでもある。高橋ハーブが言うようにベーンの最も有名な小説『オルノーコ』――アフリカの王子が奴隷として売られる物語――に漱石が惹かれたのは、この物語そのものとベーンという女性作家の運命が、一つの帝国の中心にいながら、もう一つの帝国の端にいる漱石自身の複雑な立場に訴えかけるものであったからであろう。高橋ハーブの読みによる『三四郎』はドゥルーズとガタリが「マイナー」文学と定義したものの例に挙げられるだろう。それは私たちに未だ到来していない読者共同体を思い起こさせるものなのである。

漱石の日本帝国主義との関係が複雑であったとすれば、それは明治のエリートとして、南満洲鉄道会社の第二代の社長中村是公を含む、日本の海外での植民地活動で中心的な人物の多くと学友であったという事実と関係がある。アンジェラ・ユーが述べているように、漱石は是公の招待によって満洲に行き、その旅行記が『満韓ところどころ』として連載された。最近のポストコロニアルの研究者たちがこのテキストに漱石のアジア人や日本帝国主義に関する姿勢の根拠を読み取ろうとしているのに対し、ユーはこれを「政治批評を主とするジャーナリスティックな知的空間」でなく、「記憶と情緒に満ちた個人的・文芸的な空間」として読む。『吾輩は猫である』を思わせる「ユーモアに満ちた饒舌な調子」が目立つホモソーシャルなテキストでもあり、『草枕』を思わせるような自覚的に文学的なテキストでもある。ユーによると、『満韓』のこういった特徴——懐かしいホモソーシャリティーとその逃避主義的な審美学——は、一九〇九年の伊藤博文暗殺直後に目立った、ジャーナリズムの好戦的愛国主義から距離をとるためのものでもあった。言い換えると「政治家」や「科学者」に対する「芸術家」としてのスタンスであった。

アンドレ・ヘイグのエッセイは『門』にも同じように脱政治的な審美学が働いていると見る。宗助、お米、そして小六が夕食の際に伊藤博文の暗殺について触れているが、お米の「どうして、まあ殺されたんでせう」に見られるように受動態が使われている。彼らは韓国人の暗殺者について一度も触れずに会話を終え、伊藤の死と現在進行中の「韓国問題」とをはっきりと線でつなぐことに「積極的な無関心」を示す。ヘイグは、この「無関心」は他の批評家たちがこの場面に見出しているような、「植民地暴力」についての知識の「拒絶」とか「抑圧」でもない、違う何かであるとし、その「何か」をエッセイで追究する。

最後に一言、漱石の芸術的手腕について述べたい。この論集の数多くのエッセイが明らかにしているように、漱石を読み直し続けることの報酬の一つに、テキストの平穏な表面下に潜む漱石の言葉の妙技を発見する喜びがある。ミシガンでの学会の基調講演で、多和田葉子は独自の小説家の視線で、漱石の芸術性を吟味し、聴衆を漱石の「作家的無意識」の旅へと誘ってくれた。漱石というペンネーム(石で嗽《うが》いする人)から直接に掬い上げた石や水のイメージを漱石作品の中から次々と掘り起こす、スリル満点な旅であった。多和田は漱石のリアリズムに英文学評論家D・A・ミラーが漱石の大好きなジェーン・オースティンのスタイルに見出したのと似たものを発見する。リアリズム作家にしては意外なほどのテキストの表面を彩る言葉遊びや不思議なイメージの組み合わせである。多和田の漱石のように、ミラーはオースティンの文学に驚くべきモダニスト的な底流を発見する瞬間をこう描写する――「私たちが信じられない気持ちで目をみはる中、大文字の「文章」という御影石が崩れて、テキスト全体に散らばる、完全に意図的でもなくかと言って偶然でもなく思える軌跡をたどる「音」「意味」そして「文字」の砂礫となってはじける瞬間」である、と。

多和田が私たちに漱石の作品の表面下に潜む言葉の妙技を見せてくれるとしたら、ペドロ・バッソーのエッセイは彼の視覚的な芸術性を見せてくれる。バッソーのエッセイは漱石個人の「趣味」が彼の本の物理的な形にまで及び、それは漱石にとって作品をトータルに芸術として見ることを意味するのだと主張する。漱石の橋口五葉、中村不折や津田青楓とともにデッサンした本の装丁に見られるのは漱石の自分の趣味を追求したいという強い欲望だけでなく、他の芸術家の趣味をも受け入れる心持ちであろう。バッソーが主張するように、ブック・デザインの工程は漱石の「芸術は自己表現から始まる」という確信を実行に移すよい例であったといえる。

この数年にわたるプロジェクトの間に、私たちは漱石の作品を流れる多様に分岐する文学的、哲学的、知的底流がいかに深くそして広いものであるかを改めて認識した。漱石は世界の作家であると同時に、多くの世界を作り出した作家でもある。それらの世界の豊かさを「批評的に鑑賞する」ために、読者は漱石自身が勧めたように世界のそれぞれの居場所から、どこかの誰かとして、読んでしかるべきであろう。日本と海外との研究者が話し合うことはそれへの第一歩だ。

ここに収めた八本のエッセイの英語版が学術誌 *Review of Japanese Culture and Society* の二〇一七年号として《Reading Sôseki Now》という題で刊行された。この英語の特集の方は、最近発見された満洲における漱石の講演、「ものの関係と三様の人間」と「韓満所感」という満洲日日新聞に載った随筆と、今までに英訳されたことのない小森陽一、柄谷行人と宮崎かすみの漱石論も含む。この二冊の論集が漱石とその作品についてのダイアローグをグローバルに広げていくきっかけを作ることが私たち編者の希望であり、そうなれば幸いである。

（翻訳・安倍オースタッド玲子）

（1）ちなみに、ミシガンでの学会が開かれたのは四月二〇日、『こころ』が朝日新聞に連載され始めた日の一〇〇周年記念であり、しかもキリストが復活した復活祭（イースター）の日曜日に当たった。不思議な、そしてシンボリックな偶然である。

（2）英語版は下記の通り。"Colliding forms in literary history: A Reading of Natsume Sôseki's Light and Dark," The Routeldge Companion to World Literature and World Literature, 2018.

漱石の居場所

目次

第Ⅲ部　帝国の経験を通して

序章　漱石ってどんな石？——自分ではない者になる方法

多和田葉子

"What Sort of a Stone Was Soseki? How to Become Who You Are Not"

今日は日本語で講演をしてほしいということですので、難しい英単語を発音しようとして、無理に舌を口蓋に押しつけたり、唇の両端を左右にひっぱったりしないでいいので、とても楽ではあるのですが、日本語で講演することが本当に楽かと言いますと実はそうでもないのです。というのは、まず講演となると、書き言葉ではないので、「ですます」調になり、これが少しまどろっこしく感じられます。思考はどんどん先へ進みたいのに、「ですます」という名前の社会性が、聴衆にお辞儀したり、謙遜したり、謝ったりしているので、なかなか先に進めません。夏目漱石の時代の作家たちが言文一致作業をしてくれたのですが、書く日本語と話す日本語は今日またかなり離れてしまい、両者の間には狭間ができてしまっています。もちろん、それは作家にとっては嬉しいことで、いかにしてこの狭間と付き合うかで、どんな文体が生まれてくるかが決まるのだと思います。

さて、まず漱石という名前の話から始めたいと思いますが、わたしの好きなガルトルード・スタイン、ルートヴィッヒ・ヴィトゲンシュタイン、アルベルト・アインシュタイン、フランケンシュタインなど、「シュタイン」つまり「石」がつく名前を集めていくと、「漱石」もそのコレクションに入れることができそうです。ただし、「漱石」の

「石」は、本当は「水」と言おうとして間違えて出てきてしまった「石」だということも考慮に入れておく必要があるかと思います。

中国には昔、孫楚《そんそ》という政治家がいて、この人が「石に枕し流れに漱《くちすす》ぐ」と言わなければならないところを言いまちがえて「石に漱ぎ流れに枕す」と言ってしまい、誤りを指摘されると負け惜しみの強い人だったので、「石に漱ぐのは歯を磨くためで、流れに枕するのは耳を洗うためだ」と言い逃れをしたという故事を高校の授業で習い、水でできた枕とか、小石をたくさん口にいれてうがいをするというイメージが、シュールレアリスムの好きなわたしは、とても気に入りました。文字の置かれた場所を換えるだけで、実際には存在しない空間を生み出すことができるのです。文字だけではなく、様々な石を配置して、水を使わないで水が流れているような庭をつくることもできます。漱石がつくった枯山水は、一体どんな庭だったのでしょうか。

蓮實重彦さんの『夏目漱石論』（青土社、一九七八年）を学部の学生時代に読み、小さな衝撃を受けました。それまで、モチーフで文学を読むという経験がなかった上、蓮實さんの書くような一筋縄ではいかない日本語を読んだ経験がそれまでなかったからです。それからは漱石を読んでいると、「ほらまた水だ」と水のイメージばかりが気になるようになりました。研究者にとっては、あるモチーフに注目しながら読むのは生活習慣のようなものですが、小説家は生活習慣病にならないように気をつけなければなりません。モチーフを意識し始めると小説が書けなくなってしまうのはわたしだけではないでしょう。作者が気がつかないうちに同じモチーフが繰り返しあらわれてくるのは素晴らしいことです。でも作者にすぐに気づかれてしまうようなモチーフは、消した方がいい場合が多いのです。まして作者が意識的にモチーフを配置するのでは、新製品を売り出す会社がキャンペーンガールを街角に配置するのと同じです。

漱石の場合、水は重要な場面によく顔を出しますが、作者がわざと出しているのではなく、水がテキストの中に流れ込んできているという印象を持ちます。最近気がついたのは、水の近くには必ず石が落ちているということです。たとえば、『こころ』ですが、この小説も水に溢れていて、まず、海という大きな水の近くで始まっています。冒頭の主役は、「海」だと言ってもいいかもしれません。官能的な海は、男たちを裸にし、自らの内部に引き込みます。ところが、次の場面は墓地で、墓石という死者の不在を補う石が登場します。『こころ』の冒頭がトーマス・マンの『ベニスに死す』を思い出させるのは、官能的な海を味わう男性たちにやがて訪れる死が予告される瞬間でしょう。そしてこの墓石という特殊な「石」は、小説の初めから終わりまでそこにあって、どんな愛の物語にも還元されることがありません。石は、先生と「わたくし」、先生と奥さんの間に障害物として存在し続けます。最後に先生をのみこんでしまうのも、海ではなく墓石なのです。

精神科医でエッセイストの斉藤環さんが二〇一二年一月号の『新潮』に、東日本大震災の津波で墓石を流されてしまったために鬱病にかかった患者さんたちについて書いています。その人たちにとっては、お墓がなくなってしまうのは、住む家がなくなってしまうのと同じように不安なことなのです。お墓は人間が最後に住む家だ、という考え方が日本にはまだ残っています。つまり、こちら側が生で、あちら側はその否定としての死であるというのではなく、こちらの家とあちらの家という二つの家があり、あちらの家にはすでに数え切れないくらい大勢の祖先が住んでいるのです。

人は死ぬ時にものすごい力で生きている人をひっぱって道連れにしようとします。こちら側に踏みとどまって生き残った人は、自分が生きていることに罪の意識を感じることがあります。『こころ』に出て来る「先生」の場合は、友人の死は自分の責任だと考える具体的な理由がありますが、そうではない人も、自分が生き残ったこと自体がまるで、死者を裏切ったこと、死者を見捨てたことであるかのように感じることがあります。そんな人は、定期的に墓石に水をかけることで精神のバランスをとりながら生きていきます。「先生」も定期的に墓参りをして、どうにか生きる者の世界に踏みとどまっていた一人です。

「わたくし」が「先生」に会うために墓地に行く場面が小説の初めの方にありますが、この時の「わたくし」にとっては、墓石は名前の書かれた石に過ぎません。先生が最後にくれた手紙を読み終わった「わたくし」は、墓参りをする人になったに違いありません。墓石と無関係に生きる、墓参りをしながら生きる、墓石の下に入る。この三つの段階を、「わたくし」も「先生」も順番にたどっていくのです。

『こころ』の冒頭にでてくる海は、官能的な海です。「わたくし」が先生を追って遠くまで泳いでいくと、そこには強い太陽の光と海の水があるだけで、石も岩もなく、人もいません。大きな水の中で、自由に手脚を動かすことができます。でも海が必ずしも快い場所であるとは限りません。嫌悪感をひきおこす海もあります。先生は手紙の中で、若い頃にKといっしょに海へ行った時のことを回想していますが、それは、「拳《こぶし》のような大きな石が打ち寄せる波に揉まれて、始終ごろごろしている」(岩波文庫、二〇七頁)、身体に不快感を与える海です。Kといっしょに海に旅立つ先生は、心をひらきあってKと話をしたいと思っているのですが、言葉は水のようには流れ出てきません。それどころか、身体が石になっていきます。旅から帰ってからKが下宿のお嬢さんに恋していることを先生に告白しますが、この告白を聞いて先生の身体は「化石」(二二七頁)あるいは、「石か鉄のように」(同)かたくなってしまいます。そしてKの自殺後、何年もの間ずっと石になったままであった心を、ある時、「わたくし」が現れて無遠慮に立ち割ってくれたおかげで、暖かい血が流れた、と先生は言っています(一四七頁)。割られてひらかれなければ、石は石のままで、こころにはならないということです。

漢字で書いた言葉をひらがなになおすことを出版界の人たちは「ひらく」と言いますが、漢字の「心」がひらかれて、ひらがなの「こころ」になったのです。

もし「わたくし」が初めから謎の人物である先生を「研究」しようとして近づいたのだとしたら二人の信頼関係は生まれず、心はひらかれなかっただろう、ということを先生は言っています。研究しようとして近づくのではダメだ、と言われたら、文学研究をしている人はどきっとしないでしょうか。漱石がここで言う「研究」は、しかし「学術研究」というよりは、どちらかというと「探偵」に近い意味で使われています。

一九〇七年に東京朝日新聞に掲載した「文芸の哲学的基礎」の中で、文学者は探偵であってはいけない、ということを漱石はしきりと強調しています。「出来れば探偵なんかする気になれるものではありません。探偵が出来るのは人間の理想の四分の三が全く欠亡《けつぼう》して、残る四分の一の尤《もっと》も低度なものがむやみに働くからであります」(『漱石文芸論集』岩波文庫、八八―八九頁)という文章がありますが、同じエッセイの少し先ではいくつか例を挙げて、「ゾラとモーパッサンの例に至っては殆んど探偵と同様に下品な気持がします」(八九頁)とまで書いています。

小説家は「下品な」探偵であってはいけない、と漱石は言うのですが、わたしは、犯罪、推理、探偵への関心をそう簡単に軽蔑する気にはなれません。と言うのは、わたしはドストエフスキーの『罪と罰』やエドガー・アラン・ポーの「盗まれた手紙」などが世界文学史上、重要な作品であると考えるからです。『こころ』という小説もまた、探偵小説の構造を借りていると言えないでしょうか。「先生」の心の謎が知りたくてこの作品を最後まで読む読者は、推理小説の読者と少し似ていないでしょうか。

『彼岸過迄』では、「探偵」モチーフがあからさまに出てきます。敬太郎は、ある停車場である時間に電車から降りてくるある男のあとを二時間つけて行動を探ってほしい、と探偵のような仕事を田口に頼まれます。敬太郎は一応この頼みを引き受けるのですが、頼まれた時間帯が過ぎてしまっても男を観察し続け、また、その男ではなくて男と待ち合わせしていた女性の方により強い関心をしめしたりして、最後には、その男をわざわざ訪ねていって自分が後をつけていたことを告白し、直接話をききだします。こうして敬太郎は探偵の役割からどんどんはずれていきます。わざと探偵小説仕立てで書き始めて、それを少しずつ壊していくような小説です。探偵小説というジャンルが文学にとって重要な要素を含んでいることを漱石は嗅ぎつけ、また同時に、探偵にならないところに文学があるのだということをしめそうとしているように思えます。

ちなみにこの『彼岸過迄』も、銭湯という水の領域が「風呂の後」というタイトルのつけられた第一章に広がっていて、そこで『こころ』と同じように、一人の男がもう一人の男の裸を観察しています。「裸のつきあい」という慣用句がありますが、裸になっても人間の心の中は見えません。見えるのは美しい表面、肌だけです。

探偵は卑怯な行為だと漱石は「文芸の哲学的基礎」の中でしきりと繰り返しますが、日本では、私立探偵に自分の家族や結婚相手の身元調査を頼むという話が今日もテレビドラマなどによく出てきて、そういう行為に倫理的抵抗を感じない人が多いようです。これがドイツとなると、そういう話を聞いただけで鳥肌がたつ人がたくさんいますが、それはナチスや東ドイツの秘密警察を連想するからでしょう。日本にも一九一一年から一九四五年まで特高(特別高等警察)があって、思想の取り締まりと弾圧を行っていたのですが、そのことはもう忘れられてしまったようです。

反対派を弾圧するために個人の生活をのぞく秘密警察と、人の心の中をのぞいてみたいという好奇心の間には全く関係がありません。それを無理につなげたのが、日本では『善き人のためのソナタ』という題で公開された『他人の生活』(Das Leben der Anderen)というドイツ映画です。冷戦下のベルリンで、東ドイツの秘密警察に勤める男がある作家の個人生活を盗聴しているうちにヒューマニズムに目覚める、という話でした。「こういう例は歴史上存在しないし、ありえない」という強い批判もドイツにはありました。スパイが、他人の豊かな精神生活をのぞいたことがきっかけになって精神的に高められ自分の過ちに気づくということはありえないということです。

先生の心の中をのぞいた「わたくし」は、スパイでも探偵でもなく、恋をする人です。漱石はこの恋を置き去りにし、先生を明治天皇といっしょに葬ってしまって、『明暗』へと進みます。ですから、わたしたちも『明暗』を読むことにしましょう。

主人公の津田の妻は、名前を「お延」と言いますが、この女性は、恋する人ではなく、欲しがる人です。でも彼女は何が欲しいのかというと、それはなかなか複雑です。お延は、たとえば能の「道成寺」の女主人公の清姫のように激しい愛欲を感じさせることはありません。清姫は安珍という修行僧に恋い焦がれ、蛇に変身して、お寺の鐘の中に隠れた安珍を焼き殺してしまいます。この恋は激しくはあるのですが、日本経済の発達には全く役に立ちませんでした。人間の愛欲を経済発展の資源として効果的に活用するメカニズムがまだ発見されていなかった時代の作品だからです。

わたしは前回、中国の西湖《せい》を訪れた際に、観光客向けに白い蛇の伝説「白蛇伝」が挿絵入りで戸外に展示されているのを見ました。古い言い伝えでは、許仙《きょせん》の妻の白娘子《はくじょうし》が蛇であることを知った僧侶は蛇を閉じ込めてしまうという結末だったはずが、現代中国バージョンでは、夫婦は子供を授かり、その子がよく勉強して難しい試験を次々突破し出世してたくさんお金を稼いだので、僧侶は蛇との結婚を公認した、というおめでたい結末になっていました。

「道成寺」を現代日本風に書きかえてみると、蛇になった清姫は安珍と結婚して宝石を欲しがるようになり、安珍は宝石を買うために僧侶になるのはやめて会社に勤め、働きすぎて「燃え尽き症候群」に悩む、という話になるでしょうか。お寺の鐘の中で燃え尽きるのではなく、別の燃え尽き方をするのです。

「文芸の哲学的基礎」の中で、漱石はモーパッサンの短編小説『首飾り』(La parure, 一八八四)のことをかなり詳しく書いていています。主人公のマチルドは舞踏会に招待されますが、アクセサリーを持っていないので、お金のある友達に首飾りを借ります。わたしの持っている日本語訳は一九三三年初版の岩波文庫で、「宝石」という漢字に「いし」というふりがながふってあります。漱石はこの小説のあらすじを紹介するにあたって「[マチルドは、]金剛石《ダイヤモンド》とかルビーとか何か宝石を身に着けなければ夜会へは出ませんよと断然申します」(八四頁)と書いています。宝石という石を持っていなければ、女性として価値がなく、舞踏会で笑いものになるということです。言いかえれば、女性の価値は、夫に宝石を買わせるところにあるという考え方です。

さて、マチルドは借りた首飾りをなくしてしまい、大変な借金をして、それと似た首飾りを買って返し、借金と利子を返すためだけに一〇年間必死で働くのですが、ある時、偶然、実は借りた首飾りが値段の安い偽物だったことを知るのです。

漱石はモーパッサンのこの短編小説を軽蔑しながらも、『明暗』では、高価な着物を着て金持ちの集まるところへでかける妻と、経済的に無理をしてでも彼女に指輪を買ってやる夫を描いています。妻が本当に欲しいものは物質としての指輪ではありませんが、夫が妻に与えられるものはお金を出して買うしかない物質としての指輪なのです。

また漱石は、イプセンの『ヘッダ・ガーブレル』(Hedda Gabler)に対してはもっと激しくナマの反感をぶつけて、「ヘダ・ガブレルという女は何の不足もないのに、人を欺いたり、苦しめたり、馬鹿にしたり、ひどい真似をやる、徹頭徹尾不愉快な女で、この不愉快な女を書いたのは有名なイプセン氏であります」(八三頁)などと書いています。これはイプセンを否定しているのではなく、強い関心を持っているのです。

イプセンの『人形の家』が一九一一年に日本で上演されてから、ノラの真似をして生きる「新しい女性」が日本に現れた、ということがよく言われますが、同じイプセンでも漱石はノラよりもヘッダ・ガーブレルに注目しているところがわたしには興味深く思われます。ヘッダの夫とその友達は学者で、この二人の男たちにとって一番大切なことは、文化史について優れた本を書くことなのですが、ヘッダにとっては著作などは金と権力を得る道具にすぎません。これはヘッダが特に悪い女なのではなく、また、女性は生まれつきお金への執着が男性より強く文化学問への理解が浅い、ということでもありません。ブッダではなくヘッダを考え出したスカンジナビアは、先進国に生きる男女の関係に耐え難いほど明るい光を当てて分析し、その苦悩を残酷なほどはっきり描き出しました。漱石はそれに反発して、「私とか欲望とかは迷いにすぎないから忘れなさい」というメッセージを伝える文学を禅寺の石庭で書いたわけではありません。古い家族制度の中で女性が強いられる役割と先進工業国で女性に期待される役割が違ってくるだろうということを漱石は外国文学を読むことでいち早く察し、お見合い結婚などに反発しながらも、当時の現代的な夫婦の心象風景の暗さもすでに見えていたのではないでしょうか。

漱石は『首飾り』のあらすじを述べるのに、「大変に虚栄心に富んだ女房を持った腰弁がありました」(八三頁)と書いていますが、この「腰弁」というのは下級官吏、下っ端の役人のことです。大きな組織に勤めて、上司の命令に従って働き、生活費を稼がなければならない人間のことです。こういう人間は、ロシア文学でも重要な役を演じ、そのロシア文学を参考にして生まれた日本の近代文学の初期の作品、たとえば二葉亭四迷の『浮雲』(一八八七—八九)などにもすでに登場します。

漱石の他の小説では、たとえば『それから』の主人公の代助は、財産があるのにあくせく働いてお金を稼ぐよりも読書していた方がずっといいと考えています。『オブローモフ』(一八五九)のように独身でいれば読書生活を続けることができるのですが、結婚してしまうと妻が宝石を欲しがるので働かなければならなくなります。生活費を稼ぐ必要のない人間をさす「高等遊民」という言葉は二〇世紀初頭に、働かないで読書していると社会に批判的になるから危険である、という否定的な意味で使われました。「高等遊民」をつくらないための効果的な策略の一つが、「女性に石を買ってやれないような男性は男性ではない」というイデオロギーなのではないかと思います。そしてその付録として、魅力的な現代女性の持つべき欲望のカタログができあがっていきます。

お延にとって、高価な指輪を夫に買ってもらったことは大きな意味を持っています。結婚後も長男は自分の親兄弟を妻以上に大切に思わなければいけないと考える津田の家族にとって、この指輪が目障りなのです。漱石はここで、古い家族制度に反対して、新しいロマン主義的恋愛を主張しているわけではなく、指輪をはめた女性を日本の儒教的な大家族に送り込んでみる、という実験をしているのではないでしょうか。『こころ』にでてくる先生と青年の愛にもロマン主義的な芽はあったのですが、その愛が天皇を追う殉死という形で墓石になってしまった後、「宝石を欲しがる女性という欲望を欲望する」という夫婦関係が日本ではどういう運命を辿るのか知りたいという好奇心をもって、わたしは『明暗』を読み進みました。

この小説は驚くべきことに、「医者は探りを入れた後で、手術台の上から津田を下した」という文章から始まっています。これだけでは意味がよく分かりませんが、読み進むと、医者が津田の肛門に手を入れて探り終わった場面から始まっているのだということが分かります。近代文学が人間の内面を探り始めたとしても、肛門から手を入れて内面を探るというのは、あまりにも直接的で大胆な描写です。「穴が腸迄続いてゐる」と医者は言うのですが、内部にあいてしまった穴について、わたしたちはどう考えたらいいのでしょう。医者は、切開手術をすると宣言します。これは現代医学の典型的な問題解決方法です。『明暗』という題名は「明」と「暗」で、それが躁と鬱に対応するとすれば、「躁鬱病」を思わせるタイトルです。躁鬱病ならば精神科のお医者さんに行くべきですが、切開手術は精神科ではできません。

ちなみに、英語やドイツ語では、詩人も精神科医も外科医も同じ「ハート」や「ヘルツ」という言葉を使いますが、日本語では「心臓」と「心」は使い分けられているので、外科手術で「心」を切りひらくことはできません。

石に話を戻します。宝石は本来、王の権力を象徴するものでしたが、フランス革命後も貴族階級だけでなくブルジョア階級が自分たちを労働者階級と区別するために使う道具になりました。モーパッサンの小説にも、宝石を所有する階級、宝石を無理して借りてでも這いあがろうとする階級、宝石に縁のない階級がはっきり区別して描かれています。そして、そのまた下の階級に、石を掘り出すために危険を冒して地下にもぐる階級があるのです。それが坑夫たちです。わたしは漱石の『坑夫』という小説が好きです。他の作品と全く違っていて文章が軽いけれども軽いところが好きなのです。それはちょうどカフカの未完のアメリカ小説『失踪者』(Der Verschollene)が好きなのと同じように好きなのです。カフカのこの長編小説の第一章にあたる部分が「火夫」(Der Heizer)ですが、火夫は、坑夫と同じで、膨大なエネルギーを消費する現代文明の中で、実際に石炭を掘ったり、それを炉に入れたりする肉体労働者です。それは作者自身が属する階級ではなく、また作者が計画的に調査して書いたわけでもありません。一生に一度だけ、そういう小説を書くチャンスが訪れてきたのです。

ところで、わたしがこれまで出逢った中で一番感じの悪い社会主義者は、『明暗』に出て来る小林です。小林と言えば、小林多喜二を思い出しますが、『明暗』はブルジョア文学と呼ばれることはあっても、プロレタリア文学と呼ばれることはありません。小林がお延をじわじわ虐《いじ》める場面は、読む人にたいへんな不快感をもよおさせます。小林の自己嫌悪はドストエフスキーを連想させ、『明暗』にはドストエフスキーの名前も出てきます(岩波文庫、九八頁)。でも小林の自己嫌悪は、神に救われることもなく、また、天皇を追って殉死することで昇華されることもありません。そういう「哀れな」存在として、漱石は社会主義者を描いています。

小林は国内では生き延びることができないので朝鮮に行くことにしているのですが、そのためにはまず資金がいるので、お延からお金をゆすりとろうとします。漱石の小説にはお金に困っている人がたくさん出てきますが、それでも、この小林のように大陸へ渡ることを計画したり、社会主義者になったりする人はむしろ例外です。

その小林よりももっとずっと下の階級に、家もお金も家族も教育もなく、斡旋屋に声をかけられて、炭坑に売られていく坑夫たちがいます。わたしは、二〇一一年福島で起こった原発事故以来、「原発ジプシー」とよばれる人たちについて書かれたものを読む度に漱石の『坑夫』のことを思い出します。ホームレスの男たちに、原子力発電所で働かないか、と声をかけて連れて行く斡旋屋がいるのですが、それと似た仕事は漱石の時代にすでにあったのです。連れて行かれた人たちは働き始めてやっと労働条件のひどさに気がつきますが、他に仕事もないし、外界との繋がりはすでに絶たれていて、あともどりできません。放射能を浴び続け、生命を危険にさらして働く人たちの生活は、大きな事故が起こるまで明るみに出ないことが多いのです。

漱石自身は、宝石をどうにか所有できる階級に属し、ほとんどの小説で自分と同じ階級の人たちを扱っているので、『坑夫』は例外です。ただしこの小説の主人公は、豊かな階級に生まれたのに、ある事情があって家出をし、それまで知らなかった坑夫の世界に入って働くことになった青年です。漱石を訪ねてきてこの小説の題材になる体験談を話してくれた青年が実際に存在したそうですが、その人も労働者階級の生まれではなく、事情があって炭坑で働くことになったようです。この小説は、ジャーナリストの書いたルポルタージュや社会学者の書いた研究論文とは全く違います。主人公は他人の世界を研究するのではなく、探偵するのでもなく、一時的とは言え、あまりにも異質なその世界に自分が生まれたということもありうるのだ、と感じることができるのです。

『明暗』に描かれたブルジョアの「贅沢な」悩みはずっしりと重く、明日死ぬかも知れない『坑夫』の文体には一種の軽やかさが感じられます。脚が重くて動かなくなるくらい大変な労働をしていても、『坑夫』の作品としてのフットワークは軽いのです。それは、自分ではない者になっていることと関係ありそうです。猫ではないのに猫になって書いている時のあの軽やかさとユーモアです。もちろんブルジョアについて書いても、主人公イコール作者ではありませんが、漱石が坑夫ではないこと、猫ではないことはあまりにもはっきりしているので、そのせいで躁状態が生まれるのか、それとも躁状態にある時は他人になってみる余裕と好奇心が出てくるのか、それは分かりませんが、いずれにしても、ある種の明るさと他人になることの間には関係があるように思えます。その明るさは楽しさからくる明るさではなく、社会全体を見たいと欲する作家が、いつもは見えない部分にも光をあてる懐中電灯の明るさです。

さて、ここで当て字の問題に飛躍したいと思います。わたしが漱石の当て字に注目したのは、新潮文庫の『行人』(一九五二年、一九九〇年第七四刷)に、文字づかいについて、「極端な当て字と思われるもの及び代名詞、副詞、接続詞などのうち、仮名にしても原文を損なうおそれが少ないと思われるものを仮名に改める」と書いてあるのを発見した時でした。当て字が「極端」かどうかは誰が判断するのか、原文を損なわないかどうかがすぐに分かるのか、などの疑問が浮かびました。

そもそも日本語は、中国から漢字を借りてきて当てはめて書いたわけで、書き言葉の初期には万葉仮名という密度の濃い「当て字」があります。文字という他人の姿を借りてこなければ、音を記述することはできないので、書くという行為そのものに当て字の精神が含まれているとわたしは思うのです。

最近買った岩波文庫の『明暗』(一九三三年、二〇一二年第二二刷)には、「漢字を別の漢字に替えることは原則としておこなわない」とか、「送り仮名は原文通り」にする、と書いてあります。

漱石にとって当て字が表現手段の一つだったということが分かるのは、かなり突飛な当て字があるおかげです。もちろんその中には、今の読者にはユニークに見えても漱石の時代には普及していた当て字もあり、漱石だけが意識的に使った当て字もあり、また、漱石が間違えて使った漢字がまざっている可能性があります。でも、それで構わないのです。そのように様々な理由で、音としての言語と文字になった言語の間に隙間が見え、その隙間に豊かさが感じられるのが漱石の文面だと思うのです。

わたし自身はパソコンの変換ミスで思いがけない漢字があらわれると、そこから新しい着想を得ることがあります。「しんだいしゃ」と打ちこんで、「寝台車」の代わりに「死んだ医者」がディスプレイにあらわれた時は、なるほどと思いました。ただ寝ていれば必ず目的地に着くと考えて夜汽車に乗っていても、心の底には、病気になったり殺されたりする孤独な夜への不安、病気をなおしてくれる者さえ殺されているかもしれないという恐れが心の底にあるために、死んだ医者が寝台車にあらわれるのです。

漱石はパソコンを使っていなかったのに、どうしてこんなにたくさん素晴らしい当て字を思いつくことができたのでしょう。たとえば『明暗』の第三二章の冒頭では、「やかましい」を八つのお釜を使って、「八釜しい」(八三頁)と書いています。漱石以外にもこの字を使った人が明治時代にはいたようですが、あまり使われない当て字をわざわざ使ったことは確かです。八つの釜がいっせいに沸騰したら、蓋がかたかた鳴ってさぞ喧しいだろうということで、これはとてもやかましい、優れた当て字だと思うのです。

また、「羞恥」(六六頁)にふりがなと送りがなをつけて「はにかんで」と読ませるのは、やまとことばの「はにかむ」と漢語の「羞恥」をふりがなで一つの単語にくるテクニックで、「狡猾」(六四頁)にふりがなと送りがなをつけて「ずるい」と読ませるのも同じです。そして漱石は、もっと高度で複雑なふりがなへと進みます。たとえば、「利口」という単語は漢字でできていますが中国語ではなく和製漢語です。漱石は中国語で「怜悧」(三四頁)と書いて、「れいり」ではなく「りこう」とふりがなをふって読ませるのです。これは、英語と日本語に置き換えて考えてみると、たとえば、「level decrease」と書いて、和製英語で「レベルダウン」とふりがなをふるようなものです。

漱石の当て字には、謎解き遊びをしたくなるようなものもあります。「さっぱりする」と書くのに、薩摩の「薩」と長州の「長」を含む「張(る)」という字を組み合わせて、「薩張りする」と書いています。さっぱりするから風呂に入るようにとお延が夫にすすめる場面ですが、薩摩と長州を明治維新につなげて考えると、江戸風の古い考え方はお風呂でさっぱり洗い流してしまいなさい、とお延が言っているようにも聞こえます。

また、「軌道」と書いて「レール」とふりがなをふり(一〇頁)、西洋の杖、「洋杖」と書いて「ステッキ」とふりがなをふる(一二頁)のは、ヨーロッパ語と中国語という二つの言語の間の「振れ」あるいは「触れあい」としての現代日本語の姿をそのまま映し出し、ただ「レール」とだけカタカナで書くよりも豊かさを感じさせてくれます。また、「石鹼入」と書いて「シャボンいれ」とふりがなをふって(一三頁)、外来語とそうでないものを混ぜて、ふりがなの中で一つに融合させている例もあります。ふりがなは、話し言葉をより忠実に伝えようという明確な意志をしめしながらも、漢字の隣にひかえめに身を寄せ、書き言葉を決して抑圧しないのです。

ちなみに、ふりがなをふって、言葉にぶれを生じさせることによって、一つの単語に複数の時代、複数の文化を重ね、言葉の運動範囲を広げ、記憶を喚起し、振動としてのテキストをつくる技は、今の時代ならば詩人の吉増剛造さんの得意とするところです。

漱石の『明暗』はふりがなの宝箱ですが、一番唖然とさせられたのは、「何とか蚊とか」(二三頁)の「か」に、虫の「蚊」という漢字を使っていることで、これは一度見ただけで蚊に刺されたように肌がかゆくなるような、とんでもない当て字です。しかも蚊と同じで、一度ではなく何度もぶんぶん飛んで来て、何度も刺すのです。当て字は、読み手の注意力を高め、文字そのものの存在感を前に押し出します。時には内容と無関係の方向に飛び、時には内容に新しい光を投げかけます。

『彼岸過迄』に一つ、面白い当て字があります。「あさはか」を「浅い墓」と書いているのです。死んだ父親の財産を使って暮らし、就職する気になれない自分自身を須永という男が「あさはか」、つまり浅い墓だと言っているのです。この理屈に従うと、就職する人のことを「深い墓」という意味で、「ふかはか」と呼ぶことができるのではないでしょうか。

これで石をめぐるわたしの話は終わりです。わたしは小説家だけでなく、文学研究者も探偵になってしまってはいけないと思っています。わたしは逮捕をめざして作品の真相、責任者、犯人、動機などを探り出そうとはしませんでした。むしろ、ふりがなのようにふらふらと漱石の石庭を散歩してまいりました。従って、これという結論も出なかったことを申し訳なく思っておりますが、少なくとも、ふりがなが残していってくれた揺れを体で感じながら作品を読むことによって、「ぶれ」をも含めて、その「ゆれ」をもっともっと大きくしていけたらと願っています。ご静聴ありがとうございました。

第Ⅰ部　始発としての『こころ』

戸坂潤、エドウィン・マクレラン、フリードリヒ・ハイエクとともに漱石を読む(1)

ブライアン・ハーリー

数年前に、彼〔フリードリヒ・ハイエク〕は次のように語りました。我々が必要とするもの、それは、生ける思考としての自由主義である。自由主義は、ユートピアを作り上げる作業を社会主義者たちにずっと任せてきた。〔……〕我々の役目は、自由主義を統治の技術的代案として提示することよりもむしろ、自由主義的ユートピアをつくること、自由主義の様態にもとづいて思考することなのだ、と。思考、分析、想像力の一般的スタイルとしての自由主義。

ミシェル・フーコー(一九七九)(2)

一九六二年、保守系財団レルム基金に宛てた書簡で、オーストリアの経済学者フリードリヒ・ハイエク(一八九九—一九九二)は、彼の標榜していた新自由主義を日本に広める計画を検討している。ハイエクは一九七四年にノーベル経済学賞を受賞し、当時すでに冷戦時代の最も影響力のある新自由主義の思想家の一人になっていた。その書簡で彼は、「自由主義の学者」を日本に呼び、自らが組織した新自由主義ネットワークであるモンペルラン協会の東京会議に結実するべき「計画的キャンペーン」について述べている。ハイエクは、「現在日本は自由主義思想を受容する空気があるようだ。もし本当にそうであるなら、上手く導くよう努力すれば、この気が変わりやすいと言われる国民に対して決定的な効果があるかもしれない」[3]と強調した。ハイエクは一九六四年から一九七一年の間に四度日本を訪れており、この旅は妻が日本語の学習を始める契機ともなった非常に楽しい訪問であったと書いている[4]。

今日、ハイエクの思想は、新自由主義の文化と政治に関する日本とアメリカのより広範な対話の一部をなしている。それらの議論は、二〇〇八年の世界的な経済破綻以降、いっそう切迫したものになっている。特に、新自由主義的理念が現在の経済的・社会的不和の原因なのか、あるいはその治療なのかという問いは、政治学と経済学から歴史学と人類学にまたがる領域で近年学者の注意を引いている問題である。本論は、近代日本文学と思想の観点から、新自由主義的文化の力学を考察することを通して、これらの議論に寄与することを目的とする。

近代日本文学とハイエク学派の新自由主義は、一見共通点のない領域に思えるが、ここでの分析は、その明確な関連を前提とする。一九五七年、近代日本の有名な小説である夏目漱石の『こころ』(一九一四)は、当時シカゴ大学社会思想委員会でハイエクの指導を受けていたエドウィン・マクレラン(一九二五―二〇〇九)によって英訳された。マクレランは日本人の母とスコットランド人の父の間に日本で生まれ、日本語と英語を母語としていた。彼の翻訳した『こころ』は、ハイエクを深く感動させた。実際、漱石の詩的な散文を翻訳したマクレランの文学的表現はかなり強い影響をハイエクに与えた。後にハイエクは新自由主義思想の古典『自由の条件』(一九六〇)や『法と立法と自由』(全三巻、各一九七三、一九七六、一九七九)を含む自著の言葉を推敲するためにマクレランを雇ったほどである。マクレランは、ハイエクのために編集者として働くかたわら、シカゴで、後にはイェールで有力な日本文学の教授としてよく知られるようになった。この間を通じて、彼が訳した『こころ』は、おそらくアメリカの近代日本文化学科で最も読まれた小説であった。しかし、マクレランの『こころ』が、日本研究の学問的関心というよりはむしろハイエク主導の初期の新自由主義ムーブメントから登場したということについては、ほとんど言及されてこなかった[5]。

本論は、マクレランの『こころ』を、文学と新自由主義的政治の重要な結びつきという観点から分析する。まず始めに文化マルクス主義哲学者の戸坂潤(一九〇〇—一九四五)の著作を検討し、翻訳を読むための概念的な土台を確立したい。一九三六年、戸坂は彼が二〇世紀前半の日本の自由主義的な「常識」と呼んだものに、漱石の小説がひそかに関わっていると暗示した。戸坂の漱石論はより広範に、「文化的自由主義」について重要な示唆を与えてくれるのだ。そして、マクレラン訳の『こころ』は戸坂が早期に日本における漱石の読みと結びつけた古典的自由主義思想を最も深く信奉するシカゴ新自由主義者たちによる影響を強く反映している。本論では、日本についてほとんど何も知らなかった一九五〇年代のアメリカの新自由主義者たちが、マクレランの『こころ』の中に、まさに彼ら自身が概念化していた新自由主義的感性の文学的表現を見いだしたのだと論じる。

一　「漱石文化」への戸坂潤の批評

近代日本文学の歴史において、漱石の名声は神話と言ってもよいほどまでに大きく立ちはだかっている。これはときには呪いと言ってもよいほどであった。一九五六年に、文芸批評家の江藤淳は、弟子たちによる聖人化が漱石の著作の文学的価値を完全に覆い隠すものではないにせよ、その価値を低下させる腐食効果を持っていると批判し、注目を浴びた。江藤は、漱石を歴史の外の神話的モラリストとしてではなく、まずは文学の書き手として理解されなければならないと強く訴えた。(6)

江藤が一九五六年に「漱石神話」について書く二〇年前に、文化マルクス主義哲学者の戸坂潤は、「現代に於ける「漱石文化」」(『世界の一環としての日本』〈一九三七〉所収の一九三六年の小論)において既に同様の批評を提示していた。江藤の批評は主に漱石の弟子の小さなサークルから出てきた聖人伝的な著作に焦点を当てていたが、戸坂の批評はさらに踏み込み、二〇世紀前半の日本の穏健な主流の読者が、自分たちの自由主義的な感性を肯定するような要素を漱石の小説の中に見出したのだと暗示した。戸坂の批評は、漱石が、彼の作品の詳細な読みや伝記的事実だけで理解するには偉大すぎる、一種の文化的規範そのものになってしまったという前提から議論を進める。戸坂によれば我々は社会的・歴史的に構築された記号としての漱石の分析にとりくまなくてはならない。この記号とは、抽象物であり、その威信を商品とし、そのオーラを信じる文化分野の行為者によって絶えずその価値が作り直されているようなものである。また戸坂の批評の本当の対象は、決して漱石の作品それ自体ではなく、むしろ文化資本の一部としての「漱石」という記号の生産とその循環であった。

戸坂の他の著作が明らかにしているように、「漱石」という記号が訴えかけた文化的感性は主に古典的自由主義の正典によって特徴づけられるようなものであった[7]。彼の最も重要な仕事である『日本イデオロギー論』(一九三五)において、戸坂は、ジョン・ロックその他の著作が、自由(リバティー)を近代世界における最大のイデオロギー的な願望として確立したと述べた。この自由概念は、自由市場資本主義と私有財産蓄積のための揺るぎない保障と、それから必然的に起る物質的不平等と階級対立に対する説得力のある釈明を提供した。この意味で、戸坂は古典的自由主義を現代の神話の一部、資本主義のエートスの一部として見ていた。それは中世封建主義から近代民主主義への移行の哲学的基礎であり、世界市場を支配する道徳原理でもあった。

柄谷行人は『日本イデオロギー論』の戸坂の視点が漱石の小説の中の自由主義的な暗示を読み取るのに役立つかもしれないことを示唆している。柄谷によると戸坂の議論の要点は古典的自由主義の原理が近代日本の社会的無意識を融和させ、自由主義が表立った政治イデオロギーというより、むしろ文化的な「常識」のように機能していたということだった。[8]『日本イデオロギー論』で彼は、古典的自由主義の発達における最も進んだ、そして最も弊害があると考えられるステージ——経済あるいは政治的意識とは異なる一般的かつ高度な意識によって特徴づけられるステージ——をさして「文化的自由主義」という表現を使った。[9] 彼は古典的自由主義が、特定の政治思想(ブルジョワ民主主義)と経済原理(自由市場資本主義)に対する一連の議論として、一七世紀と一八世紀の哲学から起ったことに注目した。この文脈において自由主義は、経済と法の領域を占め、いかなる国家または宗教機関からの面倒な干渉なしに市場の共有原則の範囲内で競争する起業家主体の自由を意味した。

しかし戸坂は「文化的自由主義」という表現を用いることによって、自由主義概念の変容——経済と法に関連する一八世紀の自由主義概念がその批判的な先鋭さと技術的な特殊性を奪われていく中での変容——について示唆しようと試みたのである。文化のより拡散した領域において、自由主義はブルジョワ的な文化そのものが人間の普遍的なあり様を明らかにするという前提に基づく、いわば趣味の体制として機能した。戸坂は、いくつかの議論として始まったことがもはや常識となり、その結果として、自由主義がイデオロギーの構成概念としてはまったく現れなくなったと結論づけた。その代わりに、何らの歴史的または政治的位置を主張しないように見える文化的記号を通して、自由主義はその主張を循環させ、その主体を動員した。[10]

戸坂自身が漱石を文化的自由主義者とははっきり呼ばなかったにせよ、柄谷の分析に従って、戸坂の文化的自由主義の批判が漱石という記号を作り出した文化的土台のある要素を的確に言い当てているのだ、と言うことができる。戸坂が評論の対象とするのは漱石本人でも、その著作でさえもない。「私は夏目漱石論をやろうとするのではない。現代乃至最近の日本の文化的相貌の内に、云わば「漱石文化」の遺産や発達をさえ見出すことが出来る、ということが、指摘したいのである[11]」。

次に戸坂は、「漱石」の記号は、文化という保守的な領域において広く流通し、そこで思想の解毒剤として働くと論じる。戸坂にとって「文化」とは、正当性やいわゆる健全な政治を勧める既成の道徳である。また「文化」は、情操を規定し、正当的な人生の楽しみ方や公認された趣味の境界線を管理する。これとは対照的に、思想というものは文化によって境界づけられた領域を打ち崩す。戸坂は思想は「新しい文化を創設する」ものだが、既成の文化の尺度や標準に従わずむしろ受け継がれた慣習や既存の趣味の体制を中断させる新しい認識《エピステーメー》を開始すると論じた。思想とは変形力があり、革命的である。思想は秩序立って出現するわけではなく、アナーキーに溢れ出るものである。戸坂いわく、「その意味で思想は文化の否定という性質をさえ持つことが出来るものだ」[12]。

この観点から展開して、戸坂は、一見健全な人文学の象徴的なイコンが、実際には「文化的自由主義」の体制を維持し再生産する、より大規模な文化的機能を果たした(またこれらの機能により生まれたものである)と信じていた。戸坂が「漱石文化」と呼んだものは、彼が「現代に於ける「漱石文化」」で説明したように、「漱石」の記号と「文化」それ自体のカテゴリーの区別がつかなくなった自由主義精神のことである。

処で漱石の場合、その重きをなし大をなした所以は新しい思想の誕生や旧文化に対するヴァンダリズム文化の創生などではなくて、あくまで既成の、常識的に許容された意味での「文化」の高水準にあったのだ。で彼は思想家であるよりも寧ろ文化人だ。彼は文化の批判者ではなくて、文化の王座であり、或いは文化の模範であった。ここが漱石の偉大さである。世間の博学から無知に至るまでの人間達が、漱石について感心し、之にあやかろうと考える点は、文化の内容の批判者としての彼ではなくて、文化の形式的な最高標準としての彼である。[13]

戸坂にとって「漱石」の記号は、いわば「常識」と同じくらいとりとめがなく、ブルジョワ的な「文化」そのものの影響と同じくらい遍在していて、単に漂っていた。

漱石受容の長い歴史の中で、一九三六年の戸坂の「漱石文化」の批評は、一九五七年にマクレランの翻訳した『こころ』とはかなり歴史文脈的な隔たりがある。第一に、戸坂は戦時下日本のファシズムの情勢下で書いたのに対して、マクレランは戦後アメリカの冷戦の文脈で執筆していた。マクレランの指導教官たちは日本についてほとんど知らなかったのだから「偉大な作家」のイメージに圧倒される状態からはほど遠く、漱石について耳にしたこともなければ、日本の小説を一冊さえ読んだこともなかったのだ。

しかしこうした違いにもかかわらず、「漱石文化」に関する戸坂の批評は、どのように文化の政治と文学的な美学が一九五七年のマクレラン訳の『こころ』で交差したかを知るための言語と論理を与えてくれるのもまた事実である。要するに、マクレランの翻訳自体は、自由主義独自の「常識」が充満した文化的・歴史的な文脈から現れ、以前の戸坂の批評に共鳴するような形で人文学的かつ一見非政治的な「漱石」の記号を構築するのに寄与した。マクレランの最初の読者は漱石を文化的象徴として認知し得なかった日本の門外漢《アウトサイダー》たちであったが、古典的自由主義思想の正典における彼らの造詣の深さは、彼らを戸坂の呼ぶ「漱石文化」の自由主義的常識の潜在的専門家《インサイダー》にしたのだと言える。このように読むことで、マクレラン訳は、戸坂が決して予見はしなかったが、確実に認識しえた文脈において、どのように文化的自由主義の力の場が『こころ』に価値を割り当てたかについての事例研究を提示してくれる。

二　マクレランとシカゴの接点

マクレランはシカゴ大学社会思想委員会の大学院生時代に『こころ』を英訳し、一九五七年に博士論文「漱石序説――ある日本の小説家」を彼の指導教官たちに提出した。彼は近代日本が文学の傑作を生み出したということを証明し、アメリカでは無名の作家を博士論文で取りあげることを正当化するために『こころ』を翻訳した。つまり、マクレランの大学院における知的教養は、主として古典的自由主義哲学とスコットランド啓蒙思想に焦点を当てた学際的なカリキュラムによって育まれたのであった。シカゴでの彼の仕事は漱石についての博士論文と『こころ』の翻訳という形に実を結んだが、それはフリードリヒ・ハイエクを含む一九五〇年代アメリカの保守主義と新自由主義の最も突出した権威者によって指導され、その金銭的なサポートで出版され、そして評価されたのであった[14]。

一九五〇年代アメリカの新自由主義的感性と一九三〇年代日本の戸坂の著作を比較するための土台を確立する方法として、ハイエクとその他の一九五〇年代の新自由主義者自身が、当時、戦中ヨーロッパ（そして暗黙のうちに、日本も）のイデオロギーに意外に近接していると理解していた点に、まず注意しよう。戸坂が戦前に批評していた文化的・政治的緊張は一九四五年にはもう解決済みで、過去のものとなっていたと思われがちなのだが、忘れてはならないのは、マクレランの同僚の多くが戦後の現在にさえ戦時のファシストの亡霊が取り憑いていると理解していたという点である。この恐れは、ハイエクの著名な古典『隷従への道』（一九四四）で最も簡潔に表現された。この著作はナチスドイツを掌握していたファシストの脅威がヒトラー体制陥落後も、自由市場の予測のできない力をコントロールする「善意の」試みを提唱したケインズ学派の干渉やニューディール政策支持者の社会福祉計画によってしぶとく延命していると警告した。『隷従への道』は、ソビエトの社会主義の蔓延を恐れている冷戦期のアメリカ市民をいちはやく味方につけ、ファシズムがどこでも、アメリカやイギリスでさえ定着できると読者に確信させた。

ハイエクは、計画的で予見可能な経済と社会の名のもとに、偶発的で自然発生的な自由市場企業を放棄する政策からファシズムが発達したと確信していた。戸坂のファシスト的文化に対する批判は、自由主義が日本のファシズムに親和的であっただけでなく共犯的でさえあった観念論的な哲学だったと考えていたという意味で、むしろ例外であったと言える。[15] 政治的スペクトルの反対側では、戦後の自由主義主唱者(一九五〇年代シカゴでのマクレランの同僚の何人かを含む)は、自由主義があらゆる種類の権威主義、特にファシズムの解毒剤になると主張していたのだから。ハイエクらは、自由市場が自由民主主義社会の中の無数のニーズと才能の間に効果的に介入する見えざる手として機能すると信じていた。それとは対照的に、ヒトラーのドイツとムッソリーニのイタリアの政府計画は、自由市場を腐敗させ、権威主義的な統合計画に合致して社会を作り直す国家統制主義者の企てを意味していた。モンペルラン協会と関係のあったハイエクや経済学者や社会学者にとって、自由市場的な自由主義の原理を唱導することは一九五〇年代の、そしてそれ以降も緊急の課題だった。なぜなら彼らはそれらの原理の放棄こそがファシスト的形態によって満たされることとなる空間を開いてしまったと信じていたからである。

社会的・経済的問題についてのこれらの議論が日本文学とはほとんど無関係のように見えるかもしれないが、実際これらは英語小説としての『こころ』の誕生を取り巻く政治的危機と認知された状況について多くを語っている。『こころ』の翻訳を生み出したのは、米国における日本研究という学問上の編成ではなく、ハイエクのような人によって推進された初期の新自由主義運動だったのだ。『こころ』の英訳テクストは、戸坂が常に「漱石文化」を活気づけたと暗示した古典的自由主義思想そのものによって用意される文化的領域の中で読まれたのである。

一九五七年に、マクレランは保守主義の主力出版社ヘンリー・レグネリー社から『こころ』の英訳を出版した。その頃日本文学はアメリカではほとんど知られていなかったが、レグネリーは保守主義的理性の主導者らのサークルの一員としてマクレランを認識していた。マクレランは一九五三年にレグネリーから『コンサーバティブ・マインド』を出版したラッセル・カークのもとで研究していた。その後に彼はハイエクと古典学者のデビッド・グリーンが指導教官を務めていた社会思想委員会に入った。そして一九六二年にハイエクがシカゴ大学からフライブルク大学に移ったとき、彼のオフィスはソール・ベローに引き継がれた。ベローは自身の最後の小説『ラヴェルスタイン』(二〇〇〇)でアラン・ブルームへの敬意を表し、本に対する旺盛な興味と彼と彼のシカゴの同僚の生活を描いた。

新自由主義運動が芽吹いていた当時の文脈において、マクレランの英語の文体と言葉に対する優れたセンスは、彼の最大の資産だった。これはハイエクを代表とする新自由主義者たちが古典的自由主義の原理がエドマンド・バーク(一七二九—一七九七)の時代から不変のまま残っていると考えていた一方、その変わらぬ原理の表現は、常に新しくなる現在の言語でしか表現され得ないと考えていたからである。ハイエクは『自由の条件』で次のように述べている。「もしも古い真理を人びとの心裡に留めておこうとするならば、後につづく世代の言葉と概念をもってそれを繰り返しておかなくてはならない[16]」。

新自由主義運動へのマクレランの最も直接的な関与は、この新しい言語の追究という仕事にあった。『こころ』の名訳にハイエクは感心し、「僕が書きたいと思うような英文をマクレランは書いている」と言ったという[17]。オーストリア生まれのハイエクは母語がドイツ語であり、英語での文体のぎこちなさを心配し、原稿をより読みやすくて英語らしいものに推敲することをマクレランに依頼してもいる。ハイエクの要請で、レルム基金はマクレランに『自由の条件』の原稿執筆のアシスタント料として二七〇〇ドルほどを支払った[18]。およそ一〇年後にもまた、ハイエクの

『法律と立法の自由』の原稿作成の援助に対して、同基金からマクレランに一五〇〇ドルが支払われた。ハイエクは以下のように基金に要請したようだ。「この本が出版されるにあたって、きちんとした文体になっていることが大事だと思っている。もし『自由の条件』がいくらか成功しているとすれば、その多くは初稿に手を入れたエドウィン・マクレランの編集のおかげである」[19]。この書簡はマクレランが新自由主義思想のもっとも重要なテクストのいくつかの言語を形作った「黒子」になったことを伝えている。これらのテクストの思想の派生効果は世界中に広がった。冷戦の対立が深まり、「自由」が大西洋を横断する「自由世界」を定義する言葉になるにつれて、マクレランが『こころ』を翻訳する大学院生として最初に出会った新自由主義運動は、自由市場経済に対する信頼を広め、一九八〇年代のロナルド・レーガンとマーガレット・サッチャーのリーダーシップに影響を与えた起業家精神を生み出した。

しかし、マクレランと冷戦下の新自由主義と保守主義、その間のこれらの接点を描写する際に忘れてはならないのは、マクレランはハイエク、カーク、レグネリーのような人びとの活動家的傾向やイデオロギー的情熱をほとんど共有していなかったということである。彼は一般論としては彼らの政治観に同意していたようだが、主として偶然の出会いを通して新自由主義と保守主義運動に接触し、常にその周縁に留まろうとした。これは端的に言えば、マクレラン自身は知識人ではなかったし、ましてや、たとえそうした人びととの学究的かつ個人的な親しい関係があったとしても、イデオローグでもなかったからである。同様の方法で、一九五〇年代シカゴでマクレランが接触した新自由主義運動の有名な重鎮らは、彼ら自身の重要な政治的相違によってときおり袂を分かった[20]。彼らの著作は決して一枚岩的な知識人の正統派的学説ではなく、意味内容が異なった方向に拡大する思想の星空を表していた。そして新自由主義の可能性のその空で、もう一つの星はマクレラン訳の『こころ』とともに現れた。

三　マクレラン訳『こころ』を読む

マクレランがシカゴの同僚を特に引きつけるだろうと考えていたのは、漱石の詩的文体であった。彼は一九四一年に出版された近藤いね子の英訳した『こころ』のスタイルを軽蔑していた。彼いわく、近藤訳には「心地よくなり、多少なりとも許容可能な文学的英語になるとみなせる一頁も、一段落もない」[21]。自身の翻訳を完成させる際にマクレランは、彼の最も深遠な義務はシカゴでの指導教授たちに漱石の言葉のリズムを伝えることだと感じた。一九九八年に行った講義で彼は、もともと出版の意向などなしに翻訳を着想していて、読者はハイエクとグリーンだけ、いわば好きでする仕事として翻訳を進めていったと説明した[22]。マクレランは次のように回想している。

〔ハイエクとグリーンが〕私の翻訳した『こころ』を読んだとき——彼らにとって初めて読む日本の小説であった——、二人は深く感銘し、私が〔博士論文で〕漱石について書くことを許した。

彼らは当時の大部分の西洋の日本研究者よりもずっと、日本史のある特定の時間における漱石の寓話詩のもつ悲しみを理解したと私は思った。

当初から私が使った言葉は、その詩的な力の意識と、それを私が敬服し愛した二人の男性に伝えたいという欲望によって形作られた。彼らに伝えたかったのは、言葉の音楽や漱石の文章の一節一節にリズムを与えた感情的な性質、そしてタイミングと態《ボイス》における穏やかな移行であった[23]。

『こころ』を読むまでは一冊も日本の小説を読んだことのなかった日本の門外漢《アウトサイダー》のハイエクとグリーンが、なぜ漱石の小説の悲しみを「当時の大部分の西洋の日本研究者よりもずっと」理解したのかということは、ここでも述べられていないままである。この回想から明らかなことは、マクレラン訳の『こころ』は英訳で入手可能な最も広く読まれ続ける日本の小説の一つになったが、その最初の読者はマクレランが「敬服し愛した」二人の男性、ハイエクとグリーンのみで構成されていたということである。

マクレランの手で、東京を舞台にした二〇世紀前半の文化的特殊性の多くは不可視化された。それらはシカゴの新自由主義者をいわゆる「偉大な書物」("Great Books")——彼らが人間の心の時間を超越した物語を伝えると信じていた——に引きつけた普遍主義の感性によって上書きされたのである。翻訳者としてのマクレランの選択は、『こころ』は普遍的な人間の生き様を反映し、しかも小説の奥深さはそれ自体としてあるのであって、漱石の執筆時の彼を取り巻くいかなるローカルな状況とも関係がないという彼の信念に従ったようだ。たとえば一九五八年のエッセイ「漱石の『こころ』が暗示するもの」で、マクレランは次のように述べている。「我々に求められているのは、〔「私」の〕苦しみへの理解を通して、ユニークではないが人間的である「先生」の人生の悲劇について考察することである」[24]。マクレランは、読者が漱石を特定の歴史的文脈またはユニークで個人的な経験を反映している作家として見ることを思いとどまらせた。「私は、漱石ほどの才能を持った芸術家の小説の意図を研究する際、研究者はなるべく彼の私生活の状況を参照しないようにするべきであると思う」[25]。マクレランの要点は、漱石が、あらゆる社会的・政治的・歴史的な制約の境界をも超えていく人間の条件を考察する作家として、最も有効に読みうるということであった。

漱石はまるで孤独が近代人に特有のものであるかのように話した。問題は、主として孤独が漱石または永久的な人間の条件のための同時代の社会的現象であるかどうかである。おそらく答えは、悲劇作家である漱石の知覚と感性が、人間の苦しみをある特定の社会的または歴史的状況の所産として完全に見なすわけではないという事実のなかにある。[26]

ヒューマニスティックなテクストとしての小説というマクレランの解説は、『こころ』の出版を取り囲む新自由主義ムーブメントの感性と一致していた。広い意味では、ハイエクの新自由主義ムーブメントはそれ自体、一九三〇年代およびそれ以降に、ナチズム、ファシズム、ケインズ経済学、そしてニューディール政策を生んだ(或いはそれらによって生み出された)「近代人の危機」についての大きな「不安」から誕生したと言える。一九四七年にハイエクのモンペルラン協会によって起草された「目的声明」では、時間を超越した人間の尊厳——そして文明そのもの——が、ヨーロッパのジェノサイドからアジアの核戦争まで、そして全体主義国家の高まりから計画経済の流行までに及ぶ黙示録的な規模の破滅によって危険にさらされた世紀半ばの瞬間が描写されている。

文明の中心的価値が危機に瀕している。人間の尊厳や自由の本質的諸条件は、地球上のかなりの範囲ですでに失われた。その他の地域でも、それらは時流の政策の発展によって絶え間ない脅威のもとにある。個人や自由意志をもった集団の地位は恣意的な権力の拡大によってますます掘り崩されている。[27]

新自由主義的な想像力においては、一九四五年のヨーロッパと太平洋の戦闘終結は、平和への復帰ではなく、単に現代人の進行する黙示録的な危機の中の一時の停止でしかなかった。

この点に関して、マーク・グライフは近年、「人間の条件」についての不安がおおよそ一九三三—一九七七年の間のアメリカの文学と思想の決定的な特徴として見なせると指摘している。その時期を彼は「人間の危機の時代」と呼んだ。[28] この間、シカゴ大学の社会思想委員会（当初は「文明委員会」）が新自由主義思想だけでなく、「強烈な反歴史主義」の温床になったことにグライフは注目している。「歴史の各時代はその特殊性と有機的な輪郭から理解されるべきである。極端に言えば、各時代は別の時代とは同じ用語で評価できないかもしれない」という概念に反対する態度を「反歴史主義」は意味しているとグライフは説明している。[29]「文学」はシカゴ新自由主義者や反歴史主義者にとって、時空間を横断する人間の不変の本質の最良の「証拠」になった。この「文学」に関する強い思い入れが「偉大な書物」（"Great Books"）カリキュラムを生み出し危機の時代を超越した人間の本質を伝達することが望まれた。[30] グライフの研究が示唆するのは、普遍的な人間の危機を書き記す小説としての『こころ』というマクレランの説明が、反歴史主義と世紀半ばの新自由主義的世界観のなかにぴったりとはまっているということである。

さらにマクレラン訳を精読することで、彼が日本の日常生活の細部に馴染みのない英語圏の読者を疎外するかもしれないような日本語の表現を、「同化的」に翻訳していた（ドメスティケイション）ことがわかる。たとえば「私」が「先生」と「奥さん」を訪問したとき、住宅建築についてのマクレランの翻訳は、登場人物が東京というよりシカゴに住んでいるのも同然だったことを示している。英訳では「玄関」は front hall（玄関広間）、「襖」は door（ドア）、「座敷」は living room（居間）、「茶の間」は morning room（午前中用いる居間）と呼ばれた。

他の箇所でも同様に、テクストにおける衣服のディテールが西洋化されている。兵児帯は belt（ベルト）、「袴」は dress trousers（礼装のズボン）、「袂」（時々手紙やお金や小物を運ぶのに使われる着物の大きな袖）は pocket（ポケット）になり、そして原文の着物と帯に関するその他の言及は完全に省略されている。[31]「私」が「先生」からの長い手紙を受け取り、東京に戻るために田舎の家族を捨てる小説中盤の最高潮の場面で、原文は「袂から先生の手紙を出して」と描写してあるが、マクレランは「袂」を省略し、文章の後半部分だけを「ようやく、私は先生の手紙を始めから最後まで読むことができた」と翻訳している。(32) 衣服の小物類や建築上のディテールを省略するという選択には、二〇世紀前半の日本にテクストを位置づける文脈的な座標がないほうが、ハイエクとグリーンが『こころ』の重さをよりよく理解できるという前提があったと思われる。

こうした観点から、我々は、マクレランの翻訳が——当然のことながら——、原著の透明な転写ではなく、文芸批評的に偏った訳だと理解することができる。二〇一〇年のメレディス・マッキニー訳の『こころ』との比較を通して、翻訳者としてのマクレランの選択の意味がいっそう浮き彫りになる。キース・ヴィンセントが指摘しているように、マッキニー訳はマクレランが削除または浄化した原著の相《アスペクト》をより多く含んでいる。場合によっては、マッキニーによって残されたくだりは、二〇世紀前半の日本の社会的想像力内部の緊張を指し示し、それゆえに、歴史的に根拠のある読書体験を可能にする。マクレラン訳で、そのような体験をするのは難しい。たとえば小説の最初の一行では、「私」は年上の友人をいつも「先生」と呼んだと説明する。

私は其人を常に先生と呼んでゐた。だから此所でもたゞ先生と書く丈で本名は打ち明けない。是は世間を憚かる遠慮といふよりも、其方が私に取つて自然だからである。私は其人の記憶を呼び起すごとに、すぐ「先生」と云ひたくなる。筆を執つても心持は同じ事である。(33)

原文とマッキニー訳で見られた次の文は、マクレランによって省略された。「余所々々しい頭文字抔はとても使ふ気にならない[34]」。

ここで言及されている「余所々々しい頭文字」は、小説後半、「先生」が「私」に宛てた手紙で大学の友人を「K」と呼んだことを暗に示している。実際、「先生」の手紙は小説後半であり、「余所々々しい頭文字」で「先生」を呼ばないという「私」の物語冒頭の一行での宣言は、「私」が自身のホモソーシャルな友愛物語を語りだす前に「先生」の手紙をすでに読んだことを明らかにする。この文を考察している小森陽一と石原千秋の『こころ』の読みに引きつけながら、ヴィンセントは、「私」は「先生」がしたように最も親密な男性を冷たく非人称的な頭文字で呼ぶのを拒否することによって「先生」から距離を置いていると結論づけた。ヴィンセントの要点は、呼びかけの形式を「先生」の仕方とは区別することで、「私」は暗に「先生とは違って、私は親密な男性の呼び方を知っている」と言っているということである[35]。

ヴィンセントの精読は、マクレランによって削除された一文が、実のところ『こころ』の歴史主義的な解釈を可能にしていることを明らかにする。その読みは、二〇世紀前半の日本における特定の歴史的文脈のなかにおける『こころ』の意味を見定めるものだからだ。ヴィンセントの手法はマクレラン訳の普遍化傾向に逆らって働き、小説の原文がヴィンセントが「二股をかける近代性」(two-timing modernity)と呼ぶところの漱石の「位置」に指標を与える方法を取り戻す。この近代性において、漱石は「自然で規範的な究極目的として異性愛の対象選択を志向する近代化と発展の物語の引力から自由になる」ことなく、同時に「男同士の間の愛が想像可能だった過去の文化的記憶を保存した[36]」。この主張によって、ヴィンセントの『こころ』の精読は、マクレラン訳が小説の歴史的特殊性の相《アスペクト》をきれいに取り除いてしまったのに対して、漱石の言語が一九一四年頃の東京の社会生活と記憶の対立する力学に指標を与えたことを明らかにした。

しかしここでシカゴの同僚が『こころ』の普遍的な人間の条件に関する神話的メッセージを発見した最初の読者ではなかったことを思い出すことも重要である。というのも、これは実際戸坂潤が「現代に於ける「漱石文化」」(一九三六)のなかですでに批評していた二〇世紀前半の日本における漱石の読まれ方と同じだったからだ。言うまでもなく戸坂は、日本語の『こころ』を読んだ日本の読者について述べているのだが、その批評は彼が近代日本の「常識」と呼んだような古典的自由主義思想に端を発する信念を最も深く持ったシカゴ新自由主義者らによるマクレラン訳の『こころ』の受容にも、同じように当てはまるのだ。これらの類似は、英語圏の読者に漱石を紹介した翻訳者の仲介に加えて、小説自体の相《アスペクト》が二〇世紀前半の「日本」を超えて、あらゆる規範的な国民文化の特性にも、あらゆる歴史的特殊性にも拘束されない自由主義的人間主義的な読みを読者に開いたことを示している。

このようなアメリカと日本での共鳴の事実をふまえて、こう推測することもできるのではないか——マクレラン周辺の人々は彼らが当時概念化していた新自由主義的感性の美的喚起を『こころ』の英訳のなかに発見したのだ、と。マクレラン自身もハイエクとグリーンが『こころ』の英訳に感動したことに触れている。「アイルランド出身の古典学者とオーストリア出身の経済学者のあの二人が遠慮なく〔漱石の〕小説の感動を語ってくれた際の感情の豊かさを一生忘れない」と。(37) ハイエクへの書簡にはマクレランはハイエクが読めるように漱石の著作の何かを訳すつもりだと語りながら、カークの『コンサーバティブ・マインド』の案内人だった古典的自由主義の大家たち、「バーク、アクトン、ド・トクヴィルなどを渇望している」と書いている。(38)

しかし、ここで、一九五〇年代アメリカの新自由主義者たちの『こころ』に対する反応が一様であったという印象を与えないように注意しなければならない。そうすることはマクレランが親しくしてきた学者たちの文化的想像力を侮ることになるし、彼らの多くは言語と政治の変化に敏感で、学識も深い人びとであった。それはまた、小説そのもの複雑さを過小評価することにもなりかねない。『こころ』にはもちろん政治性があるが、もっとも感動的な場面で読者に語りかける様相はどのような安定した政治観にもあてはまらないだろう。小説は憂鬱な孤独、父と息子の間の色あせた親しみ、生きている人間と故人との交わり、常にその可能性を締め出す社会的文脈における真の感情への深い(あまり言葉に出されることのない)渇望などが、それぞれ詩的に描かれている。すなわち、様々な感情を読みうる開かれた小説であり、一九五〇年代アメリカの敏感な文化的想像力を持った新自由主義者たちもまた自分の政治的感性の範囲外でその美学的魅力を感じることができたはずである。おそらく最後に言えるのは、一九五〇年代アメリカのハイエクたちによって明瞭な言葉を与えられた新自由主義的感性は、漱石の著作がそうであるようにいまだ健在であり、その進路は今日の読者の心のなかでも交差し続けているということだ。

四　今日漱石を読むこと

一九五七年にマクレラン訳が登場して以来、現代の想像力における漱石の位置は、半世紀以上衰えることがなかったし、新自由主義の影響もまた小さくなることはなかった。また、近年ハイエクと戸坂の思想は、新たに注目を浴び、本稿で論じた漱石の懐疑的かつ共感的な読みを成立させた感情の復活を促した。二〇一〇年の一時期、刊行後約七〇年を経たハイエクの古典『隷従への道』(一九四四)が、アマゾン・ドット・コムの売り上げで驚くべきことに一位を記録した。この急激な売上増は、同時代的関連性を大げさに喧伝する保守系のフォックス・ニュース・チャンネルで一時間番組のテレビ・パーソナリティを務めるグレン・ベックのおかげだと言える。ベックの番組放送後一カ月で、『隷従への道』は一〇万部売れた(39)。一方政治的スペクトラムの反対側では、歴史家のハリー・ハルトゥーニアンが、戸坂の著作は九・一一以後のアメリカの政治を名づけるための言語と論理を与えてくれると論じた。また英文の *To-saka Jun: A Critical Reader*）の編者は、「文化的自由主義に関する戸坂の批評は、資本主義・ファシズムを批判するのに今こそ役に立つ。実際、我々は一九三〇年代といくつかの不気味な類似点を共有する時代に入ったようだ」[40]と主張している。

戸坂とハイエクの思想への関心の復活は、没後一世紀を経た現代世界における漱石の位置に対する我々の評価にある重大な示唆を与えてくれる。我々が漱石の著作を（新自由主義が導いた）世界の「危機」に共犯的あるいは批判的であったと読むかどうかにかかわらず、彼の言葉が、彼のテクストが、我々のものでもあるグローバルな近代性の緊張を分節化し、いよいよ増大する不安について思考するための言語を与えてくれる。すなわち、漱石の言語は、それを生み出す緊張を我々が解かない限り、そしてその矛盾のなかに我々が閉じ込められたままでいる限り、我々とともに残り、同時代に共鳴するのである。

（翻訳・松田潤）

本稿における書簡の引用を許可してくれたフリードリヒ・ハイエク財団に感謝する。本稿は以下の英語論文と一部重複している。"*Kokoro* Confidential: Edwin McClellan, Friedrich Hayek and the Neoliberal Reading of Natsume Sōseki," in *Representations*, no. 134 (Spring 2016), pp. 93–115 を参照のこと。

（1）このエッセイの初出は、ブライアン・ハーリー「聖職者と予言者——漱石の記号を読む」『文学』一五巻六号、二〇一四年一一月、一四一—一五七頁（それに加筆、修正したもの）。初出エッセイの英語版は次の通り。"*Kokoro* Confidential:

Edwin McClellan, Friedrich Hayek and the Neoliberal Reading of Natsume Sōseki," in *Representations*, no. 134 (Spring 2016), pp. 93–115.

今回の加筆後のエッセイの英語版は次の通り。"Friedrich Hayek and the Pleasures of Liberal Thought in the 'Great Book' of Modern Japan," *The Routledge Companion to Literature and Economics* (2018), Matt Seybold and Michelle Chihara ed.; "*Kokoro* and the Economic Imagination," *The Review of Japanese Culture and Society.* 会田弘継もこのテーマに触れている。「漱石・ハイエク・江藤淳「こころ」の絆」『文藝春秋』八六巻一一号、二〇〇八年一〇月、三三四―三四一頁。

(2) Michel Foucault. *The Birth of Biopolitics: Lectures at the College de France 1978–1979*, ed. Michel Senellart, trans. Graham Burchell (New York: Picador Palgrave Macmillan, 2008), pp. 218–219.〔『生政治の誕生――コレージュ・ド・フランス講義　一九七八―一九七九年度』筑摩書房、二〇〇八年、二六九頁〕

(3) Correspondence dated October 2nd, 1962. Friedrich A. von Hayek papers, Box 17, Folder 37, Hoover Institution Archives.

(4) Correspondence dated March 24th, 1971. Friedrich A. von Hayek papers, Box 37, Folder 26, Hoover Institution Archives.

(5) ハイエクとマクレランの関係について日本語で書かれたものとしては、会田弘継「漱石・ハイエク・江藤淳「こころ」の絆」(前出)、およびブライアン・ハーリー「聖職者と予言者――漱石の記号を読む」(前出)、を見よ。

(6) 江藤淳「漱石神話と「則天去私」」『夏目漱石』講談社、一九六六年、九―一九頁。

(7) Harry Harootunian. "The Postwar Genealogy of Fascism and Tosaka Jun's Prewar Critique of Liberalism," in *The Journal of Pacific Asia* (1995), pp. 95–115. ハリー・ハルートゥニアン「戦後ファシズム論の系譜と戸坂潤の戦前における自由主義批判」『The Journal of Pacific Asia』第二巻、世織書房、一九九五年、九五―一一二頁、を見よ。

(8) 柄谷行人「近代の超克」『〈戦前〉の思考』文藝春秋、一九九四年、一〇三―一〇八頁。

(9) 戸坂潤『戸坂潤全集』第二巻、勁草書房、一九六六年、三九四頁。

(10) 注(8)に同じ。

(11) 戸坂潤「現代に於ける「漱石文化」」『戸坂潤全集』第五巻、勁草書房、一九六七年、一一二頁。

(12) 同前、一一三頁。

(13) 同前。

(14) 会田弘継「漱石・ハイエク・江藤淳――「こころ」の絆」(前出)。

(15) 注(8)に同じ。

(16) Friedrich A. Hayek. *The Constitution of Liberty: The Definitive Edition*, ed. Ronald Hamowy (Chicago: University of Chicago Press, 2011), p. 47. 『ハイエク全集』第五巻『自由の条件I』気賀健三、古賀勝次郎訳、春秋社、一九八六年、七頁。

(17) Correspondence dated October 23rd, 1966. Friedrich A. von Hayek papers, Box 17, Folder 37, Hoover Institution Archives.

(18) こうした財政事務についてはイアハートとレルム基金のハイエクとリチャード・ウェアの間の手紙で議論されている。一九五八年一〇月七日にハイエクはマクレランのアシスタント料として二七〇〇ドルを要求し、同年一〇月二二日ウェアがハイエクにレルム基金の理事会が支出を許可したと伝えた。Correspondence, Friedrich A. von Hayek papers, Box 17, Folder 37, Hoover Institution Archives.

(19) これはウェア宛の一九六六年三月二日書簡にある。一九六七年二月二七日にウェアがマクレランに『法律と立法と自由』原稿執筆の援助に対してレルム基金の理事会が一五〇〇ドルの奨学金を出すと決めたと知らせた。Correspondence, Friedrich A. von Hayek papers, Box 17, Folder 37, Hoover Institution Archives. また、マクレランは以前カークの『コンサーバティブ・マインド』の準備を手伝い、索引を作成した。

(20) たとえばハイエクとカークは、政治的にお互いと必ずしも一体感を持たなかった。ハイエクの『自由の条件』(一九六〇)の追論は「わたくしはなぜ保守主義者ではないか」と題されており、そこでハイエクは自身の政治観とカークのそれとの間の微妙な相違点を示した。

(21) Edwin McClellan. "Edwin McClellan on Natsume Sōseki and Shiga Naoya," in *Words, Ideas, and Ambiguities: Four Perspectives on Translating from the Japanese*, ed. Donald Richie (Chicago: Imprint Publications, 2000), p. 14.

(22) Ibid., p. 4.

(23) Ibid.

(24) Edwin McClellan. "The Implications of Soseki's Kokoro," in *Monumenta Nipponica*, vol. 14, no. 3/4 (October 1958–January 1959), p. 364.

(25) Ibid., p. 366.

(26) Ibid., p. 368.

(27) 引用は以下より行った。Daniel Jones. *Masters of the Universe: Hayek, Friedman, and the Birth of Neoliberal Politics* (Princeton NJ: Princeton University Press, 2012), p. 32. モンペルラン協会の「目的声明」(一九四七)全文は以下のサイトより閲覧できる。https://www.montpelerin.org/statement-of-aims/

(28) グライフは次のように述べている。「二〇世紀半ばの数十年に、共通点がなく敵対さえしていたさまざまなタイプのアメリカの知識人は、危機の認識においてひとつにまとまった。世界は一九三三年以降、その影響が約三〇年反響し続ける新しい危機に突入した。それは自由主義国家あるいは資本主義経済一般の危機に限らず、政治的な世界システムに差し迫った世界大戦の激発の危機だけでもなかった。脅威は「人間」にあった。「人間」は「危機」のさなかにいたのである」(Mark Greif. *The Age of the Crisis of Man: Thought and Fiction in America, 1933–1973* (Princeton, NJ: Princeton University Press, 2015), p. 3)。

(29) Ibid., pp. 51–52.

(30) Ibid., pp. 40–41.

(31) 原文は『漱石全集』第九巻、岩波書店、一九九四年(二〇〇二年再刊)を参照。以下、『全集』。マクレラン訳は Sōseki Natsume. *Kokoro*, trans. Edwin McClellan (Washington DC: Regnery Publishing, Inc., 1957; 2000 printing)を参照。以下、EM。

(32) 『全集』一五三頁、EM, p. 124.

(33) 『全集』三頁。

(34) 同前。

(35) Keith Vincent. *Two-Timing Modernity: Homosocial Narrative in Modern Japanese Fiction* (Cambridge: Harvard University Asia Center, 2012), pp. 106–107.

（36） Ibid., p. 4.

（37） Edwin McClellan. “‘The Photographer’: An Essay by Soseki; Prefatory Remarks by the Translator,” in *Literary Imagination, Ancient and Modern: Essays in Honor of David Grene*, ed. Todd Breyfogle (Chicago: University of Chicago Press, 1999), p. 204.

（38） Correspondence, Friedrich A. von Hayek papers, Box 37, Folder 26, Hoover Institution Archives, The letter is dated January 20th, but no year is given.

（39） Jennifer Schuessler. “Hayek: The Back Story,” in *The New York Times: The Sunday Book Review*, July 9, 2010. http://www.nytimes.com/2010/07/11/books/review/Schuessler-t.html（二〇一五年七月二二日取得）

（40） Harry Harootunian. “The Black Cat in the Dark Room,” in *positions: east asia cultures critique* 13. 1 (2005), pp. 137–155; eds. Ken Kawashima, et al., *Tosaka Jun: A Critical Reader* (Ithaca, NY: Cornell University East Asia Program, 2013), p. xii を見よ。

情動としての『こころ』——文学と身体の結節点

中川成美

序　「死」のテクストとしての『こころ』

『こころ』は死に彩られたテクストである。一〇年余り前の友人・Kの自死、その自責にとらわれた先生の遺書、その遺書を託された「私」の父が今ある危篤の床。『こころ』において重要な死の情景の背後には、先生の両親の腸チフスによる死、奥さんの父親の日清戦争による戦死と母親の病死、Kの母親の早すぎる死などがテクストに埋め込まれている。そしてそのすべての死を覆うかのように、明治天皇崩御と乃木将軍夫妻の殉死によって、作品は締めくくられる。漱石によって描きだされる累々たる死は、明治という時代の終焉と重ねあわされて、鬱屈した時代の或る情景を見事に切り取ったといって間違いなかろう。しかし、この死という不可避の事象を、漱石は人間に課せられたひとしなみの運命としてではなく、それぞれが自らの死、そして他者の死をどのように想うのかという問題として捉えた。『こころ』は、人間の「死を知る」という行為そのものに内包される感情の生成を、真正面から見つめようとした作品である。それに伴って導き出される身体の微細な動きを凝視し、そのことによって惹起される不可思議な人間の行動や感情によってもたらされる出来事が作品に描かれている。それは怒りや悲しみ、嫉妬や愛情といった人間の感情が思わぬ契機をもって噴出して、自らの身体を領有して支配していく行程の物語でもある。では何故、そのような理路を越えた身体は形成されてしまうのか。漱石は『こころ』で、そうした人間の錯綜する心理的内面を描出して、なおかつ身体の制御なき混乱に眼を注いだのである。

『こころ』において読者を惹きつけるのは、謎の連鎖に縁どられたサスペンス性とも呼ぶべきストーリーの起伏である。プロットの隅々に複雑に張り巡らされた謎は、読者に次々と新しい疑惑を抱かせ、単純には了解しがたい不可思議な登場人物たちの言動や思惟は読者を戸惑わせる。このようにストーリーを遅延させるのは、連載小説の常套ともいえようが、時として書かれていない「空所」がネックとなって、よくわからないプロットが埋め込まれていたりする。考えてみれば、「私」と先生の出会いもわかりにくい。

「私」が先生に最初に出会うのは、鎌倉の海で外国人を伴って海水浴に来ているからと説明されている。「私」を惹きつけたのは外国人の「白い皮膚の色」であり、「猿股一つ」の裸体である。ここでホモ・エロティックな欲望を看取する読者もいれば、白人の肌に注目する「私」の西洋憧憬を感じる読者もいるだろう。だが、それが、一緒にいた先生に動いていく経過は、明瞭には説明されていない。翌日、一人で来ていた先生に注目するまではわかるが、毎日彼に接近しようとする「私」の意図も不明のまま、先生のあとに続いて沖に泳ぎ出た「私」が「愉快ですね」と先生に声をかけて、「私は是から先生と懇意になつた」(上・三)とする叙述は、あまりにそっけなく、肩透かしをくったようである。このように始まったこの物語が、やがて一歩一歩深みにはまっていくかのように、「死」をめぐる想念に向かっていく。その構成はある種のミステリーが持つ魅力をも発散させながら、疾走するのだ。読者はそこに身を委ねながらも、何重にも仕掛けられた「わかりにくさ」を抱えて伴走しなければならない。本稿ではこの「わかりにくさ」を、情動 affect という側面から考えてみたい。

一　情動と身体

情動について、ウィリアム・ジェイムズは、次の著名な見解を一八八四年に発表した。

（前略）我々が悲しみを感じるのは泣くからである。怒りを感じるのは殴るからである。怖いのは震えるからである。われわれが泣き、殴り、震えるのは、それぞれ我々が悲しかったり、怒っていたり、恐ろしかったりするからではない。知覚に引き続く身体変化がなければ、後者はおそらく純粋に認知的なものであって、ぼんやりとして生彩を欠いており、また情動がもつ暖かさを欠いている。(1)

先ずは身体の反応があって、そこから感情が発生するという考え方は、のちに批判にもさらされるが、ここで重要なのは知覚や認識、欲望などに先立って、身体そのものが認識より先に外界の状況を摂取して、身体そのもので表現するという点であろう。外からの呼びかけに対して人の身体は思いのほかに脆弱なのだ。理性や知性によって統御されていると信じている私たちの身体は、実は深く身体のルールによって感情を生成させている。続く部分でジェイムズはこのように述べる。

それぞれの情動において変容をうける身体部分が数え切れないほど多数であるために、我々は平常心(in cold blood)でいるときには、いかなる情動についても、そのすべての表出を統合して再生することができない。我々

は随意筋ならばなんとか制御できるかもしれないが、皮膚、腺、心臓、その他の内臓を制御することはできない。(2)

つまり、脳の認知のみによって身体は動くのではなく、事前的にまるで不随意筋が活動するように、自然に身体が反応して情動を形成するのだということである。ジェイムズが唱える「悲しいから泣くのではない、泣くから悲しいのだ」という著名なテーゼは、ジェイムズ＝ランゲ説として歴史に記録されたが、脳神経中枢の反応とするキャノン＝バード説、身体反応と認知の両面にわたる活動と捉えるシャクター＝シンガー理論などと対立しながら、情動研究の礎を築いた。これらの考えは、"The Principles of Psychology"(一八九〇)、"Psychology, briefer course"(3)(一八九二)などの心理学の教科書にて繰り返される。漱石は、"The Principles of Psychology"の一九〇一年刊行のマクミラン版を所有していたが、(4)『文学論』の第一編第二章「文学的内容の基本成分」の「両性的本能」の箇所にそれを引用している。

若しJamesが説く如く情緒は肉体的状態の変化に伴ふものにして、肉体的状態変化の因にあらずと仮定すれば、悲しきが故に泣くにあらず、泣くが故に悲しとの結論に達す。

漱石が心理学や哲学から学んだ人間の感情と身体に関する考えは、彼の作品の随所にその痕跡を留めている。上記の引用部分は恋愛に関する解釈に応用されたものであるが、最晩年に至った漱石が、その問題を投げかけたのは「死」についてであった。『こころ』にちりばめられた「死」へと傾斜する感情と、それを生みだしていく身体的触発を、漱石は『こころ』で縦横に描出した。

「私」が雑司が谷の墓地で先生に出会うシーンの異様な動揺、そしてそれにうち続く「私」の狼狽を描出した箇所は、その好例である。

今云つた通り先生は始終静かであつた。落付いてゐた。けれども時として変な曇りが其顔を横切る事があつた。窓に黒い鳥影が射すやうに。射すかと思ふと、すぐ消えるには消えたが。私が始めて其曇りを先生の眉間に認めたのは、雑司ケ谷の墓地で、不意に先生を呼び掛けた時であつた。私は其異様の瞬間に、今迄快よく流れてゐた心臓の潮流を一寸鈍らせた。（上・六）

先生との墓地での遭遇を経て、「私」に萌す先生への限りない興味は、勿論先生に心酔しているからである。しかしながら、それは先生の複雑に閉ざされた内面への「私」の介入に他ならず、ここで先生は観察の対象として「私」の前に投げ出される。観察される先生の不快を「私」は敏感に感じ取る。それは「変な曇り」と描写されているが、「私」の心臓＝心を脅かすものでもあった。先生の不可解な感情の動きが「私」の身体＝心臓に影響を与えたと理解できるが、それは一方には「私」の身体＝心臓の動きによって生起した情動の形でもある。「私」は先生に嫌われたくない。だが、先生が秘匿する過去の物語へ遡求しようとする行為を放擲しようとはしない。この矛盾は、情動とは決して理路にかなったものではなく、ある状況や事象に対応する人間の錯綜する内部の葛藤として浮かび上がってくる。情動とは身体の問題であるのだ。

安倍オースタッド玲子は「「心」を攪乱する情動――『彼岸過迄』をヒントに『こころ』を読み直す」（『文学』二〇一四年一一・一二月号）で、これまでの『こころ』解釈について、ブライアン・マスミの情動理論を援用しながら、次のように述べる。

「先生の遺書」は、一見、マスミが言うところのこの規範的な因果のロジックで過去を「解釈」しようとしているテキストとして読めると言えるし、そして大方そう読まれてきた。本来なら区切りのないはずの流動的な情動の動きを後から「位置づけ」をして分節していく。その過程で「卑劣さ」とか「明治の精神」といった概念が生まれる……。

情動のロジックとは論理的な因果関係に収束され得ない。規範的な因果の理論は後付けされて直線的な論理の整合性を生み出していくのだ。だからといってこの情動が勝手気ままな、理由を欠いた衝動と理解してはならない。情動は他者、あるいは外部から呼びかけられるものによって生起するものであるからだ。その関係性の中で生成するドラマは予測不能である。安倍は続く部分でそれについて明快に言い切る。

しかし、同時に、そういった規範的なロジックを内から覆すような「情動」的な創造力を秘めたテキストであることにも留意したい。

この『こころ』という作品に注がれた関心のあり方に留意しながら、漱石がなぜこのような地点に誘われたかを考えてみたい。

漱石は『文学論』(一九〇七)で、「文学的内容の形式」を「焦点的印象又は観念」であるFと、そこに「附着する情緒」fと規定し、F+fという両者の結合を文学読解の主要なセオリーとして考えた。ここでいう「情緒」fは、

「焦点的印象又は観念」Fと結託して文学的な意味や状況、解釈を導き出すわけだが、漱石はこのfの複雑な機能について、悲劇を事例として以下の様に述べる。

人生の目的は生命にあるを思へば、生に害なきを棄てゝ、好んで危きに趨くは一見して矛盾なるが如し。矛盾と矛盾ならざるとに論なく事実を云へば危険を控へたる事業が又これに相当する快感を控へたるは吾人が日常の経験に於て屡目撃するところなり。

（『文学論』第二編第四章「悲劇に対する場合」）

漱石が指摘するのは、人間の理路にあわない行動と、それに伴う「快感」についてである。ジル・ドゥルーズとフェリックス・ガタリが『千のプラトー』の中で言及した「欲望」の果てなき破壊的欲求は、この「快感」を考えるために最も有効な手がかりとなる概念である。[5] 漱石は続けて言う。

苦痛は既に目的にあらず、苦痛後に来る快楽が目的なり。故に自から好んで踏み込みたる苦痛は成る可く早く切り抜けざる可からず。是に於て彼等の精神状体は一変して全身悉く緊張す。而して苦痛の尤も甚しきは生死の源頭に逢着するの時にあり。従つて生死問題の苦痛に身を投じたる時彼等は尤も強烈なる神経の緊張を自覚す。此際に於る彼等は満身皆眼なり。もし半途にして自滅すれば格別然らずんば非常に猛烈なる勢を以て此苦痛の難関を透過せんとす。この故に此場合に於る彼等の精神状態は軌道を走る汽車の如く、磁石に吸ひ付けらるゝ鉄屑の如く、寸時の油断なく、瞬間の余裕なく驀地に盲進するに至る。

（同前）

漱石は苦痛への傾斜という不可思議な行動が、実は快楽と抱き合わされているのだというパラドックスを明らかにしながら、なおその瞬間に人間が有機的な身体をなげうって、異なる身体を獲得しようとすることに言及している。全身の緊張とともに「満身皆眼」となって、その眼を用いることなく驀地に「盲進」するという表現には、認知によって得られる理解とはまったく別のステージに立つ、身体を通じてしか得られない情動の存在を、充分に予測させる。

ここで死ぬことは目的となっていない。死へと傾斜する欲動そのものが快楽へと通じる、という転倒した価値の発見がなされただけである。しかし、その自覚の契機となる身体は、いままで知りもしなかった「満身皆眼」となる身体であり、そこにつけられた鋭敏な感知の装置としての眼も最期には全く機能しなくなり、どこか知らない目的地へと「盲進」するしか手段を持たなくなってしまうのだ。欲望にのみ向けられたこの情動を抱え持つ身体は、有機体としての身体ではなく、欲望そのものとなった「身体」である。漱石は『こころ』で、その有機的身体を棄却しても、なお希求してやまない人間の自滅的な欲望の根底について考えた。身体そのものの反応によって開かれる複雑に入り組んだ感情の発露に位置する情動は、ジェイムズが先に述べたように、理知的な認知によって始動するのではなく、身体の純粋な活動を媒介として生起する。「心臓」はそのもっとも代表的な器官である。

二　情動と文学

明治中期に語《ことば》として定着した「心臓」という生理学的な臓器の呼称は、同時に心理学的な内面心理を表現する「心」となって一般化した。人間の生存をつかさどる生理的な臓器が、一方には人間の内面を表わす心理的な語彙となっていることは、先に述べた身体をめぐる矛盾した欲望の行使の問題と通じ合っていくが、生命を維持しようとする有機的身体と、それを裏切っていく欲望としての身体を、もっとも明晰に表象するものとして、この心臓=心は在《あ》る。生理的に動揺した時、心臓は激しく鼓動を打つ。その身体的な経験を経て、歓喜や悲哀、憤怒や快楽という具体的な感情に結びつく。その過程は恣意的であって、決してシステマティックではない。各論でその感情の拠り所は、それぞれのケースで見出されていく。それは、それを表す言葉との結託を促す。言語化された時、人間はいわく言い難いものが説明できたと安堵するのであるが、情動の生成過程については言語だけでは説明できない余情・余白が生じてしまうのである。

『こころ』で、先生は家族の問題に痛めつけられ頑なになったKのこころが癒されることを願って、奥さんとお嬢さんにKの面倒を見てくれるように依頼する。傲岸な上に女性を「軽蔑」していたKはなかなか馴染もうとしないのだが、時を経るにしたがって下宿の女所帯の心易さを楽しむようになる。先生はその「成功」に「喜悦を感ぜずにはゐられな」い。しかし、それと同時に微かな疑念がよぎるのであった。お嬢さんはKに好意をもっているのではないかという先生の嫉妬の感情は、刻々と成長していく。夏休みの房総への二人きりの旅に出た時に、自分から先にKに告白しようとするが、Kの「変に高踏的」な態度に鼻白んでしまって口を噤《つぐ》んでしまう。

彼の心臓の周囲は黒い漆で重く塗り固められたのも同然でした。私の注ぎ懸けやうとする血潮は、一滴も其心臓の中へは入らないで、悉く弾き返されてしまふのです。（下・二九）

この血の交換というメタファーに込められたのは、相互の親密さを確保し、なお増殖させていくという願望である。しかしながら、Kの「心臓」はそれを弾き返すほどに頑強な鎧のなかに沈潜している。見えないKの心、そしてお嬢さんのわからない「こころ」に焦燥する先生は、この旅で苛立ちから思わぬ行動をしてしまう。Kの襟頸をつかみ、海岸の岩の上から海に突き落とそうとするジェスチャーを示した時、Kは後ろ向きのまま、「丁度好い、遣つて呉れ」(同)と答える。

この愛憎が交錯する男同士の関係は、ホモ・ソーシャルな「男の絆」であるのは勿論なのだが、ここで注目したいのは、Kの恬淡たる態度である。Kの特徴は寡黙であり、感情の表現が乏しいということにある。それはさんざんに打ち据えられた人間のあきらめにも似た人生への態度ともとられがちだが、Kの情動が非言語的な身体の空間で彷徨を続けているという解釈も可能であろう。先生にはそれがわからない。Kの情動に、とりあえず「死への欲動」という言葉を与えれば、Kのわかりにくさは、境遇ゆえの現実世界からの逃避などではなく、「死を想いながら生きる」という、生への積極的な意味づけとも受け取れるのだ。若き日の先生の凡庸とも言える社会認識、生活感覚と、それは相容れることはない。

この二人の対立がもっとも鮮明に現れるのは、Kがお嬢さんへの恋情を先生に告白するシーンである。Kの「御嬢さんに対する切ない恋を打ち明けられ」(下・三六)て、先生は「彼の魔法棒のために一度に化石されたやう」(同)になってしまう。

其時の私は恐ろしさの塊りと云ひませうか、又は苦しさの塊りと云ひませうか、何しろ一つの塊りでした。石か鉄のやうに頭から足の先までが急に固くなつたのです。呼吸をする弾力性さへ失はれた位に堅くなつたのです。(同)

ここで若き日の先生は凍りついて思考力を失ったのではない。まさしく情動が彼の身体を領有して、一切の外界との交通を遮断したのである。先生は「一瞬間の後」に「人間らしい気分」を取り戻すが、そこからが自らの身体を貫いた情動の報酬として得た感情の洪水による惑乱という体験であった。Kは「自分の事に一切を集中して」、「最初から最後まで同じ調子で貫」く。先生はそのKの「重くて鈍い」沈着な告白に「一種の恐ろしさ」を感じる。それは「相手は自分より強いのだといふ恐怖の念が萌し始め」る瞬間であった。

先生がKに感じる恐怖は、Kの一途な恋情の強度にたじろいだことによって得られている。だが、それ以上に先生の恐怖は、自らの身体的な経験を経て形成されたものであるために、改定は不可能なのだ。どのように自らの理性を働かせてそれを処理しようと試みても、先生の身体が経験した情動は、やむことなく先生の知覚を領有する。それは具体的な抜け場所としての感情を要求している。先生にあって、それはKへの嫉妬であるが、その底には恐怖という感覚が隠されていたことに注意しなければならないだろう。先生の情動は恐怖という感情の場所を見出して、なおそこからの脱却を目指して、嫉妬を拠り所とした。ここには既に未来のKの死が予測されている。それは一方にはKが抱え持つ、先生には想像することもできないKの「死への欲動」と奇妙な共犯関係を結ぶことになる。

房総への旅の途中で、Kが先生をなじる「精神的に向上心がないものは馬鹿だ」(下・三〇)という評言は、Kの持つ「死への欲動」を理解しない先生への皮肉である。先生がしきりにKを「人間らしくない」(下・三一)と攻撃するのに対してKは「彼の知つてゐる通り昔の人」(同)を知るならば、そのような攻撃はしないだろうと答える。Kのいう「昔の人」とは「霊のために肉を虐げたり、道のために体を鞭つたりした所謂難行苦行の人」(同)のことである。それらの人のことを考え、苦しんでいるKの心情を理解しない先生を、「如何にも残念だ」(同)と明言するKが、ここで意味しようとするのは、形而上的な煩悶を共有しない先生への不満ばかりではなく、Kが持続する生存に対する違和、そしてその恐怖、それを克服するための「死への欲動」を理解しない、いわば「健康」な先生の凡庸さへの批判である。先生はそれをＫの死に具体的に立ち会う時まで理解できない。

其時私の受けた第一の感じは、Ｋから突然恋の自白を聞かされた時のそれと略同じでした。私の眼は彼の室の中を一目見るや否や、恰も硝子で作つた義眼のやうに、動く能力を失ひました。私は棒立に立竦みました。それが疾風の如く私を通過したあとで、私は又あゝ失策つたと思ひました。もう取り返しが付かないといふ黒い光が、私の未来を貫ぬいて、一瞬間に私の前に横はる全生涯を物凄く照らしました。さうして私はがた〳〵顫へ出したのです。（下・四八）

このＫの自裁を発見するシーンには、激しく動揺してその存在の根拠を見失っている一人の男と、もはや物体となって何も反応しない死体となった男との対比が鮮やかに描出されている。まさしく「怖いから震える」のではなく、「震えるから怖い」のだ。動く能力を失った身体が、情動とともに活動を見出す瞬間がここには描かれている。先生はそこで初めて「あゝ失策つた」と知覚するのだ。それはＫを永遠に失ってしまったという自覚であり、悔恨である。またお嬢さんをめぐる自らの計略が導いたという自責が、先生に「失策つた」と思わせたのであろう。だが、一方にはそれは、そのような狡猾な手段自体が何の意味も持たなかったということともなっている。先生は自分の前から永遠に失われてしまったものの大きさに打ち負かされ震えだす。恐怖が先生の内部を駆け巡る。

目のあたりにする死の現実は、先生の「全生涯を物凄く照らし」出した。それは先生に、彼もまた死への行程を歩むという事実を教えるとともに、彼自身の「死への欲動」を始動する契機をあたえている。先生はＫの遺書に自らのことが書かれていないかを確かめるという世俗的な欲を満たす行為を行った後、不思議な行為をKの死体に行う。

私は突然Kの頭を抱えるやうに両手で少し持ち上げました。私はKの死顔が一目見たかつたのです。然し俯伏になつてゐる彼の顔を、斯うして下から覗き込んだ時、私はすぐ其手を放してしまひました。慄とした許ではないのです。彼の頭が非常に重たく感ぜられたのです。私は上から今触つた冷たい耳と、平生に変らない五分刈の濃い髪の毛を少時眺めていました。私は少しも泣く気にはなれませんでした。私はたゞ恐ろしかつたのです。さうして其恐ろしさは、眼の前の光景が官能を刺戟して起る単調な恐ろしさ許ではありません。私は忽然と冷たくなつた此の友達によつて暗示された運命の恐ろしさを深く感じたのです。（下・四九）

この一連の先生の行為は不自然ともいえるぎこちなさに満ちている。Kの顔を見たくなって、うつぶせのKの死体の頭を持ち上げその顔を下から覗きこむが、その意外の重さに取り落してしまい、今触った耳と頭の後ろの五分刈りの髪の毛をしばらく見つめる。それはKへの哀惜の念が彼の顔を見たいと急き立てたものの、あまりの死体の怖さに完遂できなかったシーンと理解される。だが、それだけだろうか。先生はここで、死の現場が恐かったのではなく、Kの死によって暗示された自らの「運命の恐ろしさを深く感じた」（同）と言っている。先生はまさしくKが抱え持った「死への欲動」をその抱え持った頭の重さとともに理解し、そして共有したのである。Kは死体となって、先生の情動を相補的に支え続けているのだ。

先生は「私」が父の病状を相談した時に、このようなことを漏らす。「よくころりと死ぬ人があるぢやありませんか。自然に。それからあつと思ふ間に死ぬ人もあるでせう。不自然な暴力で」（上・二四）。「私」の「不自然な暴力」

とは何かとの問いに、先生は「何だかそれは私にも解らないが、自殺する人はみんな不自然な暴力を使ふんでせう」(同)と答える。この「不自然な暴力」とは、Kの自殺に立ち会った時に先生が理解したKの破滅へと向かう言語には換算できない「暴力」の噴出そのものを指すのであろう。死への欲動に突き動かされた「不自然な暴力」は理不尽である。説明ができない。だが、この時先生はこの暴力が理非を越えて行使され得ることを知っていた。

漱石が『こころ』という小説で追求したのは、言語によっては説明されえない人間の錯綜する身体と意識の状況についてであった。fの揺らぎに点滅する心の思わぬ激しい表出に漱石は拘泥した。それは「死を想う」という究極の地に彼を誘った。アンリ・ベルクソンは『時間と自由』のなかで情動についてこのように言っている。

よろこびや苦しみ、欲望、嫌悪、それに羞恥にさえも鋭さというものがあり、それらが存在する理由は、身体組織がまずそれを始めて、その後に意識が知覚するような、自動的反応の運動の中に見いだされるだろう。(6)

ここで言う「鋭さ」とは身体を強く深く穿つ情動の発生そのものであろう。それは先に引用した『文学論』で悲劇を題材として語った「生死問題の苦痛に身を投じたる時彼等は尤も強烈なる神経の緊張を自覚す」と意を共有する。「死」は漱石の文学者としての行程の終わり近くに出現した懸案として存在したとも言い換えられる。

三　情動としての「死」

情動について、グレゴリー・シグワースとメリッサ・グレッグは次のように立論する。

私たちが本能的な力の底や周辺、あるいは認識的な知を超えたところにあるさまざまな力に与えた名前が情動である。それは最も人間に近いものである。生体としての力は感情を超えて主張する。（中略）確かに、情動とは世界の困難さやその反復などを通じて進行する没頭ということ以上に、身体による執拗な証明である。それは誘惑と同等の拒絶でもあるのだ。(7)

この情動の幅広い解釈の自由さ、あるいはその実質のわかりにくさについて、イヴ・K・セジウィックはアフェクト理論研究の代表的な心理学者、シルヴァン・アトキンズの著作を援用しながら、このように述べる。

情動はもの、人、観念、知覚、関係、行動、野心、制度、そして他の情動を含みこんだたくさんのものに固着することができる。こうして人は怒りで興奮したり、恥でうんざりしたり、喜びに驚いたりするのだ。(8)

身体が受け取る外界の刺激はさまざまな形態として人間の前に立ち現れる。そこで人は自らの感覚を駆使して状況を読み取ろうとするであろう。だが、そうした認識活動の前に身体はオートポエシスともいうべき機能を発揮することがあるのだ。認知や認識に先立って、感情の組成を促していくものが情動であるとするならば、先生はKの死体の頭を抱え、その重さにたじろぐという身体の実感が、この情動と結託した時に、Kの「死への欲動」について、言語的な理解ではなく、身体の経験として理解したのだ。それは同時に先生自身の「死への欲動」を育てゆく出発点でもあった。

漱石が『文学論』で展開したように、文学分析の中枢に感情や情緒という媒介項を設けていたのは確かだが、その内面的な意識そのものを考察の対象としたことによって、当時勃興した心理学や、プラグマティズムの哲学に近づいていったのは必然であった。ウィリアム・ジェイムズやアンリ・ベルクソンへの一方ならない漱石の関心は、彼の作品に刻印されている。『こころ』は、おそらくはそうした漱石の哲学的思索の集大成として企図されたのではなかったのだろうか。この疑問に至るのは、ここで描かれる死の数々が、どれ一つとってみても、意味があたえられていないからである。例外は乃木大将夫妻の殉死のみである。しかしそれも明治天皇の病死という自然死に意味を与える行為としてなされており、乃木自身は西南戦争のころから死のうと思っていたと語っているのだ。明治天皇の死はスプリング・ボードにすぎないともいえる。先生の自殺もまた、明治の精神に殉じるという名目を敢えて立てて見るものの、ずっと生きながら死んでいた自らの生を終わらせる格好のチャンスであったとも考えられる。

死んだ積で生きて行かうと決心した私の心は、時々外界の刺戟で躍り上がりました。然し私が何の方面かへ切つて出やうと思ひ立つや否や、恐ろしい力が何処からか出て来て、私の心をぐいと握り締めて少しも動けないやうにするのです。（下・五五）

先生を摑む「恐ろしい力」とは、先生自身の身体を通じて生みだされる情動によって成長し続ける内面の葛藤である。そのことを通じてしか自己確認できない先生の危うい生の姿は、まさしく「死への欲動」を湛えて進むしかない。その自分を縛る「不可思議な力」に「何で他の邪魔をするのか」と怒鳴りつけると、それは「自分で能く知つてゐる癖に」と「冷かな声で笑」うのだ。先生の肉体は生きながら葬られている。先生はその自らの身体を手放して生きていくしかなかった。それはかつてのKが到達した場所でもあった。Kの死からお嬢さんとの結婚へと続く先生の日常は「苦しい戦争」であった。その戦いの果てに先生はついに自殺を決意する。

何時も私の心を握り締めに来るその不可思議な恐ろしい力は、私の活動をあらゆる方面で食ひ留めながら、死の道丈を自由に私のために開けて置くのです。動かずにゐれば兎も角も、少しでも動く以上は、其道を歩いて進まなければ私には進みやうがなくなつたのです。（同）

先生がとった道は、Kの道でもあった。さまざまに死の理由はつけられる。表面的にはKは失恋で死んだのであり、先生は明治の精神に殉じたのである。このわかりやすさの裏面には、身体の内部から呼びかけてくる死への誘いとも言うべき情動の介在がある。有機的な身体を捨て去ったときに人間は、純粋とも呼ぶべき情動のとりことなるのだ。再生産しないし、再生産を望みもしない身体を引きずっていくことの辛さは、先生に時々訪れる「不可思議な力」によって再認を迫られる。先生はその呼びかけこそに生の根拠を見出してきた。「死への欲動」は「生への固執」と同義なのであり、それが有機体としての生命を永らえさせているのだが、実質としてはもはや有機的な身体は放擲されているのであって、決して何も産み出すことはない。それは無為の人生とも語義転換されてしまうかもしれないが、『こころ』で展開されたように、身体をめぐる壮大な意識の闘争を繰り広げる、波乱に満ちた人生の記録とも評することが可能なのである。

四　情動と映画

言語化でき得ない領域に関する情動を、言語で考えるということの困難さを抱える時、私たちはその間隙を埋めていくものとして知覚芸術のいくつかを、理解のための手がかりとして想起する。その代表的なものとして視覚芸術、特に映像テクストがあるであろう。『こころ』はこれまで三回、映画化された。(9) その嚆矢を飾ったのが一九五五年、市川崑によって監督された「夏目漱石のこころ」(以下「こころ」と略)である。東宝から日活に移ったばかりの市川は当時新進気鋭の映画監督として斬新でモダンな作品を発表していた。この「こころ」の次に撮ったのが、大ヒット作であり、アカデミー賞候補ともなった日本映画の代表的な名作である「ビルマの竪琴」である。その準備がうまく進行しなかったために、空いた時間を使って撮ったのがこの作品である。(10)

脚本は猪俣勝人がクレジットされているが、殆どは市川と脚本家である長谷部慶治(11)の二人が書いた。ここで二人は忠実に作品中の言葉や情景を拾いながらも、一方にはかなり大胆に原作への改変を施している。先ず、「先生」には野渕、Kには梶一祥、「私」には日置という名前が与えられ、Kの自死した日は明治三〇年(一八九七)一〇月二三日に設定されている。主演には「先生」に森雅之、梶に三橋達也、妻・静に新珠三千代、日置に安井昌二が配役された。登場人物のすべてに名前を与え、明治三〇年、一九〇〇年前後から明治末年、一九一一年ごろまでの一〇年余りの年代もきっちりと算出して、時代考証を木村荘八に依頼、街並みや小道具に至るまで明治中期から終焉に至る東京を鮮やかに再現した。しかしながらこうやって具体的に彼らの暮した空間と生活を再現していく時に、映画は思わぬ落とし穴を見出していくことになった。観客の理解を妨げるような原作の「わかりにくさ」に、市川たち、「こころ」に携わった映画人は挑戦していくことになる。それは漱石が核心とする情動に、市川がアプローチする作業でもあった。

先ず先述したように原作の冒頭シーンである先生と「私」の出会いは、大きく改変されている。猿股一つの外国人は登場しない。友人の家に遊びに来た日置は、誰もいない海岸に出ると、突然に一人の男が着物を脱いで抜き手を切って沖へ沖へと泳いで行ってしまうのを見る。日置は「二度と帰らない海の果てにいってしまうように見えたのです」(ナレーション)という思いに駆られ、自分もその人のあとを追って泳ぎだす。画面は顔の半分までゆらゆらときらめく水面に満たされて、その狭間を二人の頭は漂っている。日置はその男が自殺をするのではないことを了解するが、そのゆらゆらと浮遊する不安定な構図は、時々水底に引き込まれていくような身体感覚を誘発して、死を想像させる。市川はこの映画の全編を、「死」のイメージで染め上げている。それは市川が原作から読み取った小説の核心であったであろう。市川の『こころ』という作品に対する鋭い理解は、同時代的に全く共感されなかった。具体的な人間の行為・行動としてプロットを重ねていくことが、映画の主要な目的であることを考えた時、おそらく市川は原作に幾つも仕掛けられたプロットの空白に突き当たったのであろう。『こころ』は思いのほかに筋を欠いた小説なのである。それは、まさしく情動の瞬間をこの小説が描こうとしていることと無縁ではない。

この映画の始まりであるタイトル・バックに、市川は水面のイメージを用いている。半分水面に沈み込むようなアングルからは、既に「死」の誘惑が語られている。映画の冒頭は、明治四五年四月に始まる。雑司が谷の墓地に墓参りに出かけようとする先生は、奥さんと小さないさかいをする。梶の墓参りに自分を同道するのを嫌う先生の態度に不信を持つ奥さんは、自分がいやになったのだろうとなじる。墓地に赴いた先生は、既に懇意になった日置(「私」)に声をかけられる。日置に声をかけられた先生は原作と同じく、不快の表情を隠さない。映画は雑司が谷の墓地という死者の場所から始まり、街を走り抜ける号外売りの情景に引き継がれる。号外は四月一三日付であり、「明治大帝御容態憂慮さる」という文面がスクリーンに示される。「死」は街に蔓延していた。

市川作品が「死」と向かい合わせた人間の姿を描こうとしたことは、例えば次のシーンから探ることもできる。先述したように、原作では夏休みにKと房総に旅に出た先生は海岸にある小さな岩の上からKを突き落とすジェスチャーをする。映画では以下のように改変されている。二人は切り立った断崖の上にいる。梶が帽子を飛ばして崖から落ちそうになるのを先生が咄嗟に支える。しかし、次の瞬間に梶を突き飛ばす身振りを行う。実際に梶を救いながら、一方に彼を殺そうとするポーズをとる矛盾を、市川はここに創作した。単純には先生の梶に対する愛憎の複雑さを表現した箇所であるが、二人の密着した身体が突然に緊張感を生みだすこのプロットの意味は何なのだろうか。ホモ・フォビアによる「身体接触の禁止」が、先生をそのような行動に駆り立てたことを表現するためなのか、あるいは助けながら突き落とすという行為によって、「死」と「生」の境界線を曖昧に宙吊りするためなのかは不明だ。だが、ここで市川が、やがて来たりくる梶の「自死」を予測させる伏線を張ったのは疑いがない。梶が「丁度好い、遣つて呉れ」という原作通りのせりふを後ろ向きのままに述べるシーンで、私たち観客が気づくことがある。梶が死んだ時と同様に先生は背後から、彼を見るのだ。梶は顔を見せないままに「死への欲動」を語るのだが、その後頭部をカメラは凝視する。これがのちの俯せになった梶の頭部を持ち上げる先生の視線のアナロジーとなっている。梶が身体の危機的な状況を通じて、恐怖や怯懦という感情に生成させない情動のあり方を、漱石は「丁度好い、遣つて呉れ」というKの返答に凝縮させたが、市川はそれを延長させて「死への欲動」を鮮明に表現しようとした。観客は目のくらむような切りたった崖上で取り交わされるこの情景を通して、身体的な危機や恐怖を味わいながら、理解を越えた情動の発生の現場に立ち会うことになる。

梶の自殺のシーンを市川は原作に忠実に再現しようとした。だが、そのプロットのわかりにくさを解決するために、原作では空白となっている場面を挿入した。先生は死体となった梶を発見すると、すぐにKの遺書を見に行こうとする。その時、先生は俯せになった梶の頭を足で引っかけてしまう。それを乗り越えて遺書を確認した先生は、梶の顔を見ようと死体の頭を引き上げる。だがすぐに乱暴にとり落とし自分の部屋に逃げ込む。ここから市川は原作にはない二つのシーンを挿入することによって、この話の流れをスムーズに進行させようとする。ひとつは梶の頭をとり落して部屋に逃げ込んだ時、慌ててランプを割ってしまうシーン、もう一つは手を風呂場で洗うシーンである。観客はここで先生の動揺を思いはかり、また不浄な血を洗い流すことによって禊をするかのような先生の悔恨を感じ取るであろう。原作では朝まで未亡人を呼ばないのだが、手を清めた後すぐに未亡人を呼び出すのも、自然な流れである。

だが、これだけの手筈を整えても、やはり先生の梶の死体に対する行為はわかりにくい。死体への冒瀆ともとられかねないこの行為を漱石が描出したのは何故なのだろうか。市川の作品で具体化されたこの一連の行為を視覚的に経験する時、その異常さを底支えする情動の予測もつかない発信に、たじろがされる。意味を持たない「死」に対して、どのような態度を示すかについて、映画の先生は戸惑っているかのように即自的な欲求を優先させてばかりいる。梶を死なせてしまったという自責の念は、勿論先生にとりついている。だが、梶を悼むことすら忘れさせるような、何ものかが先生をぎこちない人形のように動き回らせているのだと感じさせる情景を、市川はこの映画のクライマックスとも言える箇所に挿入したのである。これは先生自身の「死」への行程の入り口ともいえよう。

だから市川は、この映画の最終部で、原作にはない先生の死後の物語を付け加えた。これなしには先生の「死」をめぐる物語は完結しないのだ。「忌中」の札の下がる先生の家に、郷里から死にゆく父を置き去りにして先生の家に駆けつけた日置は、葬式が終わって一人になった「奥さん」に対面する。先生を救えなかったと無力感にさいなまれる日置は、奥から出てきた奥さんに思いのほかの速さでズズっと詰め寄られ、玄関の外に転がり出て転倒する。そして土下座をしながら、先生を救えなかったことを奥さんに詫びるのである。奥さんは立ちつくし、涙を流すが、開かれた表戸の向こうを人が通るのを見て、戸を閉める。カメラは閉じられた表戸を映し出すが、奥さんが日置を助け起こして袴の裾の汚れをはたく挙止がその戸のわずかな隙間から垣間見える。ここでエンディング・タイトルが掲げられ、映画は終わる。

ここでもまた身体の奇妙な行動を通して形成される情動の不可思議な成果が点描されている。死を記憶するということの困難を、市川は映画の中で日露戦争の戦勝パレードや明治天皇の崩御に弔意を示す民衆を点描することによって、観客に思い起こさせた。奥さんと日置もおそらくは先生の「死」を共有することによって、その「生」を存続させていくのであろう。市川は日置と奥さんの新たな関係の出発をここに暗示したのかもしれない。だが、それは先生が梶の「死」を思うことによって生きながらえたことの反復でもある。梶から手渡された「死への欲動」が、このように転移していくことを市川は読み取らせようとしているのだろうか。

一九五五年にこのような映画が撮られたこと自体に着目する時、例えばブライアン・ハーリーの論考「聖職者と予言者——漱石の記号を読む」(『文学』二〇一四年一一・一二月号)[12]に示された五〇年代の保守主義との結びつきを考えざるを得ない。ハーリーが主張するように三〇年代に戸坂潤が危惧した漱石文化が容易にアクセスする保守的文化主義との親和性は、アメリカにおいて、エドウィン・マクレランの漱石『こころ』英訳に見ることができる。いわば道徳的テキストとして『こころ』を読むことは、このような保守主義によって促されたと言えよう。『こころ』は発表時からそのような方向で読まれるテキストとしての宿命を背負っていた。先生の懊悩は「良心」の声であるという解釈は、一方に情動によって「死への欲動」を制御できなくなった先生、および同時代社会の混沌を背景に追いやってきた。

一九五五年、いわゆる五五年体制が確立して、戦後保守政治が出発する。戦後経済は資本主義下のあからさまな重工業主義に支えられて、やがて高度経済成長へと誘われていった。この時期に『こころ』を映画化するという市川の目論見そのものに、批判的な彼の視点を見出すのは、あまりに単純な解釈であろうか。『こころ』に描かれた意味が明示されない死の情景は、戦後一〇年を経て忘却された戦争における多くの死をもう一度思い起こさせる。市川の「こころ」はまさしく戦後保守体制の受益によって死を忘れようとする日本人に記憶の再認を促すものであったとも解釈できるのである。しかしながら、この映画の評価は低いものであり、同時代では全く無視されてしまった。この映画のわかりにくさは、漱石テキストのわかりにくさだけにあるのではなく、意味が明示されない死など、一抹の価値も失ってしまった戦後保守主義の結論であったとも言えよう。

漱石から与えられた「死を想う」というテーマは、予測不能な出来事を導き出す情動のあり方を考えることを読者にもたらした。『こころ』に凝縮された問題系は、まだまだ様々な解読を待っているであろう。市川崑が挑んだ『こころ』が、映画という極めて身体的な経験を通じて、原作内の言語化されない些末ともとれる身体への刺激を、視覚的に明らかにしたのは確かだ。言語と身体の狭間に揺蕩《たゆた》う情動は、このような複層的な表現と往還しあうことによって、より私たちの近くに引き寄せられてくるのかもしれない。

理路に支えられた因果によってだけで世界は動いてはいない。ささやかな一個人の情動の動きは、ある大きな構造をドラスティックに変容させていく力を持っている。その些細な情動の積み重ねによって成立するもう一つの世界を認知した時、私たちは恐ろしさに震える。厄災を与えるものと、与えられるものとが明確に明示されないからだ。だが、一方に自分自身がこの情動の送り手であり、受け手であるという認識を共有した時、おそらくは世界は変わるに違いない。漱石の『こころ』に描かれた死への限りない関心に注目するということは、まさしくこの情動の力を思考、する﹅と﹅いう行為なのである。市川によって変換された視覚テキストとしての映画「こころ」も、またこの思考への参画を試みたことは言うまでもない。私たちの心に呼びかけられた情動に対して、私たちはどのように人間的に向かい合うか。この課題は文学の問題であると同時に、この困難と苦悩に満ちた世界をどのように生き抜いていくかというごく平凡な日常生活の問題でもあることを訴えて、この稿を終わりたい。

＊なお本稿の漱石作品の引用は、『漱石全集』一九九三年版全二八巻(岩波書店)に拠った。

(1) 宇津木成介訳「翻訳 ウィリアム・ジェームズ著『情動とは何か』」(神戸大学近代発行会『近代』九八号、二〇〇七年四月)、四〇―四一頁。原著は、"what is an emotion?", *Mind* 9, 1884.
(2) 注(1)に同じ、四四頁。
(3) 一九〇〇年に福来友吉が訳し、『心理學精義』(同文館)となって東大を始めとする大学教科書に用いられた。
(4) 東北大学漱石文庫データベースによる。http://dbr.library.tohoku.ac.jp/infolib/meta_pub/CsvSearch.cgi
(5) ジル・ドゥルーズ、フェリックス・ガタリ、宇野邦一他訳『千のプラトー』(河出書房新社、一九九四年、原著は一九八〇年)のなかで、「器官なき身体」という概念をアントナン・アルトーから借り受けて、このように説明している。
CsO〔器官なき身体の意、Corps sans Organee の略〕は欲望である。人が欲望するのはCsOであり、これによってこそ人は欲望するのだ。CsOは存立平面であり、欲望の内在野であるばかりではなく、たとえ粗暴な地層化によって空虚におちいり、また癌的な地層の増殖におちいっても、まだ欲望であり続ける。欲望は、自分自身の消滅を願ったり、破壊的な力をもつものを欲したりするところまで行く。

器官を失った身体が、純然たる欲望として存続し続けるということでの主張は、生存していくための有機体としての身体とは別に存立する身体のあり方について語る行為となっている。ここで死は回避すべき敵としてではなく、欲望の対象となっている。有機的身体とは別個に存在する「器官なき身体」が生み出すのは、情動である。だが、その情動は、純粋な欲望としてだけ機能・活動して、有機的な組成を要求しない場所だけに成立するということになる。

（6）平井啓之訳『時間と自由』（白水社、一九九〇年）、なお原著は一八八八年にソルボンヌ大学に提出された博士論文 "Essai sur les données immédiates de la conscience" である。漱石はこの英訳 "Time and Free Will" (Trans. by F. L. Pogson. London: Sonnenschein & Co., 1910) を所蔵していた。

（7）Melissa Gregg and Gregory J.Seigworth ed., *The Affect Theory Reader*, Duke University Press, 2010, p. 1.（拙訳）

（8）Eve Kosofsky Sedgwick, *Touching Feeling*, Duke University press, 2003, p. 19.（拙訳）

（9）一九五五年の市川崑作品「夏目漱石のこころ」、一九七三年の新藤兼人作品「心」（近代映画協会、脚本：新藤、主演：松橋登、辻萬長、杏梨）、二〇一二年の天野裕充作品「蒼箏曲」（脚本：中町サク、主演：勝村美香、尾関陸）がある。

（10）市川崑、森遊机『市川崑の映画たち』（ワイズ出版、一九九四年）、一四四―一四七頁、参照。

（11）長谷部慶治は、一九一四年一〇月八日に山形県酒田市に生まれ、酒田商業高校を卒業後上京し、三七年東宝撮影所入社。四五年東宝の録音部から演出部へ移り、五一年エイトプロダクションなどに参加。以後、シナリオを書いた。五七年大映と契約、六〇年日活と契約。六八年以後フリー。主な作品に、大映「処刑の部屋」（五六年）、「炎上」（五八年）、日活「にっぽん昆虫記」（六三年）、「赤い殺意」（六四年）、「神々の深き欲望」（六八年）、東宝「忍ぶ川」（七二年）、「はなれ瞽女おりん」（七七年）などがあるが、市川崑、今村昌平、熊井啓らと組んで数々の日本映画史に残る脚本を書いた。慶次とも表記することがある。

（12）本論集に収録されている、その論文の修正版「戸坂潤、エドウィン・マクレラン、フリードリヒ・ハイエクとともに漱石を読む」を参照のこと。

高校教科書における『こころ』

ケン・イトウ

はじめに

日本の読者の『こころ』に対するイメージは、広く普及している九つの章によって形作られてきた。というのは日本の読者は高校生の時に『こころ』の結末部分の四〇章から四八章を読んでいる可能性が高いからである。全編を通して読む読者もこの部分を読むのであるから、最大多数の読者がもつ『こころ』についての文化的知識はこの九章に集約されると言える。

もしカノン(正典)性が「シラバスとカリキュラムの制度的形態(1)」にテクストが取り込まれることで獲得されるならば、『こころ』がカノンの中心的地位を占めていることに疑いはないだろう。他の少数の作品とともに、(2)『こころ』は高校の国語教科書で「定番」の地位を獲得している。『こころ』の掲載理由について教師用の学習指導書は以下のように説明している。

いうまでもなく「こころ」は、高校の国語教科書の多くで採録され、定番教材といえるものである。「羅生門」

などとともに、日本人であれば誰でも学ぶことになっており、学校教育の場から離れたところでも多くの人々によって読まれている作品である。そうであるからこそ、この教科書で学ぶ生徒にも与えたい、与えなくてはならないものと考えた。いわば国民教養の一部分を担うものなのである。(3)

この言説の循環論法は注目に値する。これまでに広く読まれてきたので『こころ』は読まれねばならない。「日本人であれば誰でも」持つべき文化的知識の一部であるから、なくてはならないものであるという論法だ。約三二〇万人の日本の高校生の大多数が、(4)二年生および三年生の選択科目である「現代文」のカリキュラムの中で、この作品に出会う。いうまでもなく、学校外でも『こころ』はベストセラーであり、例えば新潮文庫では、一九五二年の初版本から二〇一三年時点までで六八五万部を売り上げている。(5)

高校教科書の『こころ』が抜粋で読まれることは、数多の批評家の怒りを買ってきた。その最も声高な批判者であった小森陽一は次のように述べている。

高校の国語教科書や大学の一般教養向け教科書に、最も象徴的に現れているように、『心』は、「下─先生と遺書」のみを他から切り離し、それだけを中心化し、〈作者〉漱石の思想と倫理を解釈する対象として、〈作品〉化されてきたのである。とりわけ『心』をめぐる批評と研究は、こうした一種の病いともいえる偏執性に貫かれており、今私の眼の前にある膨大な数の『こゝろ』論のほとんどは、「下」を中心として、「先生」の言説の背後に、〈作者〉漱石の思想を解読しようとするものなのである。(6)

もし小森が、教科書に掲載されているのは「下」の全てではなく、実はその断片に過ぎないことに思い至っていたら、彼の憤りはさらに激しかったかもしれない。いずれにしても、小森の怒りは深刻で長い間おさまらなかったようだ。後の座談会でも、より私的な視点からなおかつ明確な口調で次のように語っている。「基本的な僕の発想方法は、高校時代の現国の授業における『こゝろ』の授業に対する恨みによって形成されました(7)」。この恨みに駆られて、小森は、『こころ』全体に視野を広げ、各々の構成要素の相互作用によって意味が生成される物語論的な読みの手法を駆使したのである。『こころ』を、二人の語り手が互いの言説を差異化する働きによって突き動かされ、かつ引き裂かれているテクストとみなすこのアプローチは、学問的批評の常識となった。なお、高校版の『こころ』の変遷について示唆に富む論文を書いた藤井淑禎のような穏健派の批評家でさえ、教科書版を「異版」と呼んでいる。「異版」という表現は「標準的な」テクストの存在を言外に示している。つまり、「異版」が下位に置かれる価値体系を示唆しているのである。

しかし私の高校版『こころ』に関する見方は異なる。抜粋された小説を「病い」の表れであるとか、あるいは「異版」と見る態度は、すべての読者に共有されるべき抽象的で有機的な統一体としての健康な「テクスト」があるという前提に基づいている。そんなものは存在しない。テクスト学及び書籍史の研究は「読む行為自体は、特定の物質的条件を前提にしてのみ理解され得る(8)」と教えてくれる。この認識は『こころ』が今まで取ってきた多種多様な物質的「形態」に適用することができる。例えば、ニュース記事や広告に囲まれる形で毎日数ページずつ読者に提供される朝日新聞の連載、漱石自身が念入りにデザインを監修した豪華装丁版の岩波初版本(9)、作家別全集や近代文学全集、数百万という読者が手に入れることができる廉価な文庫本、さらにはインターネット上でコード化された「青空文庫」版。芝居や映画やアニメや漫画への翻案は言うまでもない。『こころ』は単一の、抽象的な「テクスト」ではなく、むしろそれぞれ異なる受容条件下で、無数の媒体を通して現れ、歴史的に依存し、経済的に動機付けられた文化的製品なのである。しかも繰り返し現れる『こころ』の各バージョンがそれぞれ、前書き、序文、宣伝文句、広告といった、テクストそのものを取り囲む言語的物質的環境、つまりパラテクストを持ち、それらが何らかの意味の認識を促す(10)。そして、それぞれのテクストが家庭や図書館といった特定の受容の空間で読者と出会うことになるのだ。抜粋され、他の作品と共に収録され、さらに教室で使用される高校版『こころ』は、そういった流動的な文化現象の一形態なのである。

このように『こころ』が読まれる物質的な枠組みの多様性は、作品の主題の幅広さと語りの複雑さとともに考慮しなければならない。『こころ』は何か一つのことについて書かれた小説ではない。『こころ』における限りない主題を挙げると、道徳的破綻と罪の意識、三角関係、どうしようもない利己心、ホモソーシャルとヘテロセクシュアルの憧憬、さらには世代的な違いと歴史的に限定された道徳の構造、コミュニケーションと記憶の可能性、個人の疎外化、血縁家族と非血縁家族の緊張関係、個人と国家の関係の複雑化などである。有能な読者ならば、誰でもその他多くの主題を指摘するだろう。この主題の過剰性は、物語の複雑な構造を通して伝達される。三部からなるこの物語は、必ずしも信頼できない、認識的限界のある一人称の語り手二人を対置させる形で構成されている。二人の語り手はそれぞれ異なる時間から物語りながらも、そこには共有した過去の時間がある。前半二部の語り手「私」が、三部では物語時間において先行する先生の語りの聞き手として設定され、この設定を自らの語りの装置に取り込むことで、自分のものにする。多様な選択項目から主題と語りの要素を選び、かつ、つなぎ合わせることで、読者は『こころ』の中から、意味の組み合わせを限りなく考え出すことができるのである。

ここで、文学作品を不活性なモノとしてみなすのではなく、むしろ「ノンヒューマン・アクター」(非人間的な行為の主体)として扱うべきだというリタ・フェルスキーの提案にしたがって、『こころ』のこういった特徴を考えてみよう。すると『こころ』というテクストがどのように文化的想像世界内において流動的な地位を占めてきたのかがよりよく理解できるだろう。[11] フェルスキーのアプローチの利点は、『こころ』に対する二極化した見方の問題を回避できるところにある。一つは、『こころ』をテクストに内在する価値や、過去の日本文化における知名度からカノンの地位を当然視する見方であり、もう一つは、『こころ』を種々のイデオロギー批判のために、受動的な対象として利用することである。これらの見方の代わりに、テクストは、読者や実社会と関係を結ぶことを可能にする独特の特徴を持った存在とみなすことができる。その意味で、テクストは行為し(act)、かつ同時に行為され、「時間を超越した運動」を起こすのである。ブリュノ・ラトゥールに依拠しながら、フェルスキーは「アクター」を独立した行為主体性を持つ実体としてではなく、ある関係性の中で「差異を生み出すことで現状を変化させるすべてのもの」と定義する。[12] アクターは「原因と結果の広い集合体に結びつく仲介者や翻訳者として、他の現象との関係」を通すことによってのみ、差異を作り出していくのである。[13] フェルスキーは言う。

芸術作品は友人を作り、同盟者を作り、弟子を惹きつけ、愛着を誘発し、理解のある宿主を捕まえてのみ生き延び栄えることができる。視界からすぐに消えてしまわないように、人々を説得し壁に掛けてもらわなければならないし、映画館で見てもらわねばならないし、アマゾンで購入してもらってレビューで詳細に分析してもらい、友人たちと議論してもらわなければならないのだ。[14]

『こころ』は単に友人を作り弟子を作ることでのみ文化の中に強固に根付いたのではない。論争を煽り、学問的業績を積ませ、翻案や脚色を促し、出版社を儲けさせることでもその地位を強固にした作品である。『こころ』をノンヒューマン・アクターとみなすことで、それがなぜ、近代日本文学のいかなる作品よりも、実に多くの関係性を築いてきたのかを理解する手助けになるかもしれない。ラトゥールが例として挙げている多種多様な「物体」とそれに結びつく「他動詞」との色鮮やかなリストを参考のために見てみよう。

結局のところ、ヤカンが水を「沸かし」、包丁が肉を「切り」、バスケットが食糧を「入れ」、ハンマーが釘を「打ち」、手すりが子供達が落ちるのを「防ぎ」、錠が招かれざる客から部屋を「封じ」、石鹸が汚れを「落とし」、スケジュール表が授業時間を「列挙し」、値札が客の計算を「助ける」、などと続くわけだ。(15)

ラトゥールのリストは、ノンヒューマン・アクターが、それら無しでは不可能な行為を、他のアクターと結びつくことでやり遂げることを示している。これらの行為は具体的なものだ。ヤカンは水を「沸かす」が、肉は「切」らない。『こころ』が他と違うところは――素材の多様性や主題の収容力、語りの複雑性を通して――同時に「水も沸かせる」し「肉を切る」こともできるというところにある。この多機能性のおかげで、『こころ』は敬虔な弟子やそれほど従順でない物語論者たち、あるいは彼らを動機付ける歴史的に限定された言説とのつながりによって、異なる「振る舞い」をすることができるのである。このことが小宮豊隆の、「先生」の告白を作者の道徳哲学の表現と見なす(16)、「下」を中心とする恭しい読みと、全編を物語論的に読み解くことで「先生」と若き語り手との間の係争を重要視する小森の批評の双方を可能にするのだ。『こころ』に関しては、今や優に五〇〇を超える評論が存在し(17)、それぞれが異なる論を立てている。『こころ』がこれらの読みを「生産する」のはその素材の形の多様さ、主題の広さ、語りの構造によるものである。『こころ』は、ヒューマン・アクターが、選択した主題の要素や語りの特徴をある時代の批評的言説とどのように対話させるかによって姿を変える変幻自在のテクストなのである。

本稿は、『こころ』の作品群の中でも重要な形態の一つである高校教科書の『こころ』が生み出す読者とのつながりや、その成せるわざについて検証していく。まず、『こころ』ともうひとつのノンヒューマン・アクターである高校教科書との関係を見ていきたい。高校教科書はアンソロジーの極めて特異な形式であり、集められた作品は、物質的及び歴史的文脈から剝ぎ取られ、教材として機能するように構成されたものである。さらに、これらの教科書に収録された『こころ』の具体的な位置と形態について見ていく。ここでは極端な形で抜粋された教科書版『こころ』を検討し、学習課題や教師用指導書など指導上のパラテクストによって促される読みの種類を検証する。目的は、教科書において実践される解釈上の戦略を想定し、『こころ』がその読者たる高校生たちにどのような働きかけをするのかを明らかにすることである。作品を抜粋すれば、作品の解釈の幅を狭めることになるのには違いないが、私は小森のように、それが作品の解釈を生気のない終わりに導く「病い」だとは考えない。『こころ』は、切り詰められても、多数の読みを生みだしていく能力があるように思われる。たとえ手足を切断しても、このノンヒューマン・アクターの命を絶つことはできない。異なる人々に多様な意味を生み出し、それによって世界の中での自らの地位を存続させていくのである。

一 「現代文」教科書

カノン化の装置として見るならば国語教科書は奇妙な道具である。第一にそれは「文学」の教科書ではない。「現代文」のカリキュラムはアメリカでは「言語科目」とでも呼ぶもののカテゴリー下にある。生徒たちはこれでフィクションとノンフィクションの両方、文学からジャーナリズムまでの文章に触れ、これらの作品を使って言語技術を教わるのである。したがって、例えば『こころ』のような文学作品を「現代文」の教科書の中に見つけることもあるが、それは旋盤の上で金属を加工する工場労働者の随筆と、ペットを家族の一員と考える日本人の数が増加していると指摘する社会学者の論文の間に挟まれているかもしれないのである。(18)「現代文」の教科書は雑多の寄せ集めである。さらに、導入される読書教材の量が驚くほど限られている。「現代文」の教科書は三〇〇ページから四五〇ページでできており、それを二年にわたって使用するのである。つまり日本の高校生は「現代文」を勉強する一年間にたった一五〇ページから二二五ページしか読めず、しかもその中で普通に「文学」と考えられるものは半分以下でしかないのである。多種多様な作品をこの限られた紙数に収めるために、教科書は情け容赦なく作品を抜粋し、均一化する。これらの過程には、収録された作品に価値を与えるというよりは、テクストを標準化するという衝動がうかがえる。リア・プライスはイギリス文学史におけるアンソロジーを研究し、アンソロジーとは「単に誰の作品が出版されるか、どんな作品が読まれるかだけではなく、誰がどのように読むかをも決定する」(19)装置だということを指摘している。「現代文」教科書というアンソロジーも明らかに、ある特定の「誰が」、すなわち高校生たちが読者として設定されている。この教科書が「どのように」「現代文」を教えるのかに関しては少し検証が必要であろう。

「現代文」の教科書はそれ自体ノンヒューマン・アクターである。それぞれノンヒューマン・アクターである収容テクストによって構成されつつ、教科書はそれらのテクストに「行為」を及ぼす。定番教材という現象で示されるように、教科書のある版から次の版へ引き継がれる収録作品も存在するので、ある教科書に先行する、あるいは競合する教科書もまたノンヒューマン・アクターであり、教科書の編成に関与している。複雑に絡み合う人為的及び制度的な行為者も教科書の生産に当たって「行動する」。例えば、文科省の官僚たちがその行為者に含まれ、彼らは多種多様な状況的な要素に対応する。絶えず変化する教育理論や政治的な要請にも対応するし、生徒たちに大学入試の対策をさせる必要性にも対応する。出版社も行為者に含まれ、競争力があり、売れる見込みのある商品を制作しようと、数多くの学者と教員からなる編集委員会を編成するのである。カリキュラムに影響を与える文科省の主要な手段は、それぞれの学校教育の段階に対応する「指導要領」である。一九七一年以来、「指導要領」はおよそ一〇年に一度の頻度で改定されている。日本の出版社はこの「指導要領」に合わせて教科書を準備し、編集過程の一部として文科省にその草稿段階の版を提出し検定を受けることになっている。検定を通った教科書はその表紙に文科省が発行する認定証及び教科書番号をつける。検定を通れば出版社は各学区に対してその教科書の販売活動を行う。その学校でどの教科書を使うか、採択するのは保護者と教員、学校経営者から構成される教育委員会である。

今回、筆者は二〇一四年に使われた複数の「現代文B」の教科書を検証した。[20] これらは二〇〇九年に告示された文科省の高校用指導要領に従い制作されたものである。[21] この要領の下で文科省は九社が制作した「現代文B」の教科書二〇種を承認した。[22] 私が直接手に取って検証したのはうち六種であり、残りは、ウェブサイトから入手できる目次などの情報を参照した。『こころ』はそのすべての「現代文B」の教科書に収録されていた。「現代文」カリキュラムにおける定番教材としての『こころ』の地位は揺るぎないと言える。

『こころ』は教科書に遍在するものの、先に述べたテクストの抜粋及び均一化といった編集作業によって、根本的に作り変えられる。目次をざっと眺めてみると、教科書が短い作品の寄せ集めであることがわかる。典型的な「現代文」教科書は三〇―三五作品を収録している。そのいくつかは短い詩作品だが、それでも採用されたものの長さはせいぜい一五ページかそれ以下である(『こころ』は例外で約二五ページ)。このページ数の均一化を果たすために作品は極度に切り詰められている。例えば、坂口安吾の『日本文化私観』(一九四二)は、全体の四分の一にも満たない七ページの分量に短くされている。[23] 谷崎潤一郎の『陰翳礼讃』(一九三三)に至っては本来の八分の一の長さで、これもやはり七ページに短くされている。そこには蠟燭の灯の下で、漆椀から味噌汁をすする印象的な話は出てくるが、あの厠に関する話は完全に省かれている。[24] しかも掲載されたテクストが抜粋であるとの断り書きはどこにもない。後述するように、『こころ』の場合は、抜粋であることが明記されている点が異なっている。しかしカットされる文量ははるかに多いのである。

教科書の収録作品は、その形式において、驚くほどの規則性を伴いつつ配置されている。各作品は冒頭に題名と著者名が明記され、注釈がページの下部または横についている。作品の末尾には、四、五文ほどの短い作者の伝記情報が小さな肖像写真とともに付記されており、そこから学習課題や語彙学習の欄へと続いている。このパターンは、夏目漱石の『こころ』または吉本ばななの『みどりのゆび』(『体は全部知っている』文藝春秋、二〇〇〇)においても同一である。前述の旋盤工場や家族としてのペットの話にしても同じである。文化的価値のヒエラルキーにおいて、どの著者あるいは文章が他より「優れている」かを示すものはない。教師用指導書は『こころ』のカノンとしての重要性を繰り返し述べているとしても、教科書の体裁上では他のテクストと同等に扱われている。

それぞれの収録作品は四つのカテゴリーの中の一つに位置づけられる。大多数の教科書でそれは、「随想」、「小説」、「評論」、「詩歌」の四つである。ジャンルの定義付けは必然的に不完全な作業ではあるが、この四つのみにこれだけ多様な作品を再分類することになると、旧来のジャンルから作品を引き離すこともある。これらの教科書において、「小説」は文学研究の中での広く慣習的な意味で使われているものの、「詩歌」のカテゴリーは和歌、俳句、現代詩を一緒にしてしまう。「随想」と「評論」のカテゴリーは、いわゆるノンフィクションの作品群を必ずしも明確とは言えないかたちで区別している。前者は随筆と回顧録を含む。後者のカテゴリーは、特に問題をはらんでおり、ジャーナリズム的な論説や大衆科学、社会批評、文学批評など様々な文化的社会的な論評を一緒くたにしたものだ。「評論」が「現代文」教科書では最大の分野である。ある教科書を例にとると、学習単元は評論分野で一一課、対して小説は六課、詩歌と随想がそれぞれ二課である。(25)「現代文」教科書の広告を見ると、評論分野がなぜ優勢なのかの背景を窺うことができる。評論は、議論の意味内容を確認したり要約する練習に適しており、それが大学入試の読解力を問う選択肢問題を学習するために有用だからである。(26)

また、作品の再分類は、ジャンルにまつわるより大きな問題にもつながる。テクストの元々のジャンルが、あるいは新しく指定されたジャンルがどうであろうと、すべては「教材」というジャンルに適合させられるということである。教科書での採用、そして注釈や学習問題や語彙リストなどのパラテクストによる補足は、すべての作品を教育用の道具にしてしまう。高校教科書の『こころ』は小説であり文学作品でありながら、同時に教材としての機能も獲得しているのである。

『こころ』は、重要な文学作品であるがゆえに「現代文」教科書に収められているにもかかわらず、教科書の本文には「文学」という言葉は見当たらない。唯一その言葉が見受けられるのは、各教科書の末尾に掲載される「日本近代現代文学史年表」においてである。「文学」は本文においては抑圧され、あたかも付録でのみ抑圧から回帰するかのようである。

「日本近代現代文学史年表」という付録の存在は二重の意味で矛盾である。というのも「現代文」教科書には文学、政治、社会、文化に関しての歴史が実に乏しいからである。収録作品の歴史的背景はパラテクストでもほとんど言及されていない。収録作品自体、歴史的なトピックを扱ったものはほとんどない。歴史的文脈に関係なくテクスト群が並べられているあり方にはむしろ反歴史的な趣が見受けられるのである。「近代」「現代」と年表の表題に謳っているにもかかわらず、「現代文B」の教科書は実際、現代という歴史的時代区分の中で明治期以降を全て一緒くたにしているのである。

しかしこの方向性はおそらく文科省の指導要領に沿ったものであろうことに留意したい。そこには「現代文B」のカリキュラムの目標は次のように記されている。

目標

近代以降の様々な文章を的確に理解し、適切に表現する能力を高めるとともに、ものの見方、感じ方、考え方を深め、進んで読書することによって、国語の向上を図り人生を豊かにする態度を育てる。(27)

ここで文科省は、「現代文」の作品を近代に始まる区分のない歴史的連続性の中に位置づけ、カリキュラムの目標を「能力」という機能によって定義する。つまり文学カノンを勉強し、文化遺産を吸収し、あるいは文学史に親しむことよりも、ある種の能力を育てることが目標とされているのである。これについては「内容」という項目でさらに説明される。

内容

(1)次の事項について指導する。

ア　文章を読んで、構成、展開、要旨などを的確にとらえ、その論理性を評価すること。

イ　文章を読んで、書き手の意図や、人物、情景、心情の描写などを的確にとらえ、表現を味わうこと。

ウ　文章を読んで批評することを通して、人間、社会、自然などについて自分の考えを深めたり発展させたりすること。

エ　目的や課題に応じて、収集した様々な情報を分析、整理して資料を作成し、自分の考えを効果的に表現すること。

オ　語句の意味、用法を的確に理解し、語彙を豊かにするとともに、文体や修辞などの表現上の特色をとらえ、自分の表現や推敲に役立てること。(28)

技能を基準とした指導法であることが明確に表現されている。目標は読解力の向上であり、また理解したことを他者に伝える技術の向上である。ここには意味というものがすべてその文章作品に内在し、従って歴史的及び社会的言説に関係することなくその意味を把握することができるという前提がある。「現代文」のカリキュラムの学習目的の達成のためには、厳密に言えば、指導教材がカノンであったり、歴史的に重要であったり、また特に優れたものであったりする必要はないのである。

このような学習目的を持つ「現代文」教科書は、したがってカノンと曖昧な関係にあると言える。どの作品を全高校生に読ませるかを規定する教科書はその選択において甚大な力を持つ一方、文科省の技能重視の指導法は、すべてのテクストに対して均等で平面的な読み方を進めることによって、文学作品に特権的な地位を与えるような読み方を拒絶する。筆者は、ジョン・ギローリが主張するように、学校のシラバスがカノン形成に関わっていることには同意するが、文学のある特定の作品がシラバスと教科書双方の中で具体的にどのように機能するかを問い続けねばならないと考える。

二　「現代文」教科書における『こころ』

『こころ』が高等学校の国語教科書に採用されるようになったのは戦後になってからである。漱石の作品が戦前の教科書に掲載された際には『倫敦塔』(一九〇五)や『文鳥』(一九〇八)のような短編か、『吾輩は猫である』(一九〇五―〇六)や『草枕』(一九〇六)からの抜粋といった短いものであった[29]。『こころ』が最初に登場したのは一九五六年の清水書院版の教科書であり、「上」の四章から七章までが収められていた[30]。ところが、このように当初見られた「上」からの抜粋は徐々になくなり、一九六〇年代からは「下」よりの抜粋が支配的になってきた。

まず注目すべきは教科書における抜粋箇所が小説全体の実にわずかな分量でしかないという点である。「現代文B」の教科書においては九章分が最少であり、最長でも一五章分である。小説が一一〇章で構成されることを考慮すれば、高校教科書版の『こころ』は、全体の一二分の一から八分の一のみの掲載に留まっていることになる。概ね「下」から抜粋されており、その分量は「下」全体の六分の一から四分の一となる。したがって、日本の高校生が『こころ』として知っているのは「下」の、さらに限定された箇所だということになる。

高校生が読むことになる「下」の箇所とは例外なく四〇―四八章であり、それはすなわち、先生がKを裏切り、Kが自殺する場面である。その他の部分では教科書によって違いがあるものの、これらの章を除外している教科書は一つも見られない。この傾向は概して一九六〇年代から続いているといえる。藤井淑禎によれば、教科書で『こころ』の掲載が主流となる端緒となったのは、一九六三年発行の筑摩書房版であり、そこには「下」の二三から五〇までが収められていたという。[31] さらに藤井は、実教出版の一九六五年版が四〇―四八章を、また尚学図書の一九六九年版が三五―五四を掲載していたと述べている。つまり藤井の検証した一九六〇年代の三つの教科書はいずれも四〇―四八章を抜粋していたことになるのである。同様の傾向は藤井がさらに検証を進めた一九七〇年代以降の教科書においても見られる。[32] 高校教科書における『こころ』の受容に関して最も包括的な研究を行った井上孝志は、二〇〇〇年に使用されていた三八の教科書を共時的に調査した。[33] 井上によれば、全三八例のうち三二例に四〇―四八章が含まれており、それ以外の六例のうち四例が当該章の大部分を含み、三例が四一章より、一例が四四章より抜粋していたという。四〇―四八章を完全に含まないものは二教科書だけで、それらは代わりに「上」の四―七章を抜粋していた。四〇―四八章のきわめて高い採用率に加えて、三八の教科書中一七例では三六、三七章を掲載していた。以上から、井上の結論は次のようなものである。すなわち、四〇―四八章、そしてやや少ないながらも三六、三七章を掲載するという傾向は、一九六三年の筑摩書房版の教科書から二〇〇〇年まで継続してきたということである。彼は「教科書教材『こころ』はここを外しては成り立たない」と述べている。[34] このような井上の分析は、現在使用されている「現代文B」の教科書を対象に実施した筆者の調査結果からみても、依然、妥当である。つまり高校教科書版『こころ』はかれこれ五〇年以上も四〇―四八章を中心に掲載されているということであり、そこに時々三六、三七章が加わるという具合である。これが高校生の読者が、避けがたく直面する『こころ』というテクストなのである。

これらの章に触れる前に、それ以外の、未収録の章を概観しておきたい。いずれの教科書も、収載された『こころ』が抜粋であることを明記して、省略された箇所の代替として小説の筋を要約しているのだが、そうした要約ではこの小説の物語言説の豊かさを伝えることはまずできない。四〇―四八章以外の箇所が除外されることで、高校生たちがやむなく見逃しているのは、「まだ若々しい書生」だった「私」の語る「上」及び「中」である。すなわち、ほとんどの場合で、彼らはこの小説の重要な特徴である複数の声を聞いていない。この声の複数性こそ、先に述べたように、文学研究者の解釈共同体によって実践されてきた読みの礎石を構成するものである。高校版『こころ』によって除外されているのは、「私」、すなわち第一の語り手による、先生への慕るばかりの思いを述べる回顧的な部分である。同様にまた、この小説で最も印象的な男と女の触れ合いを描く「私」と「奥さん」との関わりは削除され、「私」と両親との関係も省かれてしまう。そして、第一の語り手である「私」の父親に関する記述を除外することで、父なるものの喪失という主題が見失われてしまう。この主題を明治天皇と乃木大将の死を通してナショナル・ヒストリーの文脈において意味づけする試みは、五三―五六章の除外によってさらに消去されてしまうことになる。

「下」における一―三五章の問題も見過ごせない。これらの章を除外することで、国語の教科書は、先生の語りで決定的に重要な言説的特徴を見えなくしてしまう。つまり、先生の血にまみれた遺書が「私」という語り手一人に宛てられた手記であるということがわかりにくくなる。同様に、先生は、叔父の裏切りと、それをきっかけに、他者を信じられなくなったことと連動する極端なまでの用心深さと道徳的な潔癖さについて語っているのだが、これも高校生の読者の目に触れることはない。これらの衝動は、若いお嬢さんと先生の微妙な関係の発展を読み解くのに前提条件となるものだが、高校生の読者には知らされないのである。「下」における一―三五章が教科書に収載されない点について、最後に述べたいのは、このような削除によって、高校生たちは先生とKとの複雑な関係がもたらすインパクトを理解し得ないということである。称賛と憐憫、愛着と義務感といった相反する感情に彩られながら、房州の海辺でのホモソーシャルな生々しい時間によって強化されることで、さらに複雑になった二人の関係を読み取ることは、不可能と言ってよい。

では、「下」の三六、三七、そして四〇―四八章に集中する抜粋は、どういう『こころ』を作り上げるのであろうか。教科書に収録された章を見ると、この『こころ』が読者である生徒たちに与えるものの中心は、破壊的な三角関係であるということが明確になるだろう。三六章はKが先生に先手を打ってお嬢さんへの愛を宣言する部分である。本章は、三七章で描かれるように、先生とKの部屋を仕切る不吉な襖に象徴されるような、彼らの親密だが穏やかならぬ対立を促すのである。四〇—四八章は上野公園を歩く二人の会話で始まり、続く裏切りへの連鎖を描く。Kは、お嬢さんに対する自分自身の感情について先生の意見を求めるが、その応答として、四一章において、先生はKに面と向かって「精神的に向上心のないものは、馬鹿だ」と言い放ち、攻撃を開始する。この言葉は、二人で房州を旅している際に、Kが自らの優越性を主張して先生に向かって放った言葉であった。Kを感情的に骨抜きにしようという先生の試みはKから「覚悟ならない事もない」という言葉を誘発する。これは断念と決心の双方を含意しうる告白である。先生は、Kは自分の矛盾を指摘されればお嬢さんに愛を打ち明けることはないと当初は安心するが、徐々にKが逆にお嬢さんへの愛を貫くのではないかと恐れるようになる。そうして四五章で、先生は自身の覚悟を決めて、奥さんにお嬢さんを自分の妻として迎えたいと告げるのである。先生はただちに自分の良心の呵責に苦しむことになる。そこから生じた自らの行為への羞恥心は、四七章において奥さんがすでに先生とお嬢さんとの婚約についてKに話していた事実を知って、一層深刻になる。自らの羞恥心をKに打ち明けるか否かで先生は揺れ動くが、その機会は、かの有名な襖に迸った血の描写とともに四八章で語られるKの自殺によって、決して訪れることはなかった。

「現代文」の学習の過程で、高校生にとって不可避であるといってもよい『こころ』は、いかにして友を裏切り、また彼の弱みにつけ込んだのか、そして、いかに自分の良心を犠牲にして自らの欲望の対象である女性を手にしたのか、という先生の物語になる。抜粋によって作られるこのような物語は、なるほど、小説が本来もっている主題の奥深さや語りの複雑さを制限することになる。しかし、教員・生徒双方に呼びかける学習課題や教師用指導書といったパラテクストを検証すると、『こころ』はたとえ断片であってもノンヒューマン・アクターとして複数の読みを触発できるということが明らかになるであろう。

第一に、ホモソーシャルなライバル関係を見据えるよう促すパラテクストが多く存在する。例えば三省堂の『精選現代文B』は「学習の手引き」で生徒たちに次のように発問する。「「精神的に向上心のないものはばかだ」(155上・14)、「精神的に向上心のないものは、ばかだ」(156下・2)という言葉を、「私」はどのような意図をもって口にしたのか。また、その言葉を聞いた時、「K」はどのように受けとめたと考えられるか。説明してみよう」[35]。この問いで焦点化されているのは男性間の友情の亀裂である。一方が戦術的かつ感情的な優位性を獲得しようと相手の過去の言動を利用するのに対して、もう一方は痛みを感じながら自身に内在する矛盾に思い至るのである。このような解釈は、同教科書の次のような設問によってさらに促されることになる。

次のそれぞれの表現はどのようなことを表しているか。前後の記述に注意して説明してみよう。

①私はちょうど他流試合でもする人のようにKを注意して見ていたのです。(154下・15)

②私はただKが急に生活の方向を転換して、私の利害と衝突するのを恐れたのです。(156上・16)

③私にはKがその刹那に居直り強盗のごとく感ぜられたのです。(156下・8)

④「おれは策略で勝っても人間としては負けたのだ」(169上・10)

⑤それでも私はついに私を忘れることができませんでした。(170上・16)[36]

＊( )内の数字などの表記は同教科書内のページ及び行を指す

文学を教える者であれば、質問を配列して生徒たちをある一定の解釈に導く教授法は周知のことであろう。ここで三省堂の教科書は、あからさまな闘争と暴力の比喩を先生自身の利己主義的動機とその道徳的弁解不可能性の自覚に結びつけている。綿密に構成された文の流れを見てみると、この学習課題の設問を、先生に象徴される利己的行動がいかに道徳的危険性をはらむものであるかに対する警告と捉える他ないであろう。

大修館の『新編現代文B　指導資料2』にも、同様の道徳的読解が「字数制限要約例」に登場する。すなわち、「自分が恋心を抱く女性に、敬愛する友人も恋心を抱いていることを知らされた主人公が、自らを倫理的に責めながらも、結局利己心に勝てず、策略を弄して友を出し抜き、相手を自殺に追い込むに到ってしまった心の推移[37]」。この要約例の書き手は、教科書に抜粋された『こころ』の内容をいかにまとめるのかについてはさまざまな方法がありうるので、「次に示すのはあくまで一試案である」と断っている。しかし大修館の教師用手引きが以上の要約を打ち出していることは事実であり（おそらく教師が黒板に書き出したり、テストの「模範解答」に使用するようになっているのだろう）、それはとりもなおさず、教師と生徒の双方を、恋愛にまつわるライバル関係や道徳の欠如の主題の抽出に誘導しようとしているのである。

これらのパラテクストは戦後の学校教育における国語教育は実際には道徳教育であるという石原千秋の論を支持していると言ってよい。石原は、『こころ』を含む定番テクストに通底する教訓は、つまり「エゴイズムはいけません」ということだと主張している[38]。しかしながら、教科書と教師用手引きとをしっかり精読してみると事がもっと複雑だということがわかる。徹底的な省略を経ていながらも、『こころ』には多様で時には相対立する解釈を促す要素が充分にある。興味深いことに、多層的な読みを促す一例が、一見ホモソーシャルなライバル関係を中心とする道徳的読解を擁護するように見えた三省堂の教科書のなかに、存在する。学習課題の最後の設問で、三省堂の『精選現代文

B』は、『こころ』の全編を読んで、次の各問について考察するよう指導するのである。

①「K」の自殺後、「私」(「上・中」の〈先生〉)はどのように生きてきたか。
②「お嬢さん」(「上・中」の〈奥さん〉)はどのような人物として描かれているか。
③「私」の遺書を受け取った青年(「上・中」の〈私〉)は、遺書を読んでどのような思いを抱いただろうか。(39)

これはまさに抜粋のために消されてしまったテクストの可能性に対する罪悪感と良心が書かせたかのような質問である。Kの自殺後の先生がいかに生きたかを問うことで、「下」の五〇—五六章に充満し、かつ「上」の先生の描写を遡って説明することとなる人間の孤独という主題を検討するよう、促しているのである。また、抜粋された箇所で展開される三角関係の軸となるお嬢さんという女性についても描写が削除されていたことを認めている。そればかりでなく、「上」「中」における最初の語り手を「下」における遺書の宛先とするという小説の語りの構造についても言及しているのである。先生の遺書を青年が受け取ったことについて問うことで、三省堂『精選現代文B』は、小森陽一をはじめとして『こころ』に関する研究者たちが提示した根本的な問題に応答しているのである。

「エゴイズム」を『こころ』の主題とする従来の解釈に依拠する教科書でさえも、それとは異なる別のアプローチがあるということを示唆している。他の教科書は、三省堂の『精選現代文B』とは異なる手法で、生徒たちに対して、小説の語りについて思考するよう促すのである。例えば、筑摩書房の『精選現代文B』は、「下」の三六—四八章というように通例よりは多くの章を抜粋しているが、下記の学習課題は、生徒たちにとって、答えることがきわめて困難であると言えるだろう。

『こころ』は「先生と私」、「両親と私」、「先生と遺書」という三部構成からなる小説である。あらすじ(一五二ページ)を参考にして、次の登場人物のおかれた状況を整理しなさい。(40)

ⓐ遺書を受け取った青年　ⓑ「先生」　ⓒ友人「K」　ⓓ「お嬢さん」

与えられた「あらすじ」をもとに「登場人物のおかれた状況を整理」するのは限られた行為として終わるほかない。しかしこの設問は、登場人物のおかれた状況は物語の構成の中でしか捉えられないという『こころ』の複雑さの一部を認識している。

次に引用するように、同教科書における学習課題は、さらに直接的に抜粋部分の語りの問題を提起している。

本文は遺書形式の回想である「先生と遺書」からの抜粋であるが、一人称の語りという性質はこの作品にどのような特色を与えているか。次の点を中心に説明しなさい。

ⓐ現在から語られた叙述の内容と、過去の事実との関係。

ⓑ遺書の当て先が大学生の青年であるのはなぜか。(41)

ここでパラテクストが指し示すのは、態、焦点化、時制、そして語りの状況の問題である。物語内容の時間と、それが語られる物語言説の時間との差に注意を払わせることで、生徒たちが物語の信頼性の不確実さに気づくようになっている。また、聞き手に関する質問によってレトリックの装置としての語りへの注目を促してもいる。したがって、このさまざまな応答が可能な設問は、生徒たちをして、「先生」の遺書を出来事の「正確な」報告、あるいは著者のイデオロギーの宣言として読ませるのではなく、回顧的一人称の語りに付随する必然的なバイアスについて考えさせるものなのだ。

筑摩書房の『精選現代文B』の学習指導書は、「先生」の語りが内的焦点化の結果であることを具体的に説いて、語りの信頼性をめぐる学習課題を補強している。

ちなみにこの本文は、「私」の遺書という形式になっており、「私」の一人称の語りで貫かれている。したがって、そこで見られる解釈はすべて「私」の解釈であり、他者の解釈の入り込む余地がない。そのため、当時のKやお嬢さん、さらには奥さんの心の内がどのようなものであったか、読者は想像するしかないのである。[42]

学習指導書はさらに、先生の過剰なまでの自責の念によって縛られている視点のあり方について示唆している。「先生」は最初、Kの「覚悟」という言葉をお嬢さんをめぐるライバル関係からの撤退の意志表明と捉えていたが、後になって、反対に恋にもとづいて行動する決意の表明ではなかったかと恐れる。学習指導書は、Kの「覚悟」が、その言葉の発せられた文脈において、自殺の決意だったとも捉えられる点を指摘する。この場合、Kは先生の裏切りの以前にすでに自殺を選択しており、それ故、彼の死の理由は、ホモソーシャルなライバル関係にあるというよりもむしろ、彼自身の矛盾をめぐる苦悩にもとめられることになる。したがって、指導書は「先生」その人を指して「三角関係そのものに悩んでいるのは「私」一人だけだったのである」[43]という可能性を持ち出すのである。それは、先生が三角関係に起因する自らの罪悪感に捕縛されるあまり、そのような関係から独立したひとりの人間としてのKを捉えられなかったということである。

つまり筑摩書房の『精選現代文B』の教師用手引きが提示する内的焦点化に注目した読みは、語り手の理解を超越した経験、すなわちその語りの表層からは窺い知れない経験を得ようという文脈に逆らった読解を招くように仕組まれているのだ。手引きは、「この作品は「私」の語りそのものを相対化することによって、豊かな読みが可能になってくる」[44]と述べて、そのような読解のアプローチをまとめている。筑摩書房版『精選現代文B』に抜粋された『こころ』は、小説の語りの相対性に言及するパラテクストに結びついて、多くの読みを誘うノンヒューマン・アクターの機能を果たしていると言える。

このような複雑な読みが「標準的」な抜粋箇所を載せた教科書のなかで展開できるのであれば、より冒険的な章の選択によって、解釈の可能性はさらに拡がるはずである。桐原書店の『探求現代文B』は定番の四〇―四八章を収めているが、それに加えて「上」の四―七章、「下」の五四―五六章を掲載することで「標準的」な抜粋よりも解釈の範囲を拡大させている。四―七章は第一の語り手である「私」が先生を訪問する場面である。先生はしかし不在であり、その足で、「私」は先生が毎月墓参する友人の墓がある雑司が谷の墓地に向かう。これらの章を通して読者は、先生の孤独を知ることになる。さらには、第一の語り手が先生の元をゆくゆくは離れていくであろうという先生の予言――すなわち語り手が今は亡き先生への弛まない愛着を現すことで外れることになる予言――をも読者は知ることになる。一方、五四―五六章はこの小説の最後の三章であり、先生の自殺の決意が語られる。これらの章は、先生の自殺の感情的な引き金として明治天皇と乃木大将の死を浮上させ、「明治の精神」への殉死として先生の死を位置付けている。また、遺書を媒介とした先生の語りの聞き手である第一の語り手「私」を「あなた」と幾度も呼びかけることによって、『こころ』の円環的な語りの構造を完成するのである。

桐原書店の『探求現代文B』では、戦略的に章を追加することで、第一の語り手と「先生」との関係、そして第一の語り手が物語言説において持つ重要な位置を生徒たちが理解できるようになっている。つまり、先生と「私」の対話のテクストとして『こころ』を読むことを可能にする。それはまた、先生の遺書の物語内容の時間とその物語言説の時間を固定することを通して、小説の歴史性を取り戻すこととなる。

『探求現代文B』は、その学習課題によっても解釈の可能性を押し広げようとしている。本文より抜粋された文章について考察するよう促す教授法は一見、三省堂の『精選現代文B』のそれと近似しているが、双方の学習課題による学習成果という観点に立てば、それらは明らかに異なる。

読解1「私は寂しい人間です。」(一四〇・上6)と、「私は寂しい人間です。」(一四〇・下3)とには、どのような意味合いの違いがあるか、説明してみよう。

読解2「私は彼自身の手から、彼の保管している要塞の地図を受け取って、彼の眼の前でゆっくりとそれを眺める事ができたも同じでした。」(一四四・上16)とあるが、どういうことか、わかりやすく説明してみよう。

読解3「私の自然」(一五四・下5)は、どのような意味で用いられているか、説明してみよう。

読解4「もう取り返しがつかないという黒い光が、私の未来を貫いて、一瞬間に私の前に横たわる全生涯をものすごく照らしました。」(一五八・下15)とあるが、どういうことか、わかりやすく説明してみよう。

読解5「人間を愛しうる人、愛せずにはいられない人、それでいて自分の懐に入ろうとするものを、手を広げて抱きしめる事のできない人、──これが先生であった。」(一三七・下10)という表現は、本文全体を踏まえると、「先生」のどのような心の状態を表しているといえるか、説明してみよう。

読解6「明治の精神に殉死するつもりだ」(一六四・上13)という言葉には、「先生」のどのような心情が込められているか、説明してみよう。

発展7「先生」が「私」に示そうとしたものは、何であったか、また、「私」は「先生」から何を感じ取ったのか、話し合ってみよう。

＊( )内の漢数字などの表記は同教科書内のページ及び行を指す(45)

『探求現代文B』に問題として抜粋された文章は、読みを均質的な解釈に収斂することを拒絶している。この学習課題は確かにホモソーシャルなライバル関係とその道徳的な帰結という主題性に触れるものではあるが、それよりほかの重要な問題の所在をも暗示している。ここに列挙された学習課題によって、高校生たちは、人間の孤独という問題について考え、人を愛さずにはいられず、かつ包容することのできない複雑な人物として先生をとらえ、彼が自らの歴史的位置をどのように認識しているのかに思いを巡らすことを促されるのである。そして最終的に、生徒たちはテクスト同士が対話を行うテクストとして『こころ』という小説を読むよう誘われるのであり、そこでは、認識と記憶、語られたことと理解されたこととの差異が、定まることのない現実を創出しているといえる。

高等学校「現代文B」の教科書に抜粋掲載された『こころ』は、必ずしも道徳的破綻の物語に矮小化されるだけには終わっていない。この作品の語りの戦略と主題的な豊かさ――すなわち、ノンヒューマン・アクターとしての『こころ』の特質――は、省略を経た高校版の『こころ』にも見出すことが可能である。教材への導入の過程でいかに壊されようとも、『こころ』は、自らの解釈の複数性を主張し、不断に解釈の生成される渦中に自らを投入する。文部科学省は、「現代文B」の指導内容を「文章を読んで、書き手の意図」を「的確にとらえ」ることをその一つとして挙げているが、その企図は『こころ』というテクストの前ではあえなく頓挫する。『こころ』は「教科書」をも解釈がせめぎあう空間にしてしまう力を保持しているのである。

結論を述べるに当たって、今一度、小森陽一が用いた批評的アプローチの端緒へ戻りたい。もし高校版の『こころ』が存在せずに、若き小森を苛立たせることがなかったら、今この時点において、われわれは彼の貴重な対話的読解を知っていただろうか？ 小森の主張を真剣に聞き受けるとき、われわれの結論はただ、彼の読みそれ自体が、彼と『こころ』の全編および抜粋版との二重の相互作用があったからこそ存在し得たのだということであろう。『こころ』全編についての小森の解釈を可能にしたのは、抜粋版に対する彼の憤りであった。高校版の『こころ』は、ノンヒューマン・アクターとして、小森とともに、小説全体の見えない意味論的な豊かさを明らかにしたのである。したがって、『こころ』の抜粋版が重要なのは、高校生の読者数の多さからだけではない。それ以上に、時間を超越した作品の運動を保証する変革的読み直しに参加しつづけているという点で、重視するべきなのである。

（翻訳・北丸雄二）

（1） John Guillory, *Cultural Capital: The Problem of Literary Canon Formation*, University of Chicago Press, Chicago, 1993, p. vii.

（2）『こころ』の他に高校教科書の「定番」とされているものは芥川龍之介の『羅生門』（一九一五）や中島敦の『山月記』（一九四二）、森鷗外『舞姫』（一八九〇）などである。

（3）『新編現代文B指導資料2』大修館書店、二〇一四年、三四七頁。

（4） 文部科学省のウェブサイト記載の統計（二〇一四年）では日本の高校の生徒数は三学年全体で三三三万一九九二人となっている。http://www.mext.go.jp/b_menu/toukei/002/002b/1356065.htm 参照。

(5) 石原千秋『「こころ」で読みなおす漱石文学――大人になれなかった先生』朝日新聞出版、二〇一三年、一八七頁。
(6) 小森陽一「「こころ」を生成する心臓(ハート)」『文体としての物語』筑摩書房、一九八八年、二九四頁。
(7) 小森陽一ほか編著『漱石の『こゝろ』――総力討論』翰林書房、一九九四年、一〇頁。
(8) Jerome J. McGann, *The Textual Condition*, Princeton University Press, Princeton, 1991, p. 5.
(9) 漱石の小説の初版本の定価は当時一冊一円ほどであった。今日の価値に換算するとおよそ一万円相当になる。注(5)、一八四頁。
(10) Gerard Gennette, *Paratexts: Thresholds of Interpretation*, Cambridge University Press, Cambridge [England] and New York, 1997, pp. 1–15.
(11) フェルスキーの作品を紹介してくれたキース・ヴィンセントに感謝する。
(12) Rita Felski, "Context Stinks!", *New Literary History*, 42 (4), 2011, p. 582.
(13) 同右、p. 583.
(14) 同右、p. 584.
(15) Bruno Latour, *Reassembling the Social: An Introduction to Actor-Network-Theory*, Oxford University Press, Oxford, 2005, p. 71.
(16) 小宮豊隆「『心』『道草』解説」『漱石全集』第六巻、岩波書店、一九六六年、五九五―六〇七頁。
(17) ここは『夏目漱石『こころ』作品論集』(クレス出版、二〇〇一年、三八七頁)における猪熊雄治の「解説」にある数字を基に推測した。石原千秋による先行調査を基に、猪熊は二〇〇一年の時点で『こころ』に関する論文は四八〇を超えていると計算した。それ以降の一五年間に発表された論考を入れると今では五〇〇をはるかに上回っているであろう。
(18) これは『新編現代文B』(大修館書店、二〇一四年)での実際の配置である。
(19) Leah Price, *The Anthology and the Rise of the Novel from Richardson to George Eliot*, Cambridge University Press, Cambridge [England], 2000, p. 3.
(20) 現代文Bは大学入試を控える高校生のためのカリキュラムで大部分の生徒たちが選択している。一方で職業課程の高校生のためには現代文Aというカリキュラムが用意されているが、そちらを選択する生徒は少なく、二〇一四年では二種類の教科書が検定を通っているのみである。
(21)『高等学校学習指導要領』二〇〇九年、http://www.mext.go.jp/a_menu/shotou/new-cs/youryou/kou/kou.pdf、二〇一五年一〇月一一日にアクセスした。
(22)『高等学校教科書目録(平成二六年度使用)』二〇一三年、http://www.mext.go.jp/a_menu/shotou/kyoukasho/mokuroku/25/__icsFiles/afieldfile/2013/04/26/1333777_03.pdf、二〇一五年一〇月一一日にアクセスした。
(23)『精選現代文B』筑摩書房、二〇一四年、一九五―二〇一頁。
(24)同右、三四六―三五三頁。
(25)同右。ここにある学習単元の総課数は教科書にある作品数の合計とは一致しない。単元の幾つかは複数の作品を対象にするからである。
(26)大学入試に登場する読解問題の類型の実例については『入試精選問題集七　現代文　四訂版(河合塾シリーズ)』河合出版、二〇〇九年、を参照のこと。
(27)『高等学校学習指導要領』二〇〇九年、一五頁。
(28)同右。
(29)関口安義「漱石と教科書」『夏目漱石必携　Ⅱ』學燈社、一九八二年、二一〇―二二一頁。
(30)藤井淑禎「甦る「こころ」――昭和三八年の読者と社会」『日本文学史を読む』第五巻、有精堂出版、一九九二年、二一三頁。
(31)同右、二一三―二二三頁。
(32)同右、二二三―二二六頁。
(33)井上孝志『高等学校における文学の単元構想の研究――「こゝろ」(夏目漱石)の教材解釈と実践事例の検討を通して』溪水社、二〇〇二年、四四―四七頁。

(34) 同右、二八頁。

(35) 『精選現代文B』三省堂、二〇一四年、一七五頁。

(36) 同右。

(37) 『新編現代文B　指導資料2』大修館書店、二〇一四年、三四八頁。

(38) 石原千秋『国語教科書の思想』筑摩書房、二〇〇五年、二五頁。

(39) 『精選現代文B』三省堂、二〇一四年、一七五頁。

(40) 『精選現代文B』筑摩書房、二〇一四年、一八一頁。

(41) 同右。

(42) 『筑摩書房版精選現代文B　学習指導の研究　第一部㈡』筑摩書房、二〇一四年、三六〇頁。

(43) 同右、三六一頁。

(44) 同右。

(45) 『探求現代文B【指導資料】第二分冊　I部②』桐原書店、二〇一四年、一三二—一三三頁。

第Ⅱ部　焦点化されるジェンダー

欲望の二重視

——藤村操、『草枕』、ホモソーシャル・ノスタルジア

ロバート・タック

はじめに

藤村操(一八八六—一九〇三)の自殺は、間違いなく一九〇三年の日本において最も大きく報道された事件の一つであった。旧制第一高等学校(訳者追記:以下、「旧制一高」と記す)という当時のエリート校の学生であった藤村は、同年五月二二日、栃木県日光にある華厳の滝にその身を投じた。事件後の数週間、彼の自殺は哲学的な絶望の結果だという解釈が流布したが、そうした解釈は藤村が自殺直前に現場近くの木に刻んだ「巌頭之感」という名が冠された遺筆に依拠していた。

巌頭之感

悠々たる哉天壌、遼々たる哉古今、五尺の小軀を以て此大をはからむとす。
ホレーショの哲学竟《つひ》に何等のオーソリチーを価するものぞ、

万有の真相は唯だ一言にして悉《つく》す。曰く「不可解」。我この恨を懐いて煩悶終に死を決するに至る。
既に巌頭に立つに及んで、胸中何等の不安あるなし。始めて知る、大なる悲観は大なる楽観に一致するを。(1)

この文章が当時の出版メディアにおいて全文引用されうる程度の分量であったことも手伝い、「巌頭之感」は多くの反響を呼び、また様々な解釈が派生した。ホレーショへの言及から藤村を「日本のハムレット」として迎える声が引き起こされ、ジャーナリストの黒岩涙香(一八六二―一九二〇)は藤村を「哲学の為に抵死する者」と評した(伊藤、一四七頁)。他方でそれらと対照的に、藤村を日本の若者に蔓延する内省への由々しき傾倒を象徴するものと見做す向きもあり、たとえば東京帝国大学教授の加藤弘之は「青年は哲学を学ぶ可らず」と題された文章を著している(2)(加藤、四六―四七頁)。

漱石自身には藤村の事件との個人的な因縁があった。事件当時、旧制一高で教師をしていた漱石は、この若い学生を教えていた。そして、一九〇四年から一九〇六年にかけて立て続けに著された三作品(一九〇四年作の新体詩、『吾輩は猫である』、『草枕』)の中に、藤村の姿が認められる。『草枕』は、近代的実存が抱く不安を超越する芸術と詩の力をめぐる広範な思索が、田舎の温泉地を旅する名を持たない画家(以下、「洋画家」と記す)の語り手《ペルソナ》を通して語られる作品である。そして、この洋画家における藤村とは、「美の一字の為めに、捨つべからざる命《いのち》を捨てたるもの」(『草枕』一四八頁)と語られるように、大いに敬服されるべき人物であり、藤村の死を嗤う者たちは「下司下郎《げす》」(同)に過ぎないと述べられる。

本稿では、藤村の自殺およびその出来事が呼び込んだ反応を、『草枕』を新たな読みの可能性へと開くための出発点として考察する。旧制一高という共同体を構成するエリート男子たちが藤村の死に際して顕にした反応は、その男性共同体の仲間内で、互いへの称賛および愛情を表現する手段として文芸が重要な位置を担っていたことを開示している。彼らは仲間同士の絆を表現するために、「ジェンダー交錯的同一化 cross-gender identification」という手段を頻繁に採用する。つまり、書き手自身か名宛人かのどちらかを女性に見立てて舞台に上げ、異性愛の言語および比喩《トロープ》を利用するわけである。本稿では、こうした「ジェンダー交錯的同一化」の表現が漱石自身の作品、とりわけ『草枕』においても見逃せない要素となっていることを主張したい。洋画家と、作品の主要な女性の登場人物である那美との関係を巡る漱石の描写を分析することにより明らかになるのは、『草枕』において文学なるものの核心として表向きには提示されるところの「超然の美 **aesthetic detachment**」という価値基準が、その実、男性のみへと排他的に許されるホモソーシャルな絆に基づく芸術空間へのノスタルジアにより成立していることである。テクスト自体において主張される那美による言語的な異性装《クロス・ドレッシング》は、那美と洋画家との関係を再考する近年の議論を可能にしてきたが、それらは概して、異性愛男性のまなざしを洋画家に割り振ることを通じて構成される枠組みにおいて二人の関係を捉えるという前提に基づくものであった(大津、五二頁。関、一二八頁。中山、五頁)。そして、それらの近年における読みの実践において焦点化されてきたのは、榊敦子が「語りにおける男性権威」(Sakaki p. 125)と呼ぶもの——すなわちたとえば、作中でジョン・エヴァレット・ミレーによる水死した「オフェーリア」の絵画に言及される際に顕著であるような、洋画家自身における芸術的・文学的空想《ファンタジー》の内部に那美を留め置こうとする企て——に対し、那美による攪乱や抵抗が如何程に成功しているか、ということであった。以下でなされる本稿の〝読み〟が提示するのは、異性愛の欲望を措定することが、漱石による那美の描写を理解する上での唯一の方法ではない、ということである。彼女は繰り返し、エリート男性間におけるホモソーシャルな欲望を喚起させる比喩や言語を通じて描かれている。漱石が『草枕』において開示するものは、男女における恋愛という主題が急速に自然化されつつある日本文学の近代へと向けられた、彼自身の懐疑、あるいは抵抗とさえ呼びうるものを暗示している。簡潔に言うならば、ホモソーシャルな欲望ならびにその表象様式が、『草枕』における「ジェンダー」の提示において重要な役割を果たしている、ということである。

一　「遂に朱唇をもるゝの語を聞くべくもなし」――藤村の自殺

本稿が以下で用いる「ホモソーシャルな欲望 homosocial desire」という用語は、イヴ・セジウィックにより提出された定義にまず大枠では準拠する。彼女の著作において「ホモソーシャルな欲望」とは、「友情、師弟の絆、権力、ライヴァル意識、異性愛および同性愛」を含んだ男性間における諸関係の連続体のことが指される(セジウィック、一頁)。それを受けつつ本稿では、藤村操と『草枕』という二つの主題を接続して論じるという特定の文脈において、この「ホモソーシャルな欲望」という用語を些か限定した意味で使用する。すなわち、男性同士の仲における文学技量、美貌、目的への誠実さといったもの――最後の二つは藤村に関与した事例の中で、ひときわ突出した形で現れるものである――に対する称賛の表現へと充てる。それら諸々の相互作用を特徴付けるこの場面において、「欲望 desire」とは極めて適切な語彙だと思われる。なぜなら、こうした二人の男性間で交わされる称賛は、頻繁に、男女の恋愛における言語やイメジャリーを介して表現されるからである。このような実践は極めて広く観察されてきたと言えるだろう。漱石における実例を一つ挙げると、親友であった正岡子規(一八六七―一九〇二)とのあいだで交わされた書簡および俳句や漢詩のやり取りの内に、こうした表現を認めることができる。[3]たとえば一八八九年の夏頃から交わされたやり取りの中で漱石は、子規が書簡の中で自身を漱石の「妾」と表現したことに面白みを感じたとしつつ、その返信として送られた漢詩において、子規を「佳人」に見立てて詩作をしている。

客舎に正岡獺祭《だっさい》の書を得たり。書中、戯《たわむ》れに余を呼びて郎君と曰《い》い、自《みずか》らは妾《しょう》と称せり。余、失笑して曰く、獺祭の諧謔《かいぎゃく》、一《いつ》に何ぞ此《ここ》に至れる也《や》、と。輒《すなわ》ち詩を作り、之に酬《むく》いて曰く、

鹹気《かんき》　顔を射て　顔　黄ならんと欲す
醜容《しゅうよう》　鏡に対すれば　悲傷《ひしょう》し易《やす》し
馬齢《ばれい》　今日《こんにち》　廿三歳《にじゅうさんさい》
始めて佳人《かじん》に我《わ》が郎《ろう》と呼ばる

（『漱石全集』一八巻、五二七—五二八頁）

子規はこの書簡に先立ち漱石の文学技量への称賛を漢詩および漢文の詩作において表明しており、漱石は子規から受けた称賛への謝意を表現するために、美女が自分に魅了されたことに当惑し歓喜する醜男という設定を援用しつつ、返信をしている。(4) こうしたやり取りはまったく例外的なものではない。これと類似した「ジェンダー交錯的同一化」の比喩装置は、逆に漱石が「美人」という表現で子規のことに言及しているのではないかと広く議論されてきた有名な漢詩の例に留まらず、(5) 両者のあいだでその後に取り交わされた書簡の中でも繰り返される。

以上のような軽妙なやりとりと比較するならはるかに深刻な調子《トーン》にはなるが、同じような「ジェンダー交錯的同一化」の表現が働いているのを、藤村の自殺が引き起こした幾人かの旧制一高の学生たちの反応の内にも認めることができる。彼らの多くは藤村が死を選んだ目的の「純粋さ purity」を賛嘆し、その純粋さは彼の美貌へと、その死後に

おいてさえ反照された。事件当時に一高生であった安倍能成(一八八三—一九六六)は、水から引き上げられた友人の亡骸に対面するというおぞましい経験を記す際、唐の詩人である劉希夷《りゅうきい》(六五一—六七九)の漢詩『白頭を悲しむ翁に代わる』から次のような行を引用している。「此《こ》の翁《おう》の白頭、真《まさ》に憐れむべし/伊昔《これ》、紅顔《こうがん》の美少年」(安倍、三九頁)。[6] 劉希夷の漢詩の中で、安倍がここで引く一行が含まれる一連の場面は、慣例的には女性の観点《パースペクティヴ》から描かれたものとして、より特定すれば、時の流れとそれにより損なわれた男性の美貌とを嘆く洛陽の遊女の視点から描かれたものとして、解釈される。[7] この一節を引用する安倍は、暗に女性作者の語り手《ペルソナ》へと同一化することにより、藤村の美貌を受け入れている。これと対照的なのは、同じく当時一高生であった荒井恒雄(一八八三—一九七一)である。彼は「ジェンダー交錯的同一化」の逆の形式を選び、藤村を女性として舞台に上げる。「藤村君を弔ふの歌十首」と題された和歌連作の冒頭において、荒井は次のようにその嘆きを記している。「……今や即ちとこしなへ相見る能はざらんとす、あゝ傷ましいかな。温々たる其容、徒に僕が眼前に彷彿たれども、遂に朱唇をもるゝの語をきくべくもなし」(荒井、六〇頁)。「朱唇」という言葉は、“ruby lips”という英語に充てられた訳語においてより明瞭に現れるように思われるが、通例では女性美の記述であることが期待される賓辞《ディスクリプタ》である。[8] 一般には「美しい女性」(美人)という価値を表示するために用いられる言語を介することで、荒井は藤村を女性の位置にコード化し、彼の亡くなった友人への悲嘆と称賛とを表現するのである。

こうした「ジェンダー交錯的同一化」の実践を、辛うじて隠蔽あるいは抑圧されたホモエロティシズムに声を与えるものとして読むことへの誘惑というものがあることは否めない。だが、実際に同性間で関係を持つことが、旧制一高やその周囲に広がるエリート男性たちの文化において、規律を乱すこと、あるいは好ましくないことと見做されていたのかというと、自明なことでは決してない。公式にはやんわりと咎められつつも暗黙には了解されるもの——男性同士における性的関係が置かれていたのはこうした位置だと思われ、またそうであるならば、そこに抑圧の機制を置く必然性も、殆どないように思われる。[9] これまでに見てきた書き手たちにとって、「ジェンダー交錯的同一化」に賭けられていたのは、大きな価値を持つ何か、とりわけエリート男性という共有されたアイデンティティを構造的に成り立たせるところの文化的・社会的な絆という「美」を積極的な形で確かめ合うことだったのではなかろうか。

だが同時に、そこで明らかに安々と行われている女性役割の借用は、果たしてその構図の何処に実際の女性が登場するのかという問いを我々に投げ掛ける。以下で見るように、ホモソーシャルの規則が厳格に行き渡る世界では、その内部から女性に恋する者が現れることが極めて破壊的な事態を招きかねないものとして、恐れられていたようである。[10] 英文学という文脈においてセジウィックが記すように——

女性の存在をうまく隠した状態で語られる異性愛は、……比較的安泰で、男性が他の男性に対して女性化しても、異性愛は異性愛として存在しえた。ところが、女性が実在する枠組みで、男性が女性化したりジェンダーが混乱したりすると話は別で、それは悲惨な結果を招く。……相手が実際に女性の場合は、いかなる性愛関係であろうと、男は常にそれによって去勢される危険にさらされる。

（セジウィック、五四頁）

ホモソーシャルな欲望が純粋な形で行き渡る世界に対して女性の存在が潜在的脅威の位置にあるというこの見解は、一九〇三年の藤村の自殺を巡るメディア騒動におけるまた別の重要な側面からも裏付けられる。つまり、事件から少し間を置いて（とりわけ新聞紙面を賑わす形で）出回った風説である。その内容とは、彼の死はある若い女性への恋が実らなかったことが原因であり、哲学的な悩みによるものではないというものであった。読売新聞紙上での報道から始まったこの見解に対する旧制一高生たちによる反応は、激しい怒りであった。校友会誌上において、彼らは読売新聞の記事を「陋劣なる戯文」として猛烈に非難し、「世間の好奇」につけこむものだと激しく責め立てた(ローデン、下巻七一頁。引用部の出典は、鳴骨、七八頁)。教育を受けた男であることの卓越性が何にもまして重要視されるコミュニティにおいて、藤村が女性と関与していたという主張など、到底認められるものではなかったのだろう。ましてや、彼の崇高な自殺がそうした女性という「外部」へ向けられた欲望により駆り立てられていたのだという考えなど、尚更である。

二　「全集にある変わった詩」——漱石と藤村

ロンドンから帰国した漱石が教壇に立った短い期間中に生じた漱石と藤村の関係は、あまり良好と呼べるものではなかったようである。再三にわたり課題の文章を読まずに教室へとやってくる藤村に苛立たされた漱石は、少なくとも二度、人前で彼を叱り付けている。二度目の際には「勉強をする気がないなら、もうこの教室に出なくてもよい」と告げている(伊藤、一四五頁)。自分の藤村への扱いがこの若者の死に何かしら加担をしたのではと考えた漱石は、彼の自殺の報により動揺を受けたらしい。生徒たちに何故それが起きたのかと訊ね、ひとまず落ち着かせようとした生徒のことをはねつけている(11)。

漱石の創作において藤村が最初に現れるのは、一九〇四年二月八日付で弟子の寺田寅彦(一八七八—一九三五)に宛てて送られた、幾分謎めいた詩においてである。「水底の感」というその詩に冠された題が藤村自身の遺筆をこだまさせており、また絵葉書に記して送られたその詩自体に、何の断りもなく「藤村操女子」という署名がなされている。

水底の感　　　　　　　　　　藤村操女子

水の底、水の底。住まば水の底。深き契り、深く沈めて、永く住まん、
君と我。
黒髪の、長き乱れ。藻屑もつれて、ゆるく漾ふ。夢ならぬ夢の命か。
暗からぬ暗きあたり。
うれし水底。清き吾等に、譏り遠く憂透らず。有耶無耶の心ゆらぎて、
愛の影ほの見ゆ。

（『漱石全集』一七巻、五二九頁）

漱石が著した数少ない「新体詩」の一つであるこの詩は、日本の学者たちのあいだに多くの当惑を引き起こしてきた。中には藤村自身の言葉をこだまさせながら、この詩を「不可解」と評するものさえある（藤井、二頁）。この詩における「乱れた黒髪」や「契り」という一見エロティックなイメジャリーの解釈は、概して、藤村の件の情事への言及とされるか（坪内、五四九頁。平岩、一五三頁）、あるいは少し前に夏子夫人を亡くしたばかりであった寺田を慰めようとする試みとされるか、に二分している。これらの異なる読みにしかし共通するのは、漱石が描く水底の聖域を、男女の恋愛を成就させ祝福する隠処とし、つまりは異性愛の枠組みをその前提として置くことである（佐藤、七四頁。小沢、二一七頁。藤井、一七五頁）。寺田自身はこの漱石の手紙に当惑させられたらしく、後に書かれた回想の中ではこの詩のことを「変わった詩」と記している。だが、寺田によるこの詩の背景にまつわる解釈は、極めて示唆的である。

漱石と共に音楽会へと赴いた夜のことを記述する寺田は、彼らの前に座っていた目を見張るほど魅力的な女性の存在を想起する。曰く、「インテリジェントで、しかも優雅で温良な人柄が、全身から放散しているような気がした」。更に、以下のように続ける。

> 音楽会が果てて帰路に、先生にその婦人のことを話すと、先生も注意して見ていたとみえて、あれはいい、君あれをぜひ細君にもらえ、と言われた。
> もちろんどこのだれだかわかるはずもないのである。
> その後しばらくたってのはがきに、このあいだの人にどこかで会ったという報告をよこされた。全集にある「水底の感」という変わった詩はそのころのものであったような気がする。（寺田、一三七―一三八頁）

先に論じた「ジェンダー交錯的同一化」という視座から再読されるならば、「水底の感」は別の解釈へと開かれるだろう。すなわち漱石は、自身と寺田との友情を確認するために、異性愛の言語とイメジャリーを、「藤村操女子」という女性作者の語り手《ペルソナ》の援用とともに配置したのであり、またそうした友情の確認は、寺田がこの不思議な女性に対して関心を寄せたことをはっきりと認識した漱石において、突如として要請されたのである。この詩における水底の空間は、「清き pure」男同士の関係の領野として機能し、またホモソーシャルな欲望の卓越した象徴であるところの藤村の死との結びつきが配されることにより、その神聖さが是認される——すなわちその内部にある限り、男女関係についての「譏《そし》り slander」（藤村が女性と関わりを持っていたという兆しが旧制一高のコミュニティから「嘲罵 slander」と判を押されたことを想起させる）から「遠く」あることが可能になる。この読みは、越智治雄がこの詩における「呼びかけ、誘いのトーン」(越智、一四四頁、および藤井、二頁における引用)として言及するものの説明にもなるだろう。すなわちこの詩は、寺田への慰めや藤村の情事への遠回しの言及である以上に、ホモソーシャルな空間が持つ価値を確認し、その内部で寺田が漱石と結びつくことへと誘うものなのである。

三 「あの女を役者にしたら、立派な女形が出来る」——那美とホモソーシャルな欲望

この「純粋な/清きpure」ホモソーシャルな空間という観念は、漱石の『草枕』でも同じく重要な主題的・構造的要素という位置にある。小説の冒頭、旅先に選んだ土地の山道を歩く洋画家は、美的世界の本性について思いを巡らす。その美的世界は、この場面においては唐の詩人である王維《おうい》(六九九―七五九)の詩へと仮託されることにより語られるのだが、彼はその美的世界を通じて近代から逃避することを試みる。

> 只二十字のうちに優に別乾坤を建立《こんりゅう》して居る。此乾坤の功徳は「不如帰《ほととぎす》」や「金色夜叉」の功徳ではない。汽船、汽車、権利、義務、道徳、礼義で疲れ果てた後、凡てを忘却してぐつすりと寐込む様な功徳である。
>
> (『草枕』一〇頁)

ここで洋画家は、当時名声を得ていた二つの小説を「別乾坤《べつけんこん》 other universe」ではないものの名前を持った実例として選び出している。『不如帰』も『金色夜叉』も、男女の恋愛における諍いを中心としてそのプロットが構造化される小説であり、またリピット水田宮が指摘するように、尾崎紅葉であれば宮、徳冨蘆花であれば浪子といった、明確

な形で「美しい女性」(美人)として同定されるヒロインにその人気の多くを負う点でも、両者は共通している(Lippit p. 10–11)。リピットは、『草枕』へと繋がる更に決定的な対応関係を指摘している。『金色夜叉』において宮が身投げをする夢のシーンの挿絵を描く際、鏑木清方はその手本としてミレーの「オフェーリア」を選んでいたのである(Lippit p. 18)。当然、「オフェーリア」とは漱石が『草枕』のテクストにおいて繰り返し那美を重ね合わせる絵画であり、形象《フィギュア》である。しかし両者には重大な差異がある。たしかに『草枕』のテクストは、ある箇所では「佳人」という言葉で言及し、また繰り返しミレーの「オフェーリア」へと結びつけることにより、那美を「美しい女性」(美人)という芸術的・文学的カテゴリーへと位置づけるように見える。だが『草枕』で描かれる那美は、『金色夜叉』の宮とは異なり、異性愛の欲望のみへと排他的に開かれる対象ではないのである。たしかにテクストは何度も那美を洋画家という男性のまなざしの対象として立ち上げる。だがそれらの契機における那美の描写は、同時に、これまでに藤村の自殺という文脈から述べてきたところのものを強く反響させるような、ホモソーシャルな欲望のモチーフやイメジャリーをも活用するのである。『草枕』のテクストにおける那美のジェンダーの扱い、とりわけ彼女をある種の異性装《クロス・ドレッシング》の遂行者として描くその執拗な表現は、異性愛のまなざし以外を許容しないあらゆる読みを、問いに付す。

テクスト上に多数見られるこうした事例の一つに、次のようなシークエンスがある。夢から目覚めた洋画家が、部屋の外に歌声を聴く。確かめに出て目にするのは、女性(那美だろうか?)らしき影法師。再び寝入りかけた彼のもとに、入り口の唐紙を開けて女性の人影が入ってくる。夢か現かのまま再び眠りに落ちた彼が翌朝見つけるのは、昨晩自分が記した俳句に続け、誰か(やはり那美だろうか?)によって書き足された新たな俳句である。

「正一位女に化けて朧月」の下には「御曹子女に化けて朧月」とある。

(『草枕』四二頁)

女性に扮して弁慶に奇襲を仕掛けたという源義経（一一五九―一一八九。牛若丸）の伝説を仄めかすことで、この俳句はエロティックな潜勢力――夜半過ぎ、女性が男性のもとに姿を現し、部屋へ入ってくるという――を生起させつつ、それをホモソーシャルの言語へと転位させることで、那美という形象が実のところ女性を演じる男性であることを示唆する。同様のモチーフ――那美とは本質的にはドラァグする男性であるという――は、後に洋画家が那美をして「あの女を役者にしたら、立派な女形が出来る」（『草枕』一四六頁）と述べることによりますます強められる。この台詞は彼が那美の美しさの本性に思いを馳せる場面に現れるわけだが、ここでもまた、那美とは「ジェンダー交錯的同一化」を遂行する男性であるということが、仄めかされるのである。

これらと同様の、すなわち表向きは那美を異性愛のまなざしの対象として立ち上げながら、同時にホモソーシャルな欲望を仄めかす要素をも呼び込む構図を生み出す比喩が、作中で最も藤村を想起させる場面における語りの中でも機能している。多くの研究者が論じてきたように、身投げし水死を遂げるのではないかという不吉な予感を喚起させることは、那美という人物の描写における肝心な要素である。このことは、漱石自身が彼女を他の二つの水死した「美しい女性」（美人）の形象《フィギュア》、すなわち万葉集における「長良の乙女」およびシェイクスピアあるいはラファエル前派の画家ミレーによる「オフェーリア」へと明確に重ね合わせていることからも、明らかだと言えるだろう。水死――あるいは少なくともその可能性――を那美という人物の核心に位置づけるのであれば、那美と藤村とのあいだに交錯的同一化の契機を見出すという読みも、決して無理な飛躍ではなくなるのではないか。あるいは、オフェーリアとしての那美を執拗に強調することは、オフェーリアの恋人であるハムレットを不可避に想起させるが、ハムレットとはまさしく、大衆メディア上で藤村が密接に結び付けられたものでもあった。更に言えば、『草枕』のテクストに登場する水死をモチーフとした洋画家の詩が、「藤村操女子」という語り手《ペルソナ》を援用して漱石自身が著した「水底の感」と、言語およびイメジャリーにおいて、決定的なまでの類似の様相を呈している。

雨が降つたら濡れるだろ。
霜が下《お》りたら冷たかろ。
土のしたでは暗からう。
浮かば波の上、
沈まば波の底、
春の水なら苦はなかろ。

（『草枕』八六―八七頁）[12]

語りに見られるいくつかの注目すべき点が、藤村の存在のみならず、那美と藤村との密接な同一化を示唆している。那美とはある意味では「藤村操女子」に他ならないということの実例を認めることさえできるだろう。たとえば、第九章の最後近くにおける那美と洋画家の会話で、当地の名所である鏡が池が話題にあがる。

「画にかくに好《い》い所ですか」
「身を投げるに好ゝ所です」
「身はまだ中々投げない積りです」
「私《わたくし》は近々投げるかも知れません」
余りに女としては思ひ切つた冗談だから、余は不図《ふと》顔を上げた。女は存外慥《たし》かである。

（『草枕』一一七頁）

なぜここで洋画家が不意を食うのかは明確ではない。仮に那美が、彼女自身が仄めかすところの身投げを実行に移すのであれば、それはまさしく、洋画家がすでに自身の想像の中で彼女に遂行させていたところの女性の水死という美的空想を、寸分違わぬ形で彼女が実行する、ということになる。だがむしろ、ここで彼が不意を食うのは、藤村においてその最高度の表出を得るところの、死へと向かう目的および決断の純粋さという、男性たちの仲間内において著しい称賛を獲得するところの観念を、那美の発話が占有するからである。第一〇章の最後に置かれた同じく鏡が池におけるエピソードが、この読みを更に後押しする。写生に来ていた洋画家は、期せずして崖の上に那美の姿を見つける。その瞬間に彼は、彼女がただそこに居るのではなく、今まさに身投げしようとするところなのだと知覚する。

> 緑りの枝を通す夕日を脊に、暮れんとする晩春の蒼黒く巌頭を彩どる中に、楚然《そぜん》として織り出されたる女の顔は、——花下に余を驚かし、まぼろしに余を驚ろかし、振袖に余を驚かし、風呂場に余を驚かしたる女の顔である。
>
> 余が視線は、蒼白き女の顔の真中にぐさと釘付けにされたぎり動かない。女もしなやかなる体軀を伸《の》せる丈伸して、高い巌の上に一指も動かさずに立って居る。此一刹那！
>
> （『草枕』一二九頁）

表向き、ここでテクストが立ち上げる構図は、読者の関心を那美の「しなやかなる体軀」という女性的なものへと誘う。しかしこの「今にも身投げしつつある」という文脈において現れる、日本語テクストの「巌頭」というまさしく藤村の有名な「巌頭之感」と同じ言葉は、抗い難く藤村の存在をも想起させる。藤村の事件からわずか三年後にあたる『草枕』の執筆時点において、この「巌頭」という言葉の運命的な共振が省みられなかったとは考えがたい。であるとすれば、那美の身体とはただ那美だけの身体ではない。それは同時に、男性である（そしてこれまでに見てきたように、しばしば審美化 aestheticized される）藤村の身体でもあり、つまりはホモソーシャルな欲望の対象、あるいは化身《アバター》であろう。

結論――藤村女子からサッフォーへ

私たちは恐らく、漱石における那美という「美人」の表象において、「ノスタルジア」の痕跡が機能する様を見出すことができるだろう。すなわち、ミレーの「オフェーリア」、紅葉の『金色夜叉』、蘆花の『不如帰』といった事例に見られるように、「美人」とは常に女性へのみ充てられる属性だという観念が自然なものとなりつつある視覚および文学における近代に直面していたことを踏まえるならば、那美の異性装《クロス・ドレッシング》は江戸後期における「美人画」を想起させる。ジョン・カーペンターが示したように、それは「ジェンダー排他的ではなく」、時として「優美で美化された若い男性のイメージ」を描いていたらしい（Carpenter p. 45）。『草枕』という作品も、その登場人物である洋画家も、漢詩の世界を特権化することで、あるいは洋画家であれば「汽車程二十世紀の文明を代表するものはあるまい」（『草枕』一六七頁）と語りながら「文明」あるいは近代化という悪への不快さをより率直に表明することで、前‐近代へのノスタルジアに、実に深く耽溺するように見える。そして、『草枕』に気配を漂わせる藤村の存在は、ただただ洋画家が前‐近代の文学世界――それが、オフェーリアへの言及にもかかわらず、水死へと充てられる美が必ずしも女性のものではないことを可能にする――に深く根ざしているという印象をますます強める。寺田をして漱石の詩を「変わった詩」と片付けさせたのも、この前‐近代への漱石のノスタルジアを彼が分かち合えなかったがためだと推察することもできるだろう。『草枕』という作品において、あるいは那美とは象徴的な位相においてはドラァグする男性であるという可能性を秘めたこの作品において、漱石が描く洋画家は、那美をジェンダー化された彼の文学認識のもとで把捉するための方途を得る。そして、彼における一番の関心、すなわち芸術空間のホモソーシャルな準則における高潔さの維持を可能にするための力能が、引き出される。テクストがたびたび仄めかすように、もし那美が「本当は」男性であるとするならば、そのことにより彼女の攪乱的な効果は些か弱められてしまうだろう。実際に、漱石は後の作品の中で、男性主人公と交流し、そして彼にとって真に脅威であるような女性(たとえば『明暗』におけるお延)を描くわけだが、『草枕』にその地平を見出すことは、まだできない。洋画家は那美の言動に幾度も驚き、当惑し、あるいは魅せられもするが、にもかかわらず、彼がそうした彼女の言動により致命的な脅威を被るという感覚を読み取ることは難しい。

だが、『草枕』におけるジェンダー概念の明らかな柔軟性を、漱石が後のいくつかの作品において展開させるものの萌芽として読むことは可能だろう。たとえば関礼子は、同じ一九〇七年、『草枕』に先んじて発表されていた『吾輩は猫である』において、ほとんどの女性の登場人物が笑われる対象として描かれていることを指摘するが(関、一二〇頁)、この観察を那美におけるあからさまに奇矯な振る舞いへと適用することはできない。対して、『草枕』の翌年に発表された『虞美人草』を論じる水村美苗は、この作品を漱石における転機とし、この小説以降「女性について真剣に取り組まないことは……もはや彼にとって採りうる選択肢ではなくなった」と評す(Mizumura p. 33)。『草枕』の那美が身投げを実際には完遂させることなく物語の終幕まで生き残るのに対し、『虞美人草』のヒロインである藤尾は物語の最後で死を遂げることになる。水村の見解は、藤尾は文学の世界に関与する女性であることにおいて、「男たちの理想化された世界」にとっては十分過ぎるほどの脅威であり、その逸脱が漱石をして彼女の死を描く必然性へと導くというものである。しかし水村によれば、この藤尾の死は漱石における重大な転機である。「彼女を殺すシナリオを描くことを正当化できない」ことに気付いた漱石にとって、男たちの世界とは、その後のいかなる作品でも二度と回帰しえないものになったからである(Mizumura p. 33)。

水村の見解を引き継ぐ私たちは、一九〇八年の『三四郎』において、決定的な瞬間――『草枕』の主題を反響させ、かつ根本的な形で男性のみへと充てられる「文学」なる知の観念から漱石がいかに隔てられたかを際立たせるという意味で――に遭遇する。物語のおおよそ中盤、よし子と美禰子という二人の女性が身投げのモチーフ――『草枕』においては那美へと収斂されるところの――に言及する。男性の恋人のために絶壁から身を投げたサッフォーの逸話に彼女らが冗談めかして言及する中で、しかしその身投げという契機に課せられた意味が、「ホモソーシャルな欲望」を確認するものでも、あるいは「語りにおける男性権威」を高めるものでもないことが明らかとなる。すなわち、そのまったく逆なのである。この場面で自分を部外者だと感じるのは三四郎である。彼は会話に同調して笑うが、語り手は、彼が実のところこの二人の女性が何の話をしているのか分からないことを書き記すのである。『草枕』の中心的モチーフがその後の漱石の作品において劇的に反転されることを踏まえるならば、おそらく那美は、漱石のその後の「小説」に通底するところの不確かさの予感を導入することに、結局のところは成功しているのだと言えよう。

(翻訳・本荘至)

＊訳出に際しては、典拠として、鳴骨「紛々録(二)」『第一高等学校校友会雑誌』第一二九号(一九〇三年一〇月)を参照した。引用語句の出典も、同上、七八頁を用いた。

参照文献

安倍能成(署名は「能成」)「我友を憶ふ」『第一高等学校校友会雑誌』第一三七号、一九〇四年五月、三六―四五頁。

荒井恒雄「藤村君を弔ふの歌十首」『第一高等学校校友会雑誌』第一二八号、一九〇三年六月、五九―六〇頁。

伊藤整『日本文壇史7 硯友社の時代終る』講談社、一九九五年。

江藤淳『漱石とその時代 第1部』新潮社、一九七〇年。

大津知佐子「波動する刹那――『草枕』論」『成城国文学』第四号、一九八八年。

越智治雄「漱石と夢の極点」『國文學 解釈と教材の研究』第九巻一三号、學燈社、一九七四年。

加藤弘之「青年は哲學を學ぶ可らず」『中央公論』第一九巻八号、一九〇三年九月。

勁風子「勁風錄」『第一高等学校校友会雑誌』第一〇〇号、一九〇〇年一一月、六九―七一頁。

斎藤順二「漱石漢詩の「美人」考――正岡子規宛の書簡を中心に――」『群女国文』第一一号、一九八三年。

佐藤勝「「草枕」論」『國語と國文學』第四九巻四号、一九七二年。

沢英彦『漱石と寅彦』沖積舎、二〇〇二年。

関礼子「「装い」のセクシュアリティ――『草枕』の那美の表象をめぐって――」『漱石研究』第三号、翰林書房、一九九四年。

竹岡友仙編『新撰幼学便覧』林芳兵衛、一八七八年。

坪内稔典「連句・俳体詩・短歌・新体詩 注解」『漱石全集』第一七巻、岩波書店、一九九六年。

寺田寅彦『柿の種』岩波書店、一九九六年。

中山和子「『草枕』――「女」になれぬ女「男」になれぬ男――」『漱石・女性・ジェンダー』翰林書房、一九九四年。

平岩昭三「藤村操の華厳の滝投身自殺事件をめぐって」『日本大学芸術学部紀要』第一九号、一九八九年。

藤井淑禎『不如帰の時代――水底の漱石と青年たち』名古屋大学出版会、一九九〇年。

鳴骨「紛々錄(二)」『第一高等学校校友会雑誌』第一二九号、一九〇三年一〇月、七四―七九頁。

『漱石全集』岩波書店、全二八巻・別巻一、一九九三―一九九六年。

Carpenter, John, 2005, "Painting and Calligraphy of the Pleasure Quarters: Interaction of Image and Text in Hokusai's Early Bijinga", in John Carpenter ed., *Hokusai and His Age: Ukiyo-e Painting, Printmaking and Book Illustration in Late Edo Japan*, Hōtei Publishing, Amsterdam, Holland.

Inouye, Charles Shiro, 1998, *The Similitude of Blossoms: A Critical Biography of Izumi Kyōka* (*1873–1939*), Harvard University Asia Center, Cambridge, Mass.

Lippit Mizuta, Miya, December 2002, "Reconfiguring Visuality: Literary Realism and Illustration in Meiji Japan", *Review of Japanese Culture and Society*, vol. 14, pp. 9–24.

Luo, Yuming, 2011, *A Concise History of Chinese Literature*, Ye Yang trans., Brill, Leiden.

Mizumura, Minae, 1997, "Resisting Woman — Reading Sōseki's Gubijinsō", in Dennis Washburn, Alan Tansman eds., *Studies in Modern Japanese Literature*, Center for Japanese Studies, Ann Arbor, MI.

Roden, Donald, 1980, *Schooldays in Imperial Japan: A Study in the Culture of a Student Elite*, University of California Press, Berkeley, CA.（ドナルド・T・ローデン『友の憂いに吾は泣く――旧制高等学校物語』上・下、森敦監訳、講談社、一九八三年）

Sakaki, Atsuko, 1999, *Recontextualizing Texts: Narrative Performance in Modern Japanese Fiction*, Harvard University Asia Center, Cambridge, Mass.

Sedgwick, Eve Kosofsky, 1985, *Between Men: English Literature and Male Homosocial Desire,* Columbia University Press, New York.（イヴ・K・セジウィック『男同士の絆――イギリス文学とホモソーシャルな欲望』上原早苗・亀澤美由紀訳、名古屋大学出版会、二〇〇一年）

Vincent, Keith, 2008, "The Novel and the End of Homosocial Literature", *Proceedings of the Association for Japanese Literary Studies*, vol. 9, pp. 230–239.

(1) テクストは伊藤、一四七頁より。以下、本稿における「巌頭之感」のテクストは、この文献に依拠する。

(2) 藤村の自殺から四年のあいだに、概算でも二〇〇人もが藤村を追うように同じ場所で投身自殺を遂げたことを踏まえるならば、加藤の主張は的を射たものだと言えるだろう(Inouye p. 185)。

(3) たとえば彼はある書簡の中で、静養のため松山に帰省していた子規に再試験のための帰京を促す旨を伝えながら、子規を「令娘」「妾」、彼自身を「郎君」と愉しげに表現している。(Vincent pp. 231–232)。〔訳者追記:当該の書簡は明治二二年九月二七日付のもの。テクストは『漱石全集』第二二巻、一〇―一一頁に所収〕。

(4) 子規は、上記で引用した漢詩の出典元となる、一八八九年に漱石が漢詩文で著した旅行記『木屑録』の巻末に寄せた文章の中で、漱石の文才を次のように好意的に記している。「余、以為《おも》えらく、西に長ぜる者は、概《おおむ》ね東に短《たん》なれば、吾が兄も亦《ま》た当《まさ》に和漢の学を知らざるべし、と。而るに今此《こ》の詩文を見るに及んでは、則ち吾が兄の天稟《てんぴん》の才を知れり」(『漱石全集』第一八巻、五六八頁)。

(5) 当該の漢詩は一八八九年のもので、「夢に入るは美人の声」という最後の一節が、様々な議論を喚起してきた。〔訳者追記:明治二二年九月二二日付の書簡に記されたもの。テクストは『漱石全集』第二二巻、九頁に所収〕。江藤淳はこの「美人」という表現を、漱石が次兄の妻に対して密かに抱いていた恋愛的関心の証左だと論じる(江藤、一七三―一七四頁)が、この江藤の解釈に対しては、「美人」とは子規のことだとする解釈や、あるいは男同士での砕けた冗談に過ぎないとする解釈などの反論がある。とりわけ、斎藤、を参照。

(6) ただし安倍の文章では「此翁嘗紅顔美少年」という形でこの二行が混ざり、坐か誤った引用となっている。

(7) こうした解釈の一例としては、Luo 1: pp. 277–278 を参照。

(8) 「朱唇 ruby lips」が一般には女性美へ言及するものとして理解されていたという見解は何よりも、意欲的な詩人たちに参照されていた漢詩の詩語辞典における用例から支持されうるだろう。それらにおいて、「朱唇」は通例では「題美人図」(美人の絵に題す)という見出しのもとに括られている。例えば、竹岡友仙編纂による『新撰幼学便覧』などを参照(竹岡、五八頁右)。

(9) たとえば旧制一高の校友会誌は、一九〇〇年に男性同性愛の主題に触れた文章を掲載している「「紛々たる汚言を以てして少年明玉の心を乱さしめ他日青雲の高望として朦朧見るに迷はしむ」と、熱心すぎるほどの硬派連中を、諫言している」(ローデン、下巻二一頁)。〔訳者追記：引用内にある校友会誌からの文章の出典は勁風子、六九頁〕。

(10) 旧制高校はその存続期間中、いくつもの「女事件」によって定期的に封鎖された。公式であれ内密であれ、女性が校舎に立ち入ることは、様々な激憤の表出を学生たちのあいだに起こした。ローデン、下巻一五—一七頁を参照。

(11) 典拠とした伊藤の『日本文壇史』に収められた会話は以下のように続く。「「君、藤村はどうして死んだのだい？」(中略)「先生、心配ありません、大丈夫です」とその生徒が答えた。(中略)「心配ないことがあるものか。死んだんぢやないか」と夏目が言った」(伊藤、一四八頁)。おそらくは、漱石による叱責が藤村の死を招いたわけではないだろう。だが、藤村の学校における成績があまり振るわなかったこと、また彼の自殺が週明けの月曜日に期末試験を控えた金曜日に行われたことは、おそらく記しておく価値がある。

(12) とりわけこの詩の第五行「沈まば波の底」に、「水底の感」冒頭の「住まば水の底」という一節からの反響を読み取れるように思われる。

屋根裏の狂男《マッドマン》

――『三四郎』における女性作家・人種差別と帝国・クィア文学

高橋ハーブさゆみ

漱石の寡婦夏目鏡子が書いた「漱石の思ひ出」(一九二八)によると、新婚生活のころ漱石は度々戯れに彼女の着物を試着し、棲を取り、女装して「家じゅう歩き回った」という。(1)ちょうどこの談話が刊行されると同時に、英国ではモダニズム文学の革新的女性作家及び評論家のヴァージニア・ウルフが代表作の『自分だけの部屋』で天才作者の「男女両性具有精神」(androgynous mind)について論じた。ウルフはコールリッジを引用し、「偉大な精神は両性具備である……両性具備の精神はよく共鳴し」、浸透性があると宣言したのである。(2)ここでウルフの理論に基づいて夏目漱石という人間の精神分析をするつもりはない。ただ『三四郎』(一九〇八)という一つの作品に於ける女性作家への言及を読みなおし、テクストそのものの「両性具備」の可能性を考察したいと思う。漱石は女性小説家(とくに英文学作家のアフラ・ベーン)のエクリチュール(écriture)をどのように、そして何故、取り上げて「試着」してみたのか。彼の選択や態度や文の「重ね」の中には、ある種の「両性具有文学論」、あるいは「クィア(Queer)文学論」が潜んでいないであろうか。(3)クィア理論こそ二元論的な人間の判断区分、すなわち異性愛vs同性愛、男vs女、外国語vs日本語、メジャー文学vsマイナー文学、西洋の「文明」vsその他の「野蛮」、覇権や金の有無の二者択一などを否定するものである。そのようなあらゆる対立の中から曖昧で多面的な「閾」のゾーンが立ち現れそこから生み出される悲劇と美文こそ「漱石文学」のおもしろさの根源なのではないか。(4)言い返せば漱石の小説には規範化、または硬直化された対立的カテゴリーの価値観を動的なものと見直し、覆す力があるのではないか。

一　世界の漱石、Queer な漱石――差別から生まれる連帯感の可能性

しかし夏目漱石は日本では重要な文学者でありながら、海外の文芸評論家からはそれなりの探究心をいまだに集めていない。では彼の作品を今の比較文学の視点から読み解くことで、どのような新しい意義を見出すことができるのか。このようなアプローチで『三四郎』を再読すれば、(国内で)メジャーであると同時に(世界で)マイナーな位置を占めている作家の視点が如何に「クィア《奇妙》」なものなのかが見えてくる。文学界の覇権的なディスクールに関与しながらもジェンダー、または人種的アイデンティティーや権能が「問題」であるためそのヒエラルヒーの頂点から除脱されたクィアな者こそテクストの対象となっている。ウルフやベーンの場合は性差別、東洋人の漱石の場合は人種差別によって白人の男性を主とする英文学の世界からある程度締め出されたもの同士なのである。漱石がロンドン滞在中に「発狂」したという説は有名だが、マサオ・ミヨシによるとその狂気の一部には英国に対する厭悪、または内在化されたオリエンタリズムや差別の影響があった。(5)そしてその内在化そのものに対して反発する漱石の姿が日記、消息、断片などにもうかがえる。ミヨシがあげる例はいくつかあるが、その中の一つをここで引用しよう。

我々はポツトデの田舎者のアンポンタンの山家猿のチンチクリンの土気色の不可思議ナ人間デアルカラ西洋人から馬鹿にされるは尤だ　加之《しかのみならず》彼等は日本の事を知らない日本の事に興味を持つて居らぬ故ニ我々が西洋人に知

られ尊敬される資格が有つて〔も〕彼等が之を知る時間と眼がなき限りは尊敬とか恋愛とかいふ事は両方の間に成立たない(6)

著者が用いている「不可思議」という言葉は英語の「queer《クィア》」という言葉の一つの意味に近い。従って『三四郎』というテクストのクィア性を探る為にはジェンダーとセクシュアリティーだけではなく、共に国際的人種問題や帝国主義がどのように関わっているかを考える必要がある。肌の色やジェンダー等での社会的「尊敬」の枠から取り残された者同士が越境し、互いに「尊敬」し合う可能性は魅力的であるが、それを満たすことは実に困難である。漱石がその魅力と困難さを同時にどのように写し出しているかが明らかになってくるであろう。

二 『三四郎』に登場する女性作家──女が書いた／描いたものは摑み難い？

漱石論の文献を一覧したところ、ジェンダー論に関わっている研究は大抵小説に登場する女たちの立場やアーキタイプとしての女性の描写を見直すものが多い(7)。漱石文庫に保管されているコレクションの中に女性が書いた書物が二〇冊以上もあり、『文学論』(一九〇七)の第四編第七章「写実法」にもジェーン・オースティンとシャーロット・ブロンテが引用されている。それにも拘らず、夏目漱石という作者自身と女性作家の関係性をとりたてて扱っている論文は比較的少ない。漱石はオースティンが描いたリアリズムを以下のように褒めたたえた。

Jane Austen は写実の泰斗なり。平凡にして活躍せる文字を草して技神に入る点に於て、優に鬚眉の大家を凌ぐ。

余云ふ。Austen を賞翫する能はざるものは遂に写実の妙味を解し能はざるものなりと。(8)

漱石はここで恰も読者にオースティンの写実的ナレーションの巧みさが男性作家のそれをどのくらい超越しているかを鬚眉の作家としてのオーソリティーをもって主張しているかのようだ。たとえば『高慢と偏見』の一部を引用して、日常の細部を源泉として、偉大な深遠性および心理的深さを美に綾織る(aesthetics of texture)オースティンの才を賞賛している。ここでは崇高や驚異なものを好む市場主導型の〈男性的〉美学及びロマンチシズムの価値観と違う、オースティンの繊細さや木目細かさ、奥深い〈女性的〉リアリズムの美しさを強調しているといえるだろう。その対照こそが『三四郎』の主役である里見美禰子の悲劇をめぐる関数となっている。それでは、漱石の小説はどのように英国女性作家を具体的に取り上げているのであろうか。

『三四郎』という作品の特徴の一つは、東京帝国大学を背景とした二〇世紀の始まりの学問的言説(ディスクール)に反響するかのように欧米の作家や知識人に言及する箇所が非常に多いことにある。なかでも漱石と女性作家との「間テクスト性」を探るのにもっとも興味深い箇所として、イギリスの閨秀作家であり、かつて女性として初めての職業劇作家だったアフラ・ベーン(一六四〇—一六八九)に触れる場面があげられる。小川三四郎は九州から上京し、東大に入学して直ちに大学の図書館を訪れ、本を借り始める。他の読者がまだ眼を通していない物を自己チャレンジとして求める彼はベーンが書いた一冊を手に取り、さして名も無い作家なら大丈夫であろうと自信満々に本を開くが、挫折する。

三四郎が驚ろいたのは、どんな本を借りても、屹度誰か一度は眼を通して居ると云ふ事実を発見した時であつた。

それは書中此所彼所《ここかしこ》に見える鉛筆の痕で慥かである。ある時三四郎は念の為め、アフラ・ベーンと云ふ作家の小説を借りて見た。開ける迄は、よもやと思つたが、見ると矢張り鉛筆で丁寧にしるしが付けてあつた。此時三四郎はこれは到底遣り切れないと思つた。所へ窓の外を楽隊が通つたんで、つい散歩に出る気になつて、通りへ出て、とう〳〵青木堂へ這入つた。

青木堂で、三四郎は前に東京行きの汽車で出会った「不可思議」で多少隠士的な人物、広田先生を再び見かける。相乗り中広田は日本が「亡びるね」と発言し、三四郎をびっくりさせたのだ。広田は人目を避けているのか、喫茶店の奥の隅で一人で茶を飲み、煙草を吸い、じっくり何かを考え込んでいる様子で、三四郎は年上の彼に話しかけることができずに無言で店を出てしまう。楽隊の音に誘われて青木堂まで足を運んだ「主人公」は、大衆文化や他人の雰囲気、その場の流れにまるで汽車であるかのように「乗せられて」しまうタイプであることがわかる。つまり自分から積極的に動くというより動かされてばかりいる性格なのである。初めて機関車で広田と会った時はフランシス・ベーコンのエッセイ集を読むふりをして、本を教養や身分を見せびらかす象徴(あるいはそれらの不足を隠す為のついたて)として用いていた(9)。青木堂で広田を再びみかけた三四郎は女性(つまりベーン)の書を人目から離れ密かに読もうとしていたところで、他人が先に目を通したと知って「自分が文学的開拓者だ」という学問的僭称が壊されたところであった。「きっと誰もこんな無名な女性の本なんか読んでいないだろう」と勝手に仮定する三四郎の僭越さにはおそらく男根ロゴス中心主義の偏見だけではなく、女が内発的に書いたものをしっかり読み取って解釈できないという無能力をも仄めかしている。彼は常に女性の行動や言葉に当惑しつづけ(汽車の女も一つの例だが)、憧れの美禰子が発言した「迷羊《ストレイシープ》」とそれを描く彼女の隠密な絵はがきの背後にある深い意味を把握できず、ついに恋に破れてしまうのだ。

職業劇作家の仕事を売春に喩えたアフラ・ベーンは、挑発的で性的な面でスキャンダラスな存在だったと言われているが、ベーンの専門家である研究者ジャネット・トッドによると、この性差別にもとづいた悪評のせいで彼女の作品は同期の男性作家に比べると未だに深く分析されていないようだ。ようするに長年にわたってベーンの名前は「猥褻」という影に覆われ抑圧されてきたのだ。三四郎が眼を通している本の中に「鉛筆」による書き込みが、まるで人体への外傷、瘢痕、または創傷のように刻まれていることは注目に値する。その書はベーンの『オルノーコ』だったということが後に『三四郎』の第四章で明らかになる。『オルノーコ』は悲劇的で残酷な重傷を負うシーン、臓物を切り取られて足を切断されるところ等を描いている作品であり、アフリカの王子の一生を通してジェンダー問題や海外支配、奴隷制度の悲惨さを取り上げている。従って植民地主義と帝国主義における人種差別の矛盾に焦点を当て、西洋的主導権の正当性を疑う小説として読み取ることも可能である。そこには三四郎の理想とする「処女状態の」テクストは見つからず、むしろその書はペニスの象徴である鉛筆で傷つけられ、いくら「丁寧にしるしが付けてあつ」ても結局は汚されているのを見て圧倒的に「遣り切れない」気持ちとなる。三四郎の文献に対する態度はまるでコンキスタドール(conquistador)や探検家が抱いていた「未知」の領域を「発見」する野望に似ている。そのような植民地主義的文学調査を拒む一冊にアフラ・ベーンの『オルノーコ』が載っていたことは非常に興味深い。いずれにしても彼はこの「女性のテクスト及び体」を所有することは出来ず、借りることしかできない。

三　見返す翻訳——外国と日本の境にいる女の不気味さ、クィア性

もしこれが『三四郎』に於けるベーンの唯一の引用ならばそれほど重要ではないかもしれない。しかしベーンの名は、第四章での広田と学生たちの談話に再び登場し、しかもその会話の内容は自己再起的(self-reflexive)に国際的な異文化コミュニケーションや翻訳の問題に触れているのである。三四郎は広田先生の新しい借家への引っ越しの手伝いを与次郎に頼まれ、約束の日に西方町十番地三号の宿へ一足早く着いてしまう。この場面を見てみよう。

家の庭でばったりと「池の女」、里見美禰子と対面した瞬間、「三四郎は此狭い囲の中に立つた池の女を見るや否や、忽ち悟つた。――花は必ず剪つて瓶裏に眺むべきものである」と判じる。庭というせせこましい囲いの中の美禰子の姿態(死体?)を審美的に切り花と比べる三四郎は彼女を所有物、つまり人間性を「殺害」されたオブジェとして見たがっているようだ。ちなみに美禰子の名前の「禰」という字は御霊屋《みたまや》、つまり「死後の霊をまつる場所」の意味を含んでいることは興味深い。つづいて三四郎のこの如何にも男性的な視線(male gaze)は美禰子をばらばらの身体部分に切り離し、それをキネマモンタージュ、またはフランケンシュタインの怪物の如き新しい、しかも多少不気味な肖像に組み立てている。「腰から上を例の通り前へ浮かしたが、顔は決して下げない。会釈しながら、三四郎を見詰めてゐる。女の咽喉が正面から見ると長く延びた。同時に其眼が三四郎の眸に映つた」。ここでの美禰子は体がバラバラに裂かれる第三章の「轢死の女」や半分に切られる『オルノーコ』のヒロイン、イモインダに近代化のプロセスの中に犠牲にされる体として主題的な連関があるかもしれない。しかしここで漱石のテクストは三四郎の視点から美禰子を解体すると同時に、逆に彼女の強い「見返したい」という意志をも映しだしている。つまり三四郎の眼には美禰子の眼も視線も映っているのだ。これこそ漱石という作家の「男女両性具有精神」の形跡ではないか。

美禰子を監視しながら三四郎は色っぽい空想にとらわれ、ジャン・バプティースト・グルーズの「ヴァラプチュアス」(voluptuous)な女性像を思い起こす。

二三日前三四郎は美学の教師からグルーズの画を見せてもらつた。其時美学の教師が、此人の画いた女の肖像は悉くヴオラプチユアスな表情に富んでゐると説明した。ヴオラプチユアス！　池の女の此時の眼付を形容するには是より外に言葉がない。何か訴へてゐる。艶なるあるものを訴へてゐる。さうして正しく官能に訴へてゐる。けれども官能の骨を透して髄に徹する訴へ方である。甘いものに堪え得る程度を超えて、烈しい刺激と変ずる訴へ方である。甘いと云はんよりは苦痛である。卑しく媚びるのとは無論違ふ。見られるものの方が是非媚びたくなる程に残酷な眼付である。しかも此女にグルーズの画と似た所は一つもない。眼はグルーズのより半分も小さい。

ここでは美禰子をグルーズの画と比較すると同時に、比較の反対――つまり対比の否認――の可能性にも触れている。その「否認」は「眼の小さい」日本人と「眼の大きい」白人との人種の差で位置づけられている。いくらキリスト教徒で完璧な発音で英語を話す西洋かぶれの美禰子でも完全には欧米と連なることはできない。むしろその人種による距離こそが彼女の個人性を裏付けているのかもしれない。観察者を直接見ず、何か夢中でよそ目しているグルーズの女性と違って、「第四の壁」を貫いて観察者に直接アピールする美禰子の目つきに熱意を加えているものはその「差」なのではないか。

しかしながら三四郎の頭の中では、正常であるはずの古典的な女性美はエギゾチックで積極的な「白人の異界」との距離を経由して「残酷」でむしろゴシック的な恐ろしいものに変転しつつある。さらにその恐怖は、三四郎の「男性としての」主体性の肯定となる超越的崇高、または「立身出世」へのアクセスを中断させかねない「応えきれない女の欲望」という脅迫にからみあっている。『文学論』に出てくるオースティンの引用と同じく、ここでもまた「女性的な美」と「男性的な崇高」の美学的対照が呼び起こされているのである。アフラ・ベーンとグルーズの女性の共通点は、西洋の白人の女性であることと、アイコンとして女性の性欲と「美」を象ること(ベーン自身も同じ形容詞を用いて「ヴァラプチュアス」だと評されていた)[10]。つまり美禰子と三四郎のそれぞれの主観性をとりなし、「翻訳」すると同時に彼らの隔絶を補強する象徴的な「狭間」として機能しているのが「アフラ・ベーン」なのである。美禰子は自己表現/自作のナラティブを志しているのにもかかわらず、三四郎や周辺の社会に「美しいフェティッシュ」として扱われ、最後には美学的に原口の画の中に葬られ、結局は嫁として片付けられてしまう。美禰子の悲劇は当時の日本人女性の個人的意志の儚さを巡るものである。それでは彼女とベーンの共通点や違いは何を示しているのか?

先に引用した場面の続きを見てみよう。

やがて与次郎と広田先生が到着し、四人は昼食をとりながら本の話をしだす。そこで広田は三四郎が図書館から借りた書はベーンの全集だと説明し、その中の『オルノーコ』という小説を読んだとあかす。『オルノーコ、王家の血をひく奴隷』(*Oroonoko: Or, the Royal Slave* 1688)と言えばベーンの作品の中でもっとも有名な代表作で、英文学史上随一の小説かもしれないとも言われている。序文によると、著書自身がイギリスの植民地であった南米のスリナムで直接目撃した事件とアフリカのガーナ地域出身のオルノーコ王子から実際に聞いた話を筆録したとされている(オルノーコは愛おしい妻イモインダと共に奴隷としてスリナムに連れて行かれたのである)。王子はスリナムで奴隷の反乱を起こすが制圧され、イモインダと心中に近い悲惨な死に向う。この国際的ラブストーリーは以上に述べた通り、植民地主義、帝国主義、人種差別と奴隷制度、西洋の優位性の善を問うような作品として読み取ることができる。その意味ではベーンという作家は型破りな才器だと言っていい。さらにベーンは小説や演劇作品にセクシュアリティーや同性愛的エロスを赤裸裸に描写したことによって、当時の文学界を憤慨させた。『オルノーコ』が評判になったのは、このような特徴のためばかりではなく、トーマス・サザーン（Thomas Southerne）という男性作家が一六九五年に彼女の悲劇的なストーリーに茶番劇に近い要素を加え、庶民感情を揺さぶるような悲喜劇舞台として普及させたからだと言われている。当時サザーンの劇は「閨秀劇の最高傑作」とかなり良い評判を得たが、彼女自身の作者としての位置は死後に次第に衰退していった。ベーンは未だに多くの点で「奇妙」な人物であり、評論家の視点から見れば自叙の情報が少なく、扱いにくい作家としてほとんど無視されてきたが、英文学の歴史の中では特異の位置を占めている。ジェンダー的にも多様な面で英国の「女性作家」という固定観念からはみ出しているのも確かだ。そのような両性具備で「クィア」とも言える作家が漱石の小説で登場することは一体何を意味しているのか。

四　迷羊《ストレイシープ》――「自由」と「束縛」の弁証法

三四郎がぼうぜんと座っている間、与次郎は先生の読書範囲の広さを皮肉をこめたお世辞で認める。「驚ろいたな。先生は何でも人の読まないものを読む癖がある」。教授が部屋から出て座敷に向うと、与次郎は続けて三四郎にこう述べる。「あれだから偉大な暗闇だ。何でも読んでゐる。けれども些とも光らない。もう少し流行るものを読んで、もう少し出娑婆《しゃば》つて呉れると可いがな」。二人にとってベーンは流行遅れな「売れない」作家であり、公での会話の種としてはふさわしくない人物だと決めつけられている。ここでテクストの漢字と当て字使いに注意しておきたい。特に「でしゃばる」の「しゃば」を「娑婆」という字で示してあることは興味深い。この語はサンスクリット語仏教用語の sahā という言葉から来ていて、『日本国語大辞典』によると、「さまざまの煩悩から脱することのできない衆生が、苦しみに堪えて生きているところ。釈迦如来が衆生を救い、教化する世界。現世。俗世界。娑婆世界」を意味している。また、江戸時代以降に使われるようになった、もう一つのまるで反対の意味、すなわち「自由を束縛された軍隊、刑務所(牢獄)、遊郭などの内にいる人々から見た、外の一般人の自由な世界。また、のびのびとした気ままな世界」がある。漱石のテクストの二重性は、「娑婆」の語を両方の意味に響かせていることからもみてとれる。この語によって、精神的苦痛を避ける方法として学問を修道のように扱い、外の「現実世界/娑婆世界」から身を遊離しようとしている(つまり「娑婆」から出ようとしている)広田の姿勢を示しているのである。しかし大学のキャンパスもある面ではもう一つの「自由を束縛された」場所であり(ここで漱石自身が『三四郎』が連載される二年前に東京帝国大学の仕事をやめて朝日新聞社で働く決意をした理由を考慮に入れる必要があるだろう)、そこから一般の社会へ抜け出すのも「出娑婆」る行為だと言っていいだろう。テクストはエコノミカルに「娑婆」という言葉の二重性を活かして、そこに潜む未解決な「自由」と「不自由な幽閉」のアイロニーに満ちた弁証法(Dialektik)を喚起している。しかも「娑婆」の字の中には「女」がいるのである。家父長制社会の中の女性は男性と比べて行動が制限されるのだが、逆に自由/不自由の間にとじ込められて動きを見失う男(三四郎や広田など)も、ある意味、男でも女でもない曖昧なジェンダーアイデンティティーに当てはまる。この自由性に関する弁証法は、言うまでもなく前述した三四郎が庭の塀に囲まれた美禰子を花瓶の中の切り花に喩えた場面にも影をさしているし、「迷羊《ストレイシープ》」という美禰子が導入したキーリフレインにも仄めかされている。「迷羊《ストレイシープ》」は聖書の引用だと解釈されてきたが、実はシェイクスピアの初期のコメディー、『ヴェローナの二紳士』の第一幕目の冒頭のシーンにこれに近いフレーズが登場するのである。このシーンでは、紳士のヴァレンタインが留学の為ヴェローナを去り、ミラノへ発ったところ、彼の家来スピードが主人の友人のプローテュースと当意即妙な機知に富んだ会話を交わす。

Speed: Twenty to one then he is shipp'd already,
And I have play'd the sheep in losing him.

Proteus: Indeed, *a sheep doth very often stray*,
An if the shepherd be a while away.

Speed: You conclude that my master is a shepherd, then,
and I a sheep?

スピード　じゃあもう船にお乗りになったのは必定、見失ったあたしは間抜けなること羊のようだ。
プローテュース　たしかによく言うな、羊飼いが目を離すと羊は行く道を見失って迷うことになると。
スピード　すると、なんですかい、うちの旦那が羊飼いで、あたしが羊だとおっしゃりたいんで？[11]

対話の残りの部分では、羊飼いと羊の関係を主人と家来の関係の比喩として用いられ、ヘーゲルの『精神現象学』の自己意識論に概説された主人と奴隷の弁証法における権力の有無の矛盾を予知するような内容となっている。[12] スピードとプローテュースの理路の筋を少し辿って行くと羊飼いと羊の上下の関係が逆転されたり、「羊」が食べて行く為に必要な賃金を追って「羊飼い」に余儀なくついて行く「労働」と「承認」の弁証法があらわされたり、「マトン」(羊肉)という名詞からみだらな言葉遊びが出てきたり(「マトン」は当時イギリスの卑語で売春婦のことをいう)など、金と権力や男女の通常の関係を批判するダジャレが飛びかう。三角関係と恋の裏切りの物語が進行するなかで、プローテュースの恋人ジュリアが彼の後を追うために男装するなど、クィアな異性装への倒錯も仕組まれていることは意義深い。つまり『三四郎』におけるこれらの英文学の引用はシェイクスピアなどの「天才」が持つクィアな「男女両性具有精神」がどれくらい「自由」や「解放」という概念の弁証法と関わっているか読者に問いかけているのである。

五　ベーンの重大さを真っ先に読み取った漱石

ベーンの『オルノーコ』も同様に自由と奴隷制の間の闘争とまさに合致していて、しかもジェンダーの問題だけではなく、白人と黒人の人種差別的な関係も持ち出されているのだ。このように多様な要素を扱うことができるベーンは、本当に英文学界で与次郎や三四郎が思うほどに時代遅れで流行らない、売れない作家だったのか? トッドによると彼女がまだ生存中には多作で著名な作家であったという。しかし死後イギリスの政治情勢の変動によって次第に疎んじられ、ついには無視される傾向に陥った。(13)

一八世紀から二〇世紀の初めまでのあいだ彼女の作品はまず「女らしさ」の期待を覆し、つぎには超越的な美学基準に応えない素朴なものとして中傷されてきた。王政復古期の多くの作品と同様に確かに局所的で政治的とも言えるが、そのうちの幾つか(特に散文小説)からは、現在ではかなり極妙な多角性を見出すことができる。(中略)王政復古期と二〇世紀後半の間にアフラ・ベーンは侮言を受けてきた。没後まもなく多数の女性が文学界に登場してきたが、物書き自体完全にジェンダー化されており、男性の批評家は、文中に存在する「嫋やかさ」は漏れなく探知出来ると主張していたのである。「謙虚のミューズ」に従うことを求められ、女性作家は謝罪と防御の戦略を学んだ。ベーンの誘惑的で意図的な「横柄さ」は、一般の社会が欲求していた控えめで断定的でない女性像からは大きく外れていた。

漱石がイギリス(ロンドン)に滞在していた時期(一九〇〇―一九〇二)には、確かにベーンの世評は良くなかった。道徳至上主義的なビクトリア朝時代にベーンの名を善からしめんとした批評家ジョン・ピアソンなどは、きびしく非難された。ベーンの評判がようやく上向き始めたのは、一九一五年にモンタギュー・サマーズというオカルト好きな吸血鬼信者の編集者がベーンの作品を改めて出版してからだった。かつてはベーンに関心を持つ批評家は圧倒的に少数であったが、サマーズによる再販以降、彼女に注目する論文がぽつぽつと出てきた。新たな再評価は一九二七年に、ヴィータ・サックヴィル・ウエストによる伝記『アフラ・ベーン――比類なきアストレア』が出版されたときであった。しかし、サックヴィル・ウエストの書もまた、ベーンの実際の作品自体を分析することなく、主に彼女の「女性」としての像や女性アーティストとしての潜在力に焦点を当てたものにすぎなかったのである。サックヴィル・ウエストの友人及び同性の恋人だったヴァージニア・ウルフは、『自分だけの部屋』でフェミニズムに近い視点からベーンを次のように称賛した。

ところで、ベイン夫人の時代になると、私たちは非常に重要な曲がり角にさしかかるわけです。私たちは、読んでくれる人も批評してくれる人もなく、ただ自分の楽しみのためだけに書いたあの孤独な貴婦人たちを、二折判に埋もれて邸園に閉じこもったまま後に残し、今度は町に出て、通りを行く普通の人たちと知り合うのです。(中略)すべての女性はアフラ・ベインの墓――それは、けしからぬことには、しかし、大いにふさわしいとも言えるのですが、ウェストミンスター寺院にあるのです――に花を撒くべきでしょう。意見を率直に述べる権利を女性のために獲ち取ったのは彼女なのですから。(14)

ウルフの言葉を換言すれば、「ベーンの御蔭で私たち女性作者はやっと少し「出娑婆」れるようになった」ということだろう。ウルフやサックヴィル・ウエストはベーンの名を回復しなければならないと感じたのだ。世界文学としての夏目漱石『三四郎』の革新性は、おそらくサマーズやウルフやサックヴィル・ウエストよりも前にアフラ・ベーンの作品と批評、そして作者としての位置と立場に真剣に格闘していたという点にある。ベーンが英文学界から「マイナー」な作家と位置づけられ、批判されていたにもかかわらず、彼女の名を何回も小説の重要なシーンに持ち出したのだ。竹内好は「魯迅と日本文学」(『世界評論』一九四八年六月号)で、近代世界文学における西洋文学の席巻やカノンの規範性を批判する手段として中国の魯迅ほどに、「マイナー」で無名の著作の翻訳に従事した日本人の作家はいなかった、と主張したが、漱石こそ常にそういう作業をある程度試みていたとみるべきであろう。(15)むしろ逆に、漱石の影響を大きく受けた魯迅は、西洋文学から見た「世界文学」への覇権に強い疑念を抱きながら、翻訳をし、その批評を追い求めたのではないか。

六　『自分だけの部屋』――女性作家、人種、体面

従って漱石の『三四郎』という作品は「ベーン」に言及し、人種問題や地理的な位置関係の政治性だけではなく、文学の世界におけるヘゲモニーを批判的に問いかけているテクストであろう。とくに文芸的正典、つまりカノンから排除された女性作家の作品を(男性優位主義で)カノニカルな視点からけなすように解釈してしまう傾向を描写している。それではどのようにこのような批評を表しているのか？　最後に『三四郎』に出てくる三度目のベーンの言及を分析してみよう。美禰子が如何にもイギリス風の昼食、「サンドウィッチ」を大きな「籃《バスケット》」から取り出した後、男性たちと共にベーンの話に入る。与次郎が広田に尋ねる。


「先生、序だから一寸聞いて置きますが先刻の何とかベーンですね」

「アフラ、ベーンか」

「全体何です、そのアフラ、ベーンと云ふのは」

「英国の閨秀作家だ。十七世紀の」

「十七世紀は古過ぎる。雑誌の材料にやなりませんね」

「古い。然し職業として小説に従事した始めての女だから、それで有名だ」

「有名ぢや困るな。もう少し伺つて置かう。どんなものを書いたんですか」

「僕はオルノーコと云ふ小説を読んだ丈だが、小川さん、さういふ名の小説が全集のうちにあつたでせう」

三四郎は奇麗に忘れてゐる。先生に其梗概を聞いてみると、オルノーコと云ふ黒ん坊の王族が英国の船長に瞞されて、奴隷に売られて、非常に難義をする事が書いてあるのださうだ。しかも是は作家の実見譚だとして後世に信ぜられてゐたといふ話である。

「面白いな。里見さん、どうです、一つオルノーコでも書いちやあ」と与次郎は又美禰子の方へ向つた。

「書いても可ござんすけれども、私にはそんな実見譚がないんですもの」

「黒ん坊の主人公が必要なら、その小川君でも可いぢやありませんか。九州の男で色が黒いから」

「口の悪い」と美禰子は三四郎を弁護する様に言つたが、すぐあとから三四郎の方を向いて、

「書いても可くつて」と聞いた。其眼を見た時に、三四郎は今朝籃を提げて、折戸からあらはれた瞬間の女を思ひ出した。自から酔つた心地である。けれども酔つて竦んだ心地である。どうぞ願ひます抔とは無論云ひ得なかつた。

このシーンには重要なポイントがいくつかあるが、ここでは二つのポイントに焦点を当てよう。その一つ、この対話は明示的に奴隷制の問題に言及し、暗黙的に植民地主義の問題点を指摘しながら、まず九州出身で色黒の田舎青年の三四郎と人種的差別と偏見に満ちた連関を描写していること。その二つ目のポイントは、女性の原作者の名誉への道は(男性作家よりも)不品行の噂によって妨げられる問題にも触れていることである。

それでは、はじめのポイント(その1)から読み解いてみよう。与次郎は三四郎を黒人に喩えている。美禰子はこのコメントを卑しいと判断し、三四郎の地方の古里の生い立ちを庇っているように見える。(16) テクストでは「美禰子は三四郎を弁護する様に言つた」とあるが、三四郎個人を弁護したといえるとしても、必ずしも黒人や他の人種の人たち

に対する「制度」としての差別そのものを批判しているとは言えない。さらに付け加えれば、小説自体が女性と地方(九州)と肌の「黒さ」をつなぐ遭遇で始まっているのである。汽車で京都から三四郎の隣に座った女は、

第一色が黒い。三四郎は九州から山陽線に移つて、段〻京大坂へ近付いてくるうちに、女の色が次第に白くなるので何時の間にか故郷を遠退く様な憐れを感じてゐた。それで此女が車室に這入つて来た時は、何となく異性の味方を得た心持がした。此女の色は実際九州色であつた。

それに対して美禰子の顔は「狐色」で、服装やアクセサリーの白さが強調されている。九州からきた「黒人」の三四郎に対して、美禰子が都会の欧米向きの「白人」の「新しい女」と喩えられるとしたら、二人の「恋」が成熟すればそれはベーンの『オルノーコ』とどのように反響し合うのだろうか。ベーンの原作ではオルノーコの愛人は同じくアフリカからの黒人、イモインダなのだが、ベーンの没後、作者自身がオルノーコと関係を持ったのではないかという根拠のない噂や疑いが流れた。この噂に火をつけたのは、サザーンが『オルノーコ』を戯曲に書き換えた時イモインダを白人のキャラクターに変え、そのバージョンが広く普及されたことによるとも推測されている。そのような噂やスキャンダルには、前述の二つのポイントの要素が絡み合っているのである。美禰子は、白人のベーンと比べられ、「黒ん坊」の三四郎との「関係」を意地悪く、俗っぽく与次郎にすすめられている。広田がベーンの小説をその七年後に書かれたサザーンの脚本と「一所にしちや不可ない」と特に「疎忽《そゝつか》しい」与次郎に注意するのもこの俗化の傾向が背後にあるからなのであろうか。つまり広田は二つ目のポイントにおける不公平性を認識し、それに対してある程度抵抗している様子がここに映し出されている。よりによってそのサザーンの戯曲に出てくる有名な句、「Pity's akin to love」の和訳を試みるのも与次郎で、「どうしても俗謡で行かなくつちや駄目ですよ。句の趣が俗謡だもの」と言い張ってから出した訳は「可哀想だた惚れたつて事よ」という如何にも調子外れで情緒音痴なものだ。従って広田先生は「不可ん、不可ん、下劣な極だ」と翻訳の低俗性を拒絶する。

サザーンの句にはどんなコンテクストがあるのか。そこをより深く読んで行けば与次郎の翻訳のズレが明らかになる。第二幕の二番目のシーンで、オルノーコが白人の男性の英国人ブランフォードに同情を求める時に「Do, pity me. Pity's akin to love, and every thought／Of that soft kind is welcome to my soul. I would be pitied here」と頼む。つまり男同士のホモソーシャルな友情や共感を表すシーンだが、与次郎の訳は無作為でもこの情動をさらに滑稽で、性的で（ホモ）セクシュアル又は性的に（悪い面で）クィアなものに変えてしまう。広田先生のリアクションがあまりにも激しいので三四郎も美禰子も笑い出してしまう。そこで美禰子は「翻訳」という作業から身を引き、代わりに「美くしい奇麗な発音で」原文を繰り返す。センスの無い、意味のねじまげられた二流の訳を出すより、ニュアンスを保つために原文をそのまま提示する。この彼女の「原文への関心」をもう一歩進めれば、サザーンの悲喜劇への翻案及び翻訳よりは原文のベーンの悲劇的な小説の方が好もしいといえるかもしれない。サザーンが加えた喜劇的要素によって「結婚」が「奴隷制」の比喩となり、女性は最終的には「金」で男性間で交換される自由なしの所有物だということが明らかになる。それは勿論美禰子の宿命にもそのまま当てはまるのであり、それを何とか避けようとしている彼女の秘められた願いをここに読み取るべきかもしれない。まとめるなら、自分の物語を書こうとする女性作家として美禰子もベーンも性差別的で猥雑な世間の噂に汚されがちなのである。翻って三四郎はオルノーコというアフリカ貴族の英雄性に比べられれば、当然負けてしまうのである。王子の情熱も忍耐性も植民地主義／帝国主義に於ける人種差別的な力と特権の行使に抵抗する勇気もない。汽車でであった色黒の女に「あなたは余つ程度胸のない方ですね」と言われ、九州の(おそらく色の濃い)母親からの手紙でも似たような冷評を受ける。ようするに九州男性の「亭主関白」という「マッチョ」のステレオタイプから大幅に外れている三四郎がベーンの主人公に比較されるということは皮肉である。

続いて、もう一つの点に焦点をあわせたい。前述の会話の初めに美禰子は自分の「純潔さ」とベーンのいわゆる性的開放性とのコントラストを想起させるかのように、自分は肝心な現実世界の経験を欠いているせいで、ベーンのような作家になることはできないと示唆している。しかもスリナムに渡ったベーンや汽車の女のように旅したこともない。美禰子はこの不足を埋めるかのように三四郎を「実見譚」の基にして「書いても可くつて」と思い切って言う。彼女は三つの欲望(性欲、モビリティ〈移動〉のための欲求、自分の物語を書く作者になりたいという憧れ)を一つに重ねて解放を目指しているとも読み取れるだろう。ベーンに興味をそそられた一つの理由はおそらく執筆を通して自分自身で経済的に独立した自由な人生を送れる可能性、またはその実際の例を得たからなのではないか。つまり、ウルフが後に述べた女性作家の「自分だけの部屋」という夢をむなしくも垣間見たからではないか。小森陽一によると、「美禰子は当時の女性としては高い教育を受け、英語の実力は三四郎以上なのかもしれない。しかしそれだけの教養があったとしても、女が自立して生活する職業はない時代であった。自らの教養を生かしながら生計をたてる道は、「職業として小説に従事」するぐらいしかなかったのである(17)」。そしてこの道は三四郎の消極性と兄の友人との結婚によって小説の最後には閉じられてしまう。

結び　ヘゲモニーの価値観を覆すクィアなスペースを求めて

漱石の小説『三四郎』におけるアフラ・ベーンの言及や文字の使い方によって、小説の主題、つまり多様な要素を含む根本的な矛盾や二重性が浮かび上がってくる。日本語の中に潜む外国語(漢語、英語など)をめぐる翻訳と原文の弁証法、主体と客体の密接さ、自由の中にある限界や閉塞の中から見いだせる解放、メジャー文学とマイナー文学の関係性、文明の中の野蛮性や「野蛮人」の高貴、そして同一人物の中に彷徨う男性性と女性性。観察の仕方によって光は波でもあり粒子でもあるように、「暗闇」の広田にもクィアな二重性と矛盾が共存している。[18] 例えば、広田が「森の女」に出会ったのは彼が三四郎と同じ二三歳のときで、「男女平等を主張した森有礼の葬儀の日」であった。[19] 広田の知識を通して読者はフェミニスト的女性作家ベーンに導かれ、この幾重にもくり返される「オルノーコ」の引用を読むなら、小説のポストエキゾチックな(つまりどうにかエキゾチシズムを超越しようとする)解釈も可能になってくる。そこには三四郎の「人種的他者」、または色黒い「野蛮」な田舎者としての描写だけではなく、密やかに芽を出す彼のセクシュアリティーのドラマが同時に絡み合っているのである。反対に、ロンドンから遠く離れた「対極」の日本人作家である漱石の作品を経由して、ベーンの原作やシェイクスピアや他の英文学作品を新しい視点から読み直すこともできるだろう。

三四郎が都会から離れた「田舎」から近代的で国際的な大都市東京に移り、そこであまりにも多くの刺激を受けシヨック状態に陥りながらも周囲を観察し、彷徨うように、漱石自身もまた白人ではない、皮膚の黄色い異国のエトランゼとして大英帝国の中心地大都市ロンドンに留学し、驚くほど偏狭な住人の行動に呆れ、数々のカルチャーショックを受けて放心状態になり、オリエンタライズ(orientalize)されつつ挫折したのだ。その経験は「自転車日記」やロンドンから正岡子規に書いた手紙などに記されているが、なかでも特に積極的なイギリスの女性(例をあげれば「自転車日記」に出てくる恩着せがましい大家さんや堂々と漱石を自転車乗りに誘う美しい「肉食女子」のお嬢さんなど)に悩まされたようである。最終的には欧米の(男性的な)帝国主義及びその世界的ヘゲモニーと日本人の男性の間に位置するイギリスの女性作家は、「第三者」としてその中間的スペースにおいて、双方への批判的思考を表す奇妙〔クィア〕な主観性が振幅する領域を切り開いているのかもしれない。『三四郎』におけるベーンは、矛盾や相対する要素〔例えば首領〈羊飼い〉と従者〈羊〉、男と女、都市と地方、白人とその他など〕の間でそれに挑む主観性を代表しているのではないか。その意味でベーンは「固定的な意味に定着しない女」里見美禰子に希望を与えるのだが、ではその美禰子に文学を教える広田先生はどうなのか。[20] 彼は右に記した相違に対処するには半端な状態にいる現代的な主体を表している。さらにいえば、与次郎に付けられた異称、「暗闇」は、陰陽的にもジェンダー的にも女らしい「隠蔽」、または後にフロイトが「暗黒大陸」と隠喩した女性性を含むものとして読むこともできる。広田は多少女性化され、英国人でない非覇権的主体として受動的な位置に置かれている。『三四郎』で、与次郎は他の学生と手を組んで外国人教授の代わりに広田を雇用させる運動に取りかかるが、これは漱石自身の東京帝国大学での経験をアイロニカルに映しているのではないか。イギリスから帰国すると漱石は東京帝国大学の講義をやめさせられたラフカディオ・ハーンの代わりに英語や英文学の教授として雇われる。授業中でも自由奔放で派手なカリスマ性を例示したエキゾチシストのハーンは、文法のルールや錯誤のない知識を優先する厳格な明治人の漱石とは大違いだった。後にやっと少し敬意を得ることが出来たが、最初はハーンを慕う学生が多く、漱石は生徒の不満と抵抗に相当手を焼いていた。ロンドン滞在の終わりのころにはノイローゼ気味の引きこもり状態になっていた漱石は自分をハーンと比較し、「自分のような駆け出しの書生上がりのものが、その〔ハーンの〕後釜にすわったところで、とうていりっぱな講義ができるわけのものでもない」と述べたようだ。[21]

『三四郎』の第四章では、三四郎と美禰子は広田の書斎になる二階の部屋を掃除するが、最上階の部屋とは帝国と文学に深い関わりや響きがあるようなスペースなのである。サンドラ・ギルバートとスーザン・グーバーの共著作

『屋根裏の狂女――ブロンテと共に』では『ジェーン・エア』を読み直し、カリブ海の植民地から来て夫のロチェスターに屋根裏部屋に閉じ込められてしまうバーサ・メーソンの像を取り上げている。[22] 狂気に落ちてしまった女とイギリス帝国及び植民地主義と屋根裏の獄中――これらの要素の関係性をフェミニズム論とポストコロニアル論を通して探っている。漱石は無論男性であったが、ロンドンでは遥かかなたから来た東洋人として人種差別を受けていた故に「女性化」されていたことも「自転車日記」からうかがえる。そこから何故漱石がロンドン滞在中、イギリス植民地のアイルランド出身の特異なシェイクスピア学者クレーグ先生や、スコットランド出身のトーマス・カーライル氏の屋根裏及び最上階の書斎の描写に拘ったのかが明らかになってくる。屋根裏は物質的スペースでもあるが、知的な帝国臣下(被験者)だった彼らにとっては頭の中で出娑婆れる空間を象徴し、またはその開放域の狭さや不自由さを同時に実体化するクィアな間《ま》でもある。西洋の女性アフラ・ベーンが書いた『オルノーコ』が帝国性や植民地支配の悪に光を当て、そのテクストを引用するにあたって『三四郎』は美禰子や三四郎という迷羊《ストレイシープ》や「迷い筆字《まよいひつじ》」が彷徨える「間テクスト性」の場を作っているのである。帝国や特権の中心に至ることを望みながらも、黒き、または暗き周縁の卑しいものとして女性化を余儀なくされ、貶められがちな主体にとって、自分の物語を書くという行為は狂気に避難を求めるか、屋根裏部屋や「クィアな」クローゼット[23]の中に逃げるか、あるいはその双方から成されるものかもしれない。このような自由と幽閉の弁証法に立ち返るなら、「マイナー」であるか女性であるか、あるいは両方であるという制約や異国に向わなければならない条件にいる作家と、多大なコストや損失を背負わなければ散策できない迷羊《ストレイシープ》が重なってくる。私たち読者がその女装的な重なりや振幅を読み取ることができるなら、戯れと豊かさの空間、つまり屋根裏の「自分だけの部屋」の扉を少し開けられることになるであろう。

(1) 夏目鏡子述『漱石の思い出』(文春文庫、一九九四年)四四頁。

(2) Virginia Woolf, *A Room of One's Own*, Harcourt, 1929, New York, p. 108. ヴァージニア・ウルフ『自分だけの部屋』川本静子訳(みすず書房、一九八八年)一四九頁。

(3) ここでキース・ヴィンセントが多和田葉子の作品に関して論じた「クィア性」(Queerness)を引用したい。その「クィア性」とは「国家とジェンダーの規範的な配置による言語的な主体化への抵抗」(一八二頁)をふくむ一方、「内容よりも形態に関係するもので、読むことと書くことの一種の実践を指している。(中略)この場合、それはアイデンティティには関係がない」「真実と主体の統一性へと突き進む言葉の擬製は多和田のテクストのほぼ全てのページにおいて剝ぎ取られる。そしてこれこそが、彼女のテクストがクィアである一つの所以である」(一七八、一八〇頁)。キース・ヴィンセント「クィア作家としての多和田葉子」『ユリイカ』青土社、二〇〇四年一二月号。

(4) これらは漱石が作家のテクニックとして論じたと言われている「則天去私」に重なっているとも言えるだろう。

(5) Masao Miyoshi, *Accomplices of Silence: The Modern Japanese Novel*, University of California Press, 1974, Berkeley.

(6) 「断片」(明治三四年四月頃以降)『漱石全集』第一九巻、岩波書店、一九九五年、一〇六―一〇七頁。漱石がここに「愛情」ではなく、「恋愛」という言葉を使っていることは興味深い。著者が対象にしている相手の「西洋人」は男性なのか女性なのか。模範として仄めかされる「恋愛」とは、異性愛のものか、もっと「クィア」な同性愛なのか。

(7) 例を挙げれば、佐々木英昭の『夏目漱石と女性――愛させる理由』(新典社、一九九〇年)や小泉浩一郎の『夏目漱石論――〈男性の言説〉と〈女性の言説〉』(翰林書房、二〇〇九年)などがある。

(8) 夏目漱石『文学論』(大倉書店、一九〇七年)四五三頁。

(9) 三四郎はベーコンの本の二三頁からなかなか先に進めない。「二三」という数字はここの頁数だけではなく、三四郎の歳でもあり、広田が「森の女」と出会った時の年齢で、小説の至る所に出てくるライトモチーフである。ちなみにオルノーコの物語の素はベーンが二三歳の時スリナムに渡り、そこでアフリカの奴隷のリーダーから聞いた話を書き留めたとされている。景山直治の「「ベーコンの二十三頁」――漱石のいたずらについて」(『解釈』一九五六年五月、二〇―二二頁)によると、漱石の書斎にあった*Bacon's Essays*の二三頁目には愛と嫉妬に関する強い忠告が書かれている。三四郎がこの頁を読み取れないのも当然かもしれない。

(10) Janet Todd, *The Critical Fortunes of Aphra Behn*, Camden House, 1998, Columbia, S. C., p. 50.

(11) ウィリアム・シェイクスピア『ヴェローナの二紳士』小田島雄志訳（白水社、一九八三年）一三頁。

(12) ヘーゲルと言えば『三四郎』の第三章の他の借り本の余白に書かれた鉛筆の「痕」にも引用されている。

(13) Todd, *Critical Fortunes*, pp. 1–2.

(14) Woolf, op. cit., p. 63. 注(2)、ヴァージニア・ウルフ、九六—九九頁。

(15) 竹内好「文化移入の方法（日本文学と中国文学2）〔魯迅と日本文学〕」『竹内好全集』第四巻（筑摩書房、一九八〇年）一一五—一二七頁。

(16) ちなみに遺児の美禰子の苗字は「里見」であり、つまり「里の方を見る」という意味が含まれている。

(17) 小森陽一「解説　光のゆくえ」『三四郎』（集英社文庫、一九九一年）三三三頁。

(18) 三四郎が初めて大学の池でよし子と美禰子とすれ違った後、どこかに矛盾や二重性があるのには気づくが、その矛盾の正体や幅広さや意味深さには無頓着である。「三四郎は茫然《ぼんやり》してゐた。やがて、小さな声で「矛盾だ」と云つた。大学の空気とあの女が矛盾なのだか、あの色彩とあの眼付が矛盾なのだか、あの女を見て、汽車の女を思ひ出したのが矛盾なのだか、それとも未来に対する自分の方針が二途《ふたみち》に矛盾してゐるのか、又は非常に嬉しいものに対して恐を抱く所が矛盾してゐるのか、——この田舎出の青年には、凡て解らなかつた。たゞ何だか矛盾であつた。」（二）。

(19) 注(17)、小森陽一「解説」三四二頁。

(20) 注(17)、小森陽一「解説」三三八頁。

(21) 注(1)、夏目鏡子述、一二三頁。

(22) Sandra M. Gilbert and Susan Gubar, *The Madwoman in the Attic: The Woman Writer and the Nineteenth-Century Literary Imagination*, Yale University Press, 1979, New Haven, Connecticut. サンドラ・ギルバート、スーザン・グーバー『屋根裏の狂女——ブロ

ンテと共に』山田晴子・薗田美和子訳（朝日出版社、一九八八年）。本論文の題名にも、ギルバートとグーバーの批評が反映されている。日本語には「狂人」と「狂女」という言葉はあるが、「狂男」という、男性ジェンダーを意識した言葉は使われていない。

（23）現代英語の慣用語、「closetedクローゼットの中」とは、ゲイまたはクィアなアイデンティティーを持つ人が自分の性的指向を公には打ち明けず、世間から隠すことを示す。

世界文学としての『明暗』

「彼等の如き過去を持たず、過去の因縁に束縛せられない吾々は、英国人の如く不自由ではない」
（漱石『英文学形式論』[1]）

安倍オースタッド玲子

一　世界から読む『明暗』

英語の一般向けサイトでは日本近代文学の「最も偉大な」、「著名な」、「代表的な」等と形容される漱石だが、タゴールや魯迅のような世界的な作家としての評価はされていない。村上春樹はもちろんのこと、川端康成、三島由紀夫、といった他の日本作家に比べても西洋での著名度は低いのが実情だ。そういう意味ではフレドリック・ジェイムソンが一九九一年に *Boundary 2* という学術誌に寄稿した『明暗』（英訳）についての「漱石と西洋のモダニズム」というエッセイは画期的な例外として一考に値する。[2] ジェイムソンはそこで『明暗』の形式上の特徴として、対照的な二つのモードが同時に読者の注意を促す「継続と非継続の奇妙なミックス」に注目している——小説全体を覆ってしまうかのごとくに延々と続く長大な会話部分と、ミニマリズム的に物語の流れを細かく切って分ける短い章との対照である。ドラマチックな「会話」の部分の時間はゆっくり流れ、モダニズムを思わせるような瞬間の膨張が感じられ、「語り」

の部分では逆に登場人物の日常がごく簡潔に淡白に要約される。この異なる時間のモードというのは日本文学関係者の『明暗』受容史ではあまり見られない考察であろう。(3)

江藤淳の「『明暗』が、ぼくらの所有する数少い真の近代小説の一つであることについては、諸家の評価が一致している」という指摘のとおり、日本で従来注目を浴びてきたのは「近代小説」に似つかわしいその「造型的意志」(江藤)、「知的構成」「観察の異常な綿密さ」(加藤周一)、「論理的な世界」(三好行雄)などであり、語りの装置の部分である。(4)私見では、とくに翻訳調の「—た」で統一される「語りの文体」がこの知的、論理的といわれる印象に寄与していると思われる。(5)

度々指摘されてきたように、主語の省略や時制の相対性など諸々の文法的な事情により、日本語で三人称過去形の語りを保つのは容易ではない(これについてはマサオ・ミヨシの有名な指摘がある)。(6)写生文的な現在進行形や、三人称過去形でも現在形が適度に混じった語りが目立っていた漱石のそれまでの小説と違って、『明暗』の語り手は不自然なまでに三人称過去形を貫き、登場人物の心理を「客観的に」観察し描写する(『道草』に比べてもこの特徴は顕著に見られる)。『明暗』を英訳で読んだ(しかもリアリズム小説に慣れ親しむ)ジェイムソンにとってはあまりにも当たり前すぎて特筆する必要のなかった特徴かもしれない——新聞連載小説に慣れ親しんだ日本人読者が短い章について特筆する必要を感じなかったように。

また、遠くから日本語で『明暗』を精読して、この「不自然な」三人称過去形に失望したアメリカの日本文学研究者たちのコメントも面白い。『こころ』の最初の英訳者であるエドウィン・マクレランは「人の心を動かすに足りる文章は一行もない」、語り手の「冷静な姿勢、あるいは一種の冷淡さのせいで、文体の技巧的な達成度は逆に衒学的な印象をもたせてしまう」(一九七一年)、ドナルド・キーンは「冗長で説明くどく、日本語特有の婉曲表現に頼らない小説」(一九八四年)、ジェイ・ルービンは全知的ナレーションを熱意の欠けた職人堅気で試みる「稀に見る退屈な日本語の文体実践」(一九八六年)などとし、こぞって批判的だ。[7] 川端の日本人として初のノーベル文学賞(一九六八年)をきっかけに、日本近代文学が「発見」されつつあった当時の文脈を考えると不思議ではない反応ともいえるが、彼らの発言は漱石の『明暗』での文体実験がいかに不自然に感じられたかを浮き彫りにしている点で興味深い。

これらの異なった読みは世界のスケールで文学について考えるフランコ・モレッティが言う「遠読」(ディスタント・リーディング)や「精読」(クロース・リーディング)の組み合わせのヴァリエーションが、視差効果(パララックス)によって、それぞれの見えないところを浮かび上がらせる例と言ってよいかもしれない。[8] 本稿の目的は、このように「距離」や「視点」の取り方が変わることによって浮き彫りにされるキメラのような『明暗』の「混合性」(ハイブリディティー)をヒントに、この小説を世界文学的な文脈で再考察することにある。

モレッティは、非西洋の近代文学史において「近代小説」(the modern novel)との出会いは必ず「異質な形式」(foreign form)と「ローカルな素材」との「構造的な妥協」を促し、ローカルな「歴史的な状況が「亀裂」として、それぞれ物語と語り、世界と世界観との間に再現される」という仮説をたてる。[9]『明暗』においてはそれぞれ「異質な形式」であった「三人称過去形の語り」と「結婚をめぐるプロット」(ともに一八、九世紀近代リアリズム小説の重要な要素であった)がいかに構造的な「妥協」を誘い、それが『明暗』という小説のユニークな「混合性」を成しているかを見ていきたい。これは反対に言えば、『明暗』が、その形式的な「亀裂」故に、日本の近代化における複雑かつ特殊な歴史的状況をより確実に捉え得たということでもある。モレッティの言葉を借りると、『明暗』の読者は「外の力によって不慣れな方向に進んでいく世の中の状況に「世界観」が追いつけずに、バランスを崩される」状況をまざまざと見せつけられるのだ。『明暗』では実際いろいろなことのバランスが崩され、それが語りの装置をして独特な解決方法を模索させる機動力になっている。これからその様子を詳しく追っていきたい。

二　三人称過去形の語り

津田の顔には……失望の色が見えた。（一）

すると連想が急に彼の胸を不安にした。（一）

此所迄働いて来た彼の頭はそこで留まる事が出来なかつた。どつと後から突き落すやうな勢で、彼を前の方に押し遣つた。突然彼は心の中で叫んだ。（二）

彼は思はず唇を固く結んで、恰も自尊心を傷けられた人のやうな眼を彼の周囲に向けた。……（二）

彼の頭は彼の乗つてゐる電車のやうに……（二）

前述したように近代小説の特徴といわれる「三人称過去形の語り」を日本語で保つためには、言語的な工夫を必要とする。『明暗』の語りには三人称代名詞である「彼」と「彼女」が主格のみでなく、所有格や目的格としても頻出する。ないほうが自然であるところにも出没し、登場人物の位置を空間的に捉え、外的な視点を強調することによって主語をはっきりさせる構文が目立つ(注の例文を参照のこと)[10]。語り手(話者)の主観を表す「の(ん)です」等のモード表現もほとんどなく、その中立性を保っている。また、時制について言うと、『明暗』の語りには執拗なまでに過去形どめの文章が多い。連用形「て」を使う代わりに関係節を用いることによって「過去形」をより頻繁に使う文も多い。その意味で『明暗』を「衒学的」、「説明がくどく、日本語特有の婉曲表現に頼らない小説」、「稀にみる退屈な日本語の文体実践」と呼んだマクレラン、キーン、ルービンの観察は的確であったと言える。

周知のとおり、時制の一致がない日本語では「過去形」を一回使えば、あとは時制が変わっていないことを示す「―る」(ノン・パスト)を交えながら話しを進めるのが普通だ。このことは「語り論」的に重要な意味をもつ。小説の人物描写などに頻出する「―る」は英語でいうドラマティック・プレゼンスと同じ効果(直接性・即時性など)をもたらし、また「―た」から「―る」への移行は主語や目的語の省略と合わさって、三人称と一人称の話法の区別を曖昧にする。言い換えると、視点が「語り手」から「登場人物」に移行しやすく、語り手と登場人物の声が重なるように感じられることが多い。つまり語り手が登場人物の感情に寄り添いながら読者に訴えかけているような印象を作りやすいわけだ。

これを西洋の近代小説の文脈で考えると、日本語の近代小説の「語り」は一九世紀的なリアリズムのそれより、ヴァージニア・ウルフなどのモダニストの小説家たちによって工夫された「自由間接話法」(描出話法)と似ているということだ[11]。繰り返すと、そういう言語環境で逆に三人称過去形の語り手の声を登場人物のものと交じらないようにするためには、漱石が試みたような言語的な工夫を必要とするのだ。そして語り論的に言うと、この工夫が、『明暗』を「三人称過去形の語り」(narrated)と「会話の部分」(non-narrated)という二極に分ける結果を導いたと言える。従って近代小説の醍醐味であるモダニストの自由間接話法やドリット・コーンがかつて「語られるモノローグ」(narrated monologue）と呼んだ、意図して語り手と登場人物の声を交錯させる中間的な話法はほとんど見られない。[12] このnarratedとnon-narratedの二極が浮き立つ不思議な「語り」の構造に、日本語という言語が直面した歴史的な状況が「亀裂」として再現されたと言ってもよい。不自然な感じさえ与える中立性を保つ工夫を凝らした語りと、物語の現在を埋め尽くす膨大なダイアローグの活気あふれる流動的な感情の流れとが織りなす不思議な混合体が、客観と主観、過去と現在、距離と即時性、両方の雰囲気を交互に呈出して読者を捉える。

三　「結婚をめぐるプロット」(Marriage plot)

そして『明暗』では登場人物のイデオロギー的な争いがこの「会話」と「地の文」の二極を横断する形で、闘われるのだ。この小説の人間関係の軋轢の根源は「結婚」をめぐる問題にあるといっても過言ではないほど、古くからの結婚制度に関する社会的な慣習がいまだに制する「現在」と近代的な「未来」への多様な思いが混沌と錯綜する複雑な状況を映し出す。この歴史的状況は、例えば、ほぼ同時代の作家ヘンリー・ジェイムズ（一八四三―一九一六）の『鳩の翼』（一九〇二年）と比較すると面白い。ヒリス・ミラーが述べているように、「過去の多くの〔近代〕小説がそうであったように、『鳩の翼』も主人公のケート、あるいはミリーが誰と結婚するかという問題が中心にある」小説だ。[13] 同様に『明暗』もお延が誰と結婚したか、あるいは、従姉妹の継子、小林の妹でもある下女のお金が誰と結婚することになるのかという問題が、当時の社会経済的なダイナミズムをあぶり出すような形で、浮き彫りにされる、そういう近代小説だ。ただし明治時代後期の状況がイギリスのそれと決定的に違うのは、近代ブルジョワ文化がようやく確立されつつあった中「結婚をめぐるプロット」そのものが新しかったということだろう。それに伴う「個人主義」「愛」

「自由」等のイデオロギー的な付属品も新しく導入されたばかりであった。「愛」と「結婚」という一見革新的な組み合わせは前近代的な結婚の慣習ばかりでなく、彼らの歴史的状況そのものと緊張関係にあったということを忘れてはならない――急速に発展する資本主義経済が近代的な恋愛イデオロギーそのものの矛盾を顕在化させるように働きかける状況にあったのだ。

四　「愛」という問題――性役割の二分

恋愛の自由のない江戸時代の封建制下では結婚と恋愛が一致することはまれであり、基本的に別の問題系に属した。例えば近松門左衛門の『心中天網島』(一七二〇)では、女の性役割は母性愛を象徴する「おさん」とエロスを象徴する「小春」の二極に分かれ、男は「おさん」のイメージを妻に求め、「小春」のイメージを遊女や妾に求める。西洋の「マドンナと売春婦」のイメージと違い、義理と人情という社会の要求をそれぞれに務めるという意味において、どちらも不可欠な存在であり優劣つけがたい関係にあったとされる。[14] 明治時代に家制度が近代化されると共に、女性の地位も見直され、家庭を守る「良妻賢母」としての国民的ミッションが強調され、妾制度も廃止される。しかし、制度的には新しくなっても慣習や実際の面では相変わらず「おさん」のイメージを妻に求める男の期待は変わらなかったのみならず、上野千鶴子によれば、侍社会の保守的な性役割分担のシステムが社会全体に広まったという意味において、社会全体での女性の立場はむしろ悪くなったという。[15] 単純に改悪であったかどうかはさておき、結婚は引き続き家の利益のためにアレンジされ、「愛」はおざなりにされがちであった。妾制度は廃止されても、慣習として残り、明治以降になっても公娼制度が存続したのは周知のことだ。

一方で、ブルジョワ階級の若い男女たちの間では、西洋直輸入の恋愛イデオロギーが注目を浴び、流布していった。スウェーデンのエレン・ケイ著『恋愛と結婚』の平塚らいてうによる翻訳抜粋が『青踏』に連載されて話題になったのは『明暗』連載の数年前である。同じ誌面に掲載された女性寄稿者の書いた短編小説を読むと、いかに当時の若い女性達が、エレン・ケイが主唱する「愛のある結婚」にあこがれていたかがわかる。夫の愛が「家」の枷からの解放のみならず、ユートピア的な至福をもたらすことを信じて疑わない女性の読者が多かったことが想像される。がそれ故に自由な愛という思想が危険だとされ、周知のごとく『青鞜』はまもなく廃刊になる。

明治の中産階級の「見合い制度」は、ある意味ではこの新しい愛の要求に対応すべく工夫されたものである。仲人や家族に囲まれながらも本人同士が結婚の前に会って話す機会を持てるという画期的な発案であった。津田やお延は婚前に会って決めるという「自由」を得た最初の世代の若者であったと言える。ただし、流動的な時代であった当時の社会変化は激しいが故に不均一であり、結婚の形態、結婚観、ひいては恋愛観にも階級や世代によってギャップがあった。このギャップが『明暗』の「結婚をめぐるプロット」展開に欠かせない背景となっている。これについては、甥の津田をより好みする贅沢な若者と考える藤井の叔父の明快的確な指摘がある。

己達は父母から独立したたゞの女として他人の娘を眺めた事が未だ曾てない。だから何処のお嬢さんを拝見しても、そのお嬢さんには、父母といふ所有者がちやんと食つ付いてるんだと始めから観念してゐる。だからいくら惚れたくつても惚れられなくなる義理ぢやないか。何故と云つて御覧、惚れるとか愛し合ふとかいふのは、つまり相手を此方が所有してしまふといふ意味だらう。既に所有権の付いてるものに手を出すのは泥棒ぢやないか。さういふ訳で義理堅い昔の男は決して惚れなかつたね。

（三一）

会わないで結婚するなんて「不真面目」だと返す津田に、藤井の叔母は「行く方で真面目に行く気になり、貰う方でも真面目に貰う気になれば」不真面目なはずはない、と叔父に加勢する。ここでは結婚の形態の議論が倫理の問題と直結している様子が語られる。

一方、夫からの絶対愛を求めてやまないお延は従姉妹の結婚について助言を請われ「あたしが幸福なのは、外に何にも意味はないのよ。たゞ自分の眼で自分の夫を択ぶ事が出来たからよ。岡目八目でお嫁に行かなかつたからよ。解つて」と述べる。それでは「あたしのやうなものは」幸福になる見込みはない、と落胆する従姉妹に、お延は興奮してこう力説する。

「あるのよ、あるのよ。たゞ愛するのよ、さうして愛させるのよ。さうさへすれば幸福になる見込は幾何でもあるのよ」（七二）

従姉妹への助言というよりは、自分に言い聞かせているかのごとくのこのモノローグからは、お延の、愛へのナイーヴな期待と思いいれが滲み出る。言葉の勢いで夫の本心についてひそかに抱く自分の不安を吹き消そうとするかのごとくである。お延のイメージする「愛」を自我の問題に集約してしまう解釈は、当時の「恋愛言説」を背景にした結婚イデオロギーのシフトを見えなくしてしまう。この「真剣な」訴えは彼女にとって結婚倫理の問題であり、エゴイズムの表れとするのは当たらない。

とどのつまり、彼女のジレンマは裕福な叔父岡本の後ろ盾で可能になったお見合い結婚をしながら、いわゆる

「愛」一つにすべてを賭けようとするところにある。そんな彼女に見えていないのは、あざとい津田が岡本や吉川の仲介がなければ「器量よし」でもないお延とおそらく結婚しなかっただろうという事実だ。言い換えれば、お延の結婚は、女性をいわば「交換可能な」「象徴的な財」とすることで成り立つ近代的な家父長同士の社会的エンパワーメントの一環にすぎない。(16) 昔ながらに二分化した女性役割を暗に前提としているという意味において「明治」の制度なのである。彼女の「愛」の追求は彼女の生活そのものがこのシステムに依存しているという点で自滅的な行為であることから逃れられない。それをお延に思い知らせる役目を買ってでるのが吉川夫人とお秀である。お延を「もつと奥さんらしい奥さんに」「育て上げて」(一四二)という言葉の含意はまさにこれである。このギャップがお秀とお延の「愛」についての争いで浮き彫りにされる。

「だつて自分より外の女は、有れども無きが如しつてやうな素直な夫が世の中にゐる筈がないぢやありませんか」

……

「あるわよ、あなた。なけりやならない筈ぢやありませんか、苟くも夫と名が付く以上」……

「あなた丈を女と思へと仰しやるのね。……もし外の女を女と思はずにゐられる位な夫なら、肝心のあなただつて、矢ッ張り女とは思はないでせう。自分の宅の庭に咲いた花丈が本当の花で、世間にあるのは花ぢやない枯草だといふのと同じ事ですもの」　（一三〇）

資本主義経済のもとでは「愛」も交換物のひとつであり家庭の女は生活と引き換えに愛とケアを提供し、お秀の夫のような甲斐性のある働き手は「自分の家の庭の外」でも「花」を摘み続ける。『明暗』の「結婚をめぐるプロット」の痛快さはお延が抵抗する保守的な家イデオロギーの慣習だけでなく、お延が理想化する「近代的な愛のある結婚」をも同時に脱構築してみせてくれるところにある。上野千鶴子は指摘する。

近代家父長制は核家族の中の「夫の支配」を可能にするために、女を実家から切り離す言説に満ちている。その意味で「恋愛」とは、女が「父の支配」から「夫の支配」へと、自発的に移行するための爆発的なエネルギーのことだと、言ってよいかもしれない。女の側における「恋愛」観念の内面化は、近代家父長制の成立のための必要条件だったのである。

(『近代家族の成立と終焉』八八頁)

お延と津田はまさにどちらの親とも住まない核家族の草分けである。言い換えると、お延は近代的な「恋愛」観念を内面化することによって、核家族の「夫の支配」を可能にするのに意図せずして一役買っているのだ。より厳密に言うと「一役買いそうになっている」ところを「父の支配」圏から干渉するのがお秀である。お秀が夫津田の最も手ごわい敵である所以だ。

ヘンリー・ジェイムズの『鳩の翼』の女主人公ケートは愛とお金が同じ問題の一環であることを知り尽くすが故、両方を一遍に手にいれようと政治的に立ち回る、駆け引きに長けた女性である。対照的に、お延は近代的な愛と自由にも特有の「枷」があるということに自覚的でなく、「愛」に関する楽観的な夢を持ち続ける「新しい女」である(少なくとも漱石が書き残したところまでで判断する限りは)。絶対的な愛にこだわるお延の姿はまるでジェーン・オースティン(一七七五—一八一七)の女主人公がヘンリー・ジェイムズの小説にゲスト出演しているかのごとくだ。この違いはイギリスとは微妙にずれる明治時代の歴史社会的な状況を映し出してくれると言えるだろう。近代的なブルジョワ文化のブルー・プリントが実生活において試されながら、同時にその矛盾も浮き彫りにされつつある中、社会的制約と慣習が、古いものも新しいものも同時に混沌と共存する時代であった。この短く忙しい過渡期に生きた「新しい女」たちにユートピア的な愛の幻想をもたらす期間がいくらかあったのだと仮定してもよいだろう。お延の男性観はお秀のそれに比べればずっと実地の裏づけがあるという語り手の示唆があるが(一二七)、彼女の「実地」は津田と正反対の性格の叔父がモデルになっている点で限界があったことも容赦なく暴露される。ちなみに、愛の幻想にはまる例は『明暗』以前の漱石の「新しい男」たちにも多くみられる。『こころ』の先生などもロマンチック・ラヴの虜になり現実に復讐されたうちの一人だ。

五 「絶対的「今」の美学」——会話と語りの狭間を駆け巡る「情動」(17)

さて、ここで話を吉川夫人とお秀にもどそう。お延を「もっと奥さんらしい奥さん」に教育し直す共同プロジェクトが始まると、要所要所の「正念場」で会話と語り手によって浮き彫りにされる揺れ動く感情の流れが読者の注意を惹く。小説全体に分散する何ページにもわたってふくれ上がるダイアローグが登場人物、特に女たち、に感情を訴える機会を与え、各場面の「今」を「情動」の多彩な色で染め抜く。ジェイムソンが指摘したようにモダニズム的な時間の膨張が見られる部分である。語り手の入念なコメントが会話で口にされた「言葉」と表面下にうごめく意識の断片とのギャップをあぶり出し、独特の綿密さで人間関係のあやを再現する——会話と語りのチーム・ワークに依拠する精巧な語りの装置だ。良い例が病後の津田を見舞いに来たお秀がお延と津田を相手にお金について言い争う、有名な病院のシーン(九二から一一〇まで)であろう。

はっきりとは口にされないものの、この正念場のボトム・ラインは、前述したお秀の「妻らしくない」お延に対する反感である。無邪気に津田からのプレゼントだと自慢するお延の指に光る新しい指輪がお秀をして、津田が両親に借りたお金を返せないのはお延の贅沢のせいだと勘ぐらせる。お秀からその話を聞いて怒った、津田の父親は扶助を打ち切ると言い渡す。ちょうど津田の入院費用がかさんでお金の工面に悩む若夫婦にとってこの仕打ちは都合が悪く、夫婦は痛手を蒙る。津田はしかし自分のプライドから、両親からの経済援助にお秀が深くかかわっていることをお延に伝えていない、そしてお秀はそのことを知らないと語り手は指摘する。お秀の夫が仲介して倹約家の、津田の父親を説き伏せてやっと成り立ったローンであることを知らないお延は、言い換えると、津田の父からの援助がお秀夫妻に対する「恩」という「ひも」のついたお金であることに気がつかない。従って、お秀がなぜそこまでこの件について干渉しようとするのかがわからないお延はお秀の扶助金を単純に断る。上野千鶴子の言葉を借りれば、これを家父長制内の「父の支配」と「夫の支配」の争いと見ることもできる。

語り手が暗示するように、お秀の頭の中の「指輪」「贅沢」「妻らしくない女」という情動的な連想のチェーンは、お秀の結婚観の違いに根ざす心情的な偏見を考慮すればさほど不思議な動きではない。また、当時「愛」の証しとしての指輪のプレゼントは新しい慣習であり、輝くようなモダンな雰囲気を伴うものであったことを思えば、イデオロギー的な違いのほかに情動的な動機、つまり嫉妬心が一役買っていただろうことも想像に難くない。しかし、あくまで表向きは「義理の姉」であるお延の個人的な事情にそこまで立ち入れないお秀は今回の事件を一般論にすりかえて、抗議の辞をとうとうと述べる。

あなた方は決して他の親切を受ける事の出来ない人だといふ意味に、多分御自分ぢや気が付いてゐらつしやらないでせうから。……自分丈の事しか考へられないあなた方は、人間として他の親切に応ずる資格を失なつてゐらつしやるといふのが私の意味なのです。つまり他の好意に感謝する事の出来ない人間に切り下げられてゐるといふ事なのです。（一〇九）

お秀の連想の環を流れる感情的なロジックが見えていないお延と津田の立場からすると、ここで伝達されるのは、お秀の言葉から滲み出る高飛車な態度と敵意のみであり、お延が帰って行ったあとも、二人を覆う雰囲気として残る。後味として留まったこの否定的な感情が、お秀と津田の不和を決定的なものにし、それ以後の物語展開に決定的な影響を与える。一方、語り手は、この否定的な感情を一時的に共有することによって、計らずも津田とお延の連帯が強化されることも指摘する（一一一）。

『文学論』で漱石が述べているように「個人意識のうち、大半はたゞ漫然たる自覚に止まるか」または「主人公たる当人にすら看過されて共儘に消え去ること」が多く、「言語に化し相互の意志を通ずるの具に供せらるゝ焦点的意識の量」は「比較的僅少」である。多種多様の矛盾に満ちた断片的な感情や考えの大部分が言葉にならずに表面下に潜在し、そのうちのどの部分が言語化されるかはそれぞれの場の勢いに因るところが多いわけだ(18)。膨張するダイアローグを通して、『明暗』という小説は登場人物がいかに「場の勢い」に活性化されて動く「身体」的な生き物であるかをまざまざと見せつける――詳しくは、前述したように過渡的な時代であるが故にまだルールが定まっていない、結婚をめぐる「社会的ゲーム」が繰り広げられる、そういう状況下での「場の勢い」である。小説の後半にちりばめられた女たちが争いあう場面で、語り手の綿密な注釈によって、いかにゲームの勝ち負けの「戦術」がその時々の言葉の交換と感情の流れを支配するか、あらわにされる。

お延は口ではい〳〵向ふのいふ通りを首肯ひながら、腹の中では、焦慮たがつた。「そんな言葉の先でなく、裸で入らつしやい、実力で相撲を取りますから」と云ひたくなつた彼女は、何うしたら此議論家を裸にする事が出来るだらうと思案した。……此問題を活かすためには、お秀を犠牲にするか、又は自分を犠牲にするか、何方かにしなければ、到底思ふ壺に入つて来る訳がないといふ意味合であつた。……
最後に彼女はある時機を摑んで起つた。さうして其起つた時には、もう自分を犠牲にする方に決心してゐた。
（一二六）

攻撃的な戦術であるには違いないが、こういう女たちの争いの場面で大事なのは、ジェイムソンの言葉を借りると、登場人物たちの「長い眼で見る関係や彼らの基本的な人格暴露」などでは決してない[19]。大事なのはあくまでこの「相撲」の試合に勝つか負けるかであり、それが彼らをして「今」に全「焦点的意識」を集中させ、他のことはすべて、漫然とした意識の周縁におしやられる結果になる[20]。まさに情動の波に圧されて勢いを得る彼らの、争いを呈する典型的なパターンであるが、前述した病院のシーンで、五ページ近くに及んでお秀、津田、そしてお延の間で繰り広げられる、言葉の争いの後、語り手が的確に要約している。

三人は妙な羽目に陥った。行きがかり上一種の関係で因果づけられた彼らは次第に話をよそへ持って行く事が困難になってきた。席を外す事は無論出来なくなった。彼らは其所へ坐ったなり、どうでもこうでも、この問題を解決しなければならなくなった。

しかも傍から見たその問題は決して重要なものとはいえなかった。遠くから冷静に彼らの身分と境遇を眺める事の出来る地位に立つ誰の眼にも、小さく映らなければならない程度のものに過ぎなかった。彼らは他から注意を受けるまでもなくよくそれを心得ていた。けれども彼らは争わなければならなかった。彼らの背後に脊負っている因縁は、他人に解らない過去から複雑な手を延ばして、自由に彼らを操った。（一〇七）

言い換えると、自ら発信した言葉のパフォーマティヴな魔力に縛られて動けなくなったかのごとくである。これは加藤周一が『明暗』の文章を評して「憑かれた文体」と言っていることと大いに関係がある。「「こういうことを書こう」というのじゃなくて「こういうことを書かされる」という受身」であり、漱石自身にも「見えていない」、「不可解なものに圧されて、謎の迫力で引っ張られて書いた」文章だと強調する。加藤はこれを生きている人間である登場人物が「次の瞬間にどういうふうに動いて出てくるか分らない」そういう実存的な「不可解」さを描いた、としているが、ここで、この作者にも見えていない「受動性」を「情動」のなせる業として見ることも可能であろう。[21]「場」の勢いに圧されて放たれた言葉が、たとえその根ざすところが重要でもなく、「小さく映らなければならない程度のものに過ぎ」なくても、一旦放たれた以上は、話者(作者漱石と言い換えてもよい)の意図から独立した軌道にのって勝手に動き出し、あらたな「情動」の機動力になり、それが登場人物の結束や非結束の展開を促していく。読者はこれら諸々の情動が次々と変化し「場」の雰囲気を色づけしていく様子を目の当たりにすることになる——興奮から敵意、希望から疑い、そして絶望、新たに燃える戦闘心、というようにだ。

ここでつけ加えると、こうして「場」の雰囲気を色づけしていく情動は否定的なものだけではない。病室の縁側で空を見上げて何気なくお延が言った「好いお天気だ事」という言葉を「耳にした」津田はふっとお延が可哀相になり、その気持ちが会話の方向を微妙に左右する。この問答のあと、やっと病人をおいて歌舞伎座に行かれることになって、うきうきするお延。待たせておいた「新らしい」人力車の「景気の好い車夫の駈方」に「感染し」て、気分が華やぎ「ふっくらした厚い席の上で、彼女の身体が浮つきながら早く揺くと共に、彼女の心にも柔らかで軽快な一種の動揺が起」こり、夫津田との関係のもつれも半分忘れて人生の目的地に近づけるような「快感」を味わうひと時が描かれる(四四、四五)。「憑かれた」ような文章にのって情動の動きを追う『明暗』という小説は「情動の今」を中心に展開する物語だと言ってもよい。

六　移動するフォーム

アメリカの文学研究者、キャロライン・レヴィーンが最近提唱している広い意味でのフォームとそのアフォーダンスの概念を借りて考えると、「近代小説」が日本にやってきた明治時代、異質なフォームとしての「小説」は、日本の伝統的なナラティヴのみならず、日本語というローカルなフォームとの出会いが何をアフォード(提供し可能に)してくれるかについて「交渉」しなければならなかったと言える。[22] 明治時代、ロマンティシズムからモダニズムにいたるまで様々なヨーロッパ発の「主義」が短時間に流布したにもかかわらず、日本の多くの批評家のイメージする「近代小説」のモデルはマサオ・ミヨシが主張するように「三人称過去形」の語りを指標とするようなクラシックなリアリズム小説であった。しかしこれはあくまで概念的なモデルであり、実際には前述したような日本語の「形式」と衝突し、フランコ・モレッティの言う構造的な「妥協」(「実験」と呼んでもよい)を促した。「小説」という異質なフォームが語りのレベルで構造的な「実験」を促し、それが様々な形で当時の文芸芸術を豊かにしたと考えられる。日本の語りの伝統に拠った「語りの構造」を取り入れた私小説や心境小説もその良い例である。

一方、漱石は、吉本隆明によれば「自分のなかに、英文学の作品の文体があって、もう一方に、自分が日本語で可能な作品を形成する文体のイメージがあって、いつでもその落差を埋めようというところで、自分の作品を書い」ていた。[23] 俳諧、写生文、落語、雅文体等を異質な「小説」という土俵の上に持ち込んで、「日本語で可能な作品を形成する」様々な文体を模索してきた。最後の『明暗』では、「三人称過去形」という異質な形式を導入することで、このハイブリッドな語りの構造がどのような「特殊な制約と可能性」を与えてくれるかを徹底的に実験したといえる。見てきたように、この実験は交錯するダイアローグと注釈という二つのモードを中心にストーリーを展開させることを可能にした――前者が「今ここで」の感情の表象に打ってつけの土台とモダニズム的に膨張する時間を、後者が日本語の語りには珍しい綿密で精巧な語りの装置を可能にする。ジェイムソンは最近の著書『リアリズムの二律背反』で一八、九世紀のリアリズム小説における二つの相反する時間のモード、「語り」(過去を振り返るモード)と「情動」(今)の緊張関係に注目し、「情動」の「今」が優勢になっていくモダニズムへの移行の過程を文学史的に考察しているが、この文脈で考えると『明暗』はリアリズムの枠内でモダニズムの方向をはっきりと示唆した小説だと言える。[24] 漱石の実験はこのような「継続と非継続の奇妙なミックス」からなる独特なハイブリッド小説、『明暗』を世界に送り出した。「小説」というフォームとそのアフォーダンス(可能性)が許した幸運な偶然が読者にもたらした、既成のジャンル概念に簡単に包摂され得ないような小説だと言える。

しかし多くの批評家たちは、『明暗』の形式の混合性の重要さを見逃してきたように思える。洗練された語りの装置に助けられ、登場人物の心情を精確に描く日本唯一の近代小説として読む読者には、会話の部分の「情動」の自由な動きとその「開かれた終わり」(オープン・エンディング)が見えにくかったのかもしれない。また、メロドラマ的な自我の確執に悩む登場人物たちの抗争(例えば自己中心的なお延と聖女清子の対決)として読む読者には、明治の特殊な状況が作りだし、登場人物たちを「はめる」(結婚をめぐる)社会歴史的な事情の「亀裂」は見えなかったのかもしれない。

キャロライン・レヴィーンが指摘するように、「いろいろなフォーム(形式)が遭遇し、衝突しあう場合、計画的な意図や優勢なイデオロギー」に必ずしも遡って説明できないような「予期できぬ結果を生むものである」[25]。世界中を旅するフォームとしての「世界文学」という視点から日本の近代小説を考察することで、私たちの読みを国文学的なイデオロギーや道徳のレンズ——いろいろな「主義」や「派」が唱えたイデオロギーや作家のマニフェストを拠りどころに、個々の小説に反映される作家の系統や野心のレベルを測って評価するようなレンズ——から解放できるのではないだろうか。もともとは異質だった小説というフォームが日本語に提供できる、「可能な」形は無論、均一でもなければ予期できるものでもない。まして作家の意図のままになるものではない。時代が変わればまた新しいフォームとの衝突が新しい混合性を可能にし作家の想像力を刺激する。この創造的な実験は平成の現在も現代作家たちが受け継いでいる営みである。村上春樹、大江健三郎、津島佑子を筆頭として、多和田葉子、川上弘美、川上未映子など数えきれないほどのたくさんの小説家たちが今もって明治の作家たちの遺産である文体やジャンルの実験を続けているのだ。日本語の小説は今もって元気であり、幸い「日本語が滅びるとき」はまだまだ来なさそうだ。

＊文中の『明暗』からの引用は『漱石全集』第一一巻(岩波書店、一九九四年)を、『文学論』からの引用は『漱石全集』第

一四巻(同、一九九五年)を底本とした。

＊＊このエッセイの英語版は、“Colliding forms in literary history: A reading of Natsume Sôseki's *Light and Dark*”, *The Routledge Companion to World Literature and World History*, ed. May Hawas (2018).

(1) 『英文学形式論』、『漱石全集』第一三巻、岩波書店、一九九五年、二五三頁。

(2) Fredric Jameson, “Sôseki and Western Modernism,” *boundary 2*, 18/3, Japan in the World (Autumn, 1991).

(3) 新しい傾向としては、二〇一五年に早稲田大学で開かれた「国際シンポジウム——漱石の現代性を語る」の「明暗の言語宇宙」というセクションで会話の部分について、エマニュエル・ロズランや堀江敏幸らの画期的な発表があった。

(4) 江藤淳「明暗」、加藤周一「漱石における『現実』——『明暗』について」、三好行雄「『明暗』の構造」(『漱石作品論集成 明暗』玉井敬之監修、桜楓社、一九九一年)。

(5) 詳しくは次の拙著の『明暗』の語りの構造についての章を参照のこと。Reiko Abe Auestad, “Rereading Sōseki: Three Early Twentieth-Century Japanese Novels” (2016). *Yale CEAS Reprint Series for Rare and Out of Print Publications*, Book 1. http://elischolar.library.yale.edu/ceas_reprint_series/2

(6) «Against the Native Grain: The Japanese Novel and the 'Postmodern' West,» *Postmodernism and Japan*, eds. Masao Miyoshi and H. D. Harootonian (Duke University Press, 1989), pp. 153–154.

(7) Edwin McClellan, *Two Japanese Novelists* (Charles E. Tuttle, 1971), p. 59; Donald Keene, *Dawn to the West: Japanese Literature of the Modern Era* (Holt, Rinehart and Winston, 1984), p. 346; Jay Rubin, “The Evil and the Ordinary in Sôseki's Fiction,” *Harvard Journal of Asiatic Studies* (December 1986), p. 352. もちろん、例外もある。『明暗』の二度目の翻訳(二〇一一年)をしたジョン・ネイスンは早くから『明暗』を評価してきたアメリカの日本研究者の一人である。

(8) 「世界文学をめぐる仮説」(“Conjectures on World Literature,” *Debating World Literature*, ed. Christopher Prendergast, London: Verso, 2004) p. 151. 河野至恩の言葉を借りると「遠読」は「文学という現象を大局的にとらえるために、各国の文学史を比

較して読んだり、さまざまな国の文学作品の出版点数をグラフにして比較したりする方法」である(『世界の読者に伝えるということ』講談社現代新書、二〇一四年、一二一—一二二頁)。厳密に言うとジェイムソンの読みは遠くから読む英語の「精読」である。

(9) モレッティはこの仮説のヒントを柄谷行人『日本近代文学の起源』英訳版への、ジェイムソンによる序文から得たと言っている。ジェイムソンはその序文で西洋では数世紀かかって起こった近代化の過程が日本では一〇〇年弱の間に圧縮されたことによって、実験室で再現されるかのごとく浮き彫りにされる「近代化」の「ゆがみ」の歴史が手に取るように見えて興味深いと述べている(一五四頁)。

(10) 「彼の為に「偶然」の意味を説明して呉れた其友達は彼に向って斯う云った」(二)。「彼の記憶を襲った」(思い出した)(二)。「彼の様子が少し津田を弱らせた」(弱った)(一〇)。「彼の眼には……疑ひの雲がかかつた」(疑った)(一一)。「夫に向つて」(五)。「彼の背後から」(五)。「細君の前で」(五)。「彼は彼女の前に」(七)。「入院といふ言葉を聞いた細君は……」(聞いた)(四)。

(11) 言うまでもなく、時制の一致があり、主語、目的語の省略のない英語では、日本語と反対に、自由間接話法の方が難しく、工夫を要する。厳密には、こういった自由間接話法は古くはジェーン・オースティンから始まった工夫である。

(12) Dorrit Cohn, *Transparent Minds: Narrative Modes of Presenting Consciousness in Fiction* (Princeton University Press, 1975).

(13) J. Hillis Miller, *Literature as Conduct: Speech Acts in Henry James* (Fordham University Press, 2005), p. 188.

(14) Victoria Vernon, *Daughters of the Moon: Wish, Will and Social Constraint in Fiction by Modern Japanese Women* (University of California, Japan Research Monograph, 1988). 最近では Amy Stanley, *Prostitution, Markets, and the Household in Early Modern Japan* (University of Hawaii Press, 2012) が指摘しているように、これは後世のエリートたちが江戸の遊女文化を美化した上での評価という見方もできる。貨幣経済が発達した江戸時代後期では、義理や人情より、遊女の経済的搾取が進み遊郭の商業化が目立った。

(15) 『近代家族の成立と終焉』岩波書店、一九九四年。

(16) イヴ・K・セジウィック、上原早苗・亀澤美由紀訳『男同士の絆 イギリス文学とホモソーシャルな欲望』(名古屋大学出版会、二〇〇一年)、三八頁、Gayle Rubin からの引用。

(17)『大辞林 第三版』によると情動は「感情のうち、急速にひき起こされ、その過程が一時的で急激なもの。怒り・恐れ・喜び・悲しみといった意識状態と同時に、顔色が変わる、呼吸や脈搏が変化する、などの生理的な変化が伴う。情緒」。分野や学者によって「情動」と「感情」の定義には大きな違いがあるが、一般に「情動」は他の人や物によって触発されるものであり、認知的な要素を伴わない。アントニオ・ダマシオは同じような区別を体で「感じる感情(情動)」と「意識される感情」と呼んでいるが、その境界はいたって流動的である。漱石は『文学論』で「感情」「情動」やムードをすべて内包するような「情緒」という言葉を使っている。

(18) 如此く文章の上に於て示されたる意識は極めて省略的のものなるを以て、仮令短時間の心的状態と雖も其一々の推移を遺憾なく文字を以て聯続的に描し出さんことは到底人力の企て及ぶところにあらざるべく、かの所謂写実主義なるものも厳正なる意義に於ては全然無意味なるを知るべし。(『漱石全集』第一四巻、二二〇―二二一頁)

(19) Jameson, op. cit., p. 132.

(20) ジェイムソンは、『明暗』では限りなく膨張し続ける会話が、その「途方もない長さに圧倒されて」、時間が止まり「今」が浮き彫りにされると指摘し、それを『明暗』の「絶対的「今」の美学」と呼んでいる。

(21) 対談「言葉との格闘」(加藤周一、小森陽一、石原千秋)『漱石研究 明暗特集』一八号、二〇〇五年、一一頁。ここで、加藤周一はこの「文体の秘儀」は『明暗』にのみ見られるもので、「その意味で『明暗』というのは、初めて漱石が書いた、しかも唯一の大文学だ」と主張する。

(22) *Forms: Whole, Rhythm, Hierarchy, Network* (Princeton University Press, 2015)という著書で、Caroline Levine は芸術で使われているアフォーダンス(対象が環境からの働きかけに反応して提供するアフォードの可能性)という概念を応用して、文学における「フォーム・形式」に関する諸問題を、それが何を可能にし、何をもたらすか、という可能性の視点から解釈し直し、注目をあびた。本稿では Levine が言う広義のフォーム(形式のみでなく内容のアレンジの仕方を含む)を狭義の形式と区別してカタカナ表記にする。日本語のアフォーダンスについての解説は、佐々木正人『新版 アフォーダンス』(岩波書店、二〇一五年)参照。

(23) 『漱石的主題』吉本隆明・佐藤泰正、春秋社、一九八六年、一九八頁。

(24) *The Antinomies of Realism* (London: Verso, 2013). ジェイムソンはついには「情動」が完全に物語(レシ)の推進力を圧倒するようになったのが現代小説であるとする。

(25) *Forms: Whole, Rhythm, Hierarchy, Network*, pp. 7–8.

漱石と子規にとっての紫式部——「時鳥たつた一声須磨明石」

キース・ヴィンセント

一八九五年八月一〇日、正岡子規は同じく俳人である内藤鳴雪に宛てて書いた手紙に、『源氏物語』の須磨の巻を再読していると書いている。[1] 特にこの巻を選んだのは、その夏彼自身がたまたま神戸近郊のその海辺の町、同巻の舞台である須磨にいたからだった。ただし子規は源氏のように色恋の果てに須磨に追いやられたわけではない。彼は別の種類の流民だった。従軍記者として短期赴いた日清戦争からの帰国の船上で喀血し、神戸で入院加療ののちに療養のために須磨の保養所に入っていたのである。[2]

九月七日、子規は『日本』新聞に『源氏物語』を賞賛する随筆を発表した。『須磨』と『明石』はかねてよりその「名文麗句」に賞賛が集まっていたが、子規は都から遠い寂れた土地にいる源氏がいかなる苦難に直面しているかをリアリスティックに描写するところに感銘したと述べる。『明石』の巻の冒頭、源氏とその連れたちを戦《おのの》かせる凄まじい嵐を描写する長い一節を引きながら、子規は「此景此情実を写して心こまかに趣あることの不思議なる迄にも妙なりや。」と記す。[3] この描写を「神わざ」あるいは「如何なる鬼神の作にかあらん」とも評し、写実派などと称している彼と同時代の「鋳形にはめたる如きおさなき小説」群からもはるかに優れたものだと書いている。[4] 紫式部の筆の魔術の下、須磨の伝統的な「名所」は子規の保養所の窓から見える実際の景色と融合し、子規は彼女の描いた世界へと連れて行かれるような感覚を味わうのだった。彼はこう書いている。「我も其の人の心地して独りほゝゑまるゝ事も多かり」(5)。八月七日、従兄の佐伯政直に宛てた書簡で、病気ではあるが蒸気船に乗って隣の明石まで行ってみたいと明かしている——ただこの嵐がおさまれば、と(6)。あたかも、はるか遠く友や家族と離れた光源氏の話に自分の状況を重ね合わせている子規の様子が彷彿とする。

このように、子規にとって、『源氏物語』はかなり強い感情と登場人物との同一化を呼び起こす作品だった。それを可能にした紫式部の文学的な才能を天才として認めることを憚らないが、彼女の女というジェンダーに囚われたためか、子規はどういう言葉でそれを表すかに多少戸惑ったようである。それを「神わざ」や「鬼神の作」と言ったのは紫を何らかの神、あるいは如意輪観音の変化身としてみる伝統からヒントを得てのことだろうが、それでも足りなかったのか、さらに「藤式部とは我が若き時よりの恋人なり」という奇妙な褒め方までしている(7)。

実際には子規は須磨を一カ月足らずで離れ、故郷松山に向けて八月二〇日に発ち、二五日に到着する。すでに一八八三年には東京に転居していたため、母も姉も彼の世話のために上京して久しく、もう松山に彼の家はなかった。だが幸い、親友で未来の小説家たる夏目金之助がそこで中学の教鞭を執っていたのである。子規の結核が感染《うつ》るかもしれないという警告を無視して、漱石は子規の居候の申し出を受け入れる(8)。二人はその共同生活の居宅を「愚陀仏庵」と呼んだ。漱石の俳号の一つから採った名である。その秋、子規は一階に、漱石は二階に寝起きし、彼らの生活は五二日に及んだ。二人の若者は長い散歩をしたり、そこの「松風会」という句会の人々と作句をしては日々を過ごしていた。

子規がその前月に『須磨』『明石』の巻を読んでいたこと、さらに『源氏』に関する論文を発表したばかりだったことを考えると、二人の物書きがその幾度もの散歩の合間に、あるいは「愚陀仏庵」の共同生活の中で、この輝かしき先人の作品について語り合ったと考えることは難しくない。近代作家に対する古典文学の影響を考察する近年の著作で、島内景二はまさにそうだったはずだと主張し、その証拠に、子規が東京に戻った後の一〇月末に漱石が送った次の俳句をあげている。

時鳥たつた一声須磨明石

ここにおける「時鳥(ホトトギス)」は「子規(=ホトトギス)」の名の掛詞だ。一八八九年の初夏、つまりこの時から六年前の初夏に初めて喀血したとき、子規(本名・常規)はその鳥の名を自分の筆名にした。島内がいうように、だから漱石の句は「松山で正岡子規とせっかく再会したのに「ほんの短い会話」しかできなかった、けれどもその時『源氏物語』の須磨の巻に触発された子規の句稿を見せられたのだったなあ、という漱石の懐かしい気持ちを詠んでいるのだ」(9)ということかもしれない。

『源氏』の読者にはよく知られているように、「時鳥の声」は「花散里」の巻で重要な季節の主題(モティーフ)となる。『賢木』における源氏と朧月夜の情事の発覚に端を発した騒動と「須磨」における源氏の追放生活との間で、この短い巻は優美で驚くほどに穏やかな幕間の出来事を提供する。源氏が亡き父桐壺院の後宮にいた麗景殿女御の邸を訪れ、そこで女御の妹、何年も前に源氏が忍び逢っていた花散里と再会する物語だ。「ほととぎす」のかすかな鳴き声が花散里の存在を最初に教えてくれる。そしてその声がこの巻にある四首の和歌のうち三首で取り上げられている。子規が自分の筆名にこの鳥の名を選んだことを考えれば、子規と漱石がこの巻にほととぎすの鳴き声がちりばめられていることに気づかなかったはずはない。「花散里」が「須磨」と「明石」の直前の巻であることを鑑みれば、漱石の俳句は『源氏』の第一一、一二、一三帖を俳句の形に結実させたようにも思われる。あたかも子規に対し、漱石が「憶えているか?」と問うているかのような。「「花散里」のほととぎすのあのかすかな鳴き声の後で、「須磨」で源氏の追放があり、それから「明石」になる。去年、そのことをぼくときみとで話したよね」と。

この俳句をどれだけ深読みするかは別として『源氏』が一八九五年までに彼ら二人の作家の共有する精神的な屋台骨の一部になっていただろうことはほぼ疑いがない。後に近代日本で最も影響力を及ぼすといわれるようになる詩人と日本で最も偉大な近代作家にならんとしている男、子規と漱石。この二人のそれぞれの作家人生において極めて重要な時期に起きた紫式部との決定的な出会いがいわば創造的な三角関係を形作っていたであろうことも想像に難くない。

紫の「恋人」として、子規はよく彼女と詩的に交わった。特に初期の俳句にそれが見られる。中でも面白い例が一八九一年に作った次の句である。須磨滞在の四年前、「万松楼」と呼ばれた赤坂・氷川公園にあった高級ホテルに滞在していたころの作だ。

　ぬれて戻る犬の背にもこぼれ萩(10)

おそらく狩りの帰りでもあろう、雨後の秋の日に萩野を抜けて身を打ちあてながら戻ってくる一群の犬たち、そんな楽しくやんちゃなイメージを喚起させる句である。それだけで美しい句だが、『源氏』の読者ならその中に「桐壺」で二番目に登場する和歌の一種の転位を見るかもしれない。和歌は源氏の父親・桐壺帝が、源氏の母・桐壺更衣の死の直後に、幼少の源氏を世話するその祖母に宛てて詠んだものだ。

　宮城野の露吹き結ぶ風の音に小萩が本を思ひこそやれ(11)

繊細な萩の上で震える露の玉のイメージが弱々しい源氏への桐壺帝の心配を表現している。帝は源氏を宮廷に戻して欲しいとその祖母へこの歌を送るのである。この願いはしかし、最初は断られる。子規の句は帝の和歌と語彙のいくつかを共有している。もっとも、描かれた絵はまったく別物だ。子規の句では萩は犬の背にのせられて「戻る」。しかもそれは露の玉に彩られているわけではなくむしろびしょ濡れだ。震えて地面に落ちそうではなく、「犬の背に」激しくエネルギッシュに蘇るのである。桐壺帝の歌を覆う、幼い源氏の運命に関する心配や懸念はここでは逆に転位している。花に覆われ、跳びはねながら戻ってくる元気な犬の一群。こうしたひっくり返しは俳諧美学の古典的例である。清流の脇で啼いているカエルという和歌の優雅な古典的イメージが、芭蕉によって水飛沫を上げて古池に飛びこむカエルに転位するのもその例だ。そう読むと「犬の背にも」の「も」の意味もわかってくる。これはつまり「心配するな。あなたの子どもは元気いっぱいに戻ってくる。弱く儚いとあなたが思った露に濡れた萩が、いつかどうにかしてあなたのもとに、犬の背に乗りさえ「も」して戻ってくるように……」ということだ。この句は快活で知られた若々しい子規の典型的な作品だ。同時に紫式部への遊び心にあふれたオマージュでもある。マイケル・エメリックが指摘するように、その当時、日本は「源氏ブーム」真っ只中にあった。『源氏物語』はその前年に一つばかりか三つの別々の版が登場し、四つ目の版も一八九一年に出版された。子規は、「万松楼」への休暇にこのどれかの版を携行したかもしれない(12)。帝のこの和歌は『源氏』の第一巻に出てくるから、それに出遭うのに大した時間はかからなかっただろう。一〇年以上後、子規は『墨汁一滴』に追想する。「試験の準備は少しも出来なかったが頭の保養には非常に効験があった」。萩はその盛りであったし、漱石も遊びに来た(13)。

一方、漱石は子規のように紫式部を賞賛したことはなかった。しかし作家として身を立てる過程で、漱石も彼女からかなりのものを吸収したことは明らかだ。そのことは一八八九年、彼が大学在学中に書いた初期の随筆の短い一編にも見られる。古文体で綴られたそれは古典文を極めて意識したもので、『対月有感』と題された。冒頭部分は次のようにある。

夢路おとなふ風の音にも目に見えぬ秋は軒端ふかくなりぬと覚しくいとものさみし垣根の萩咲きみだれて人待ちかほなるにつけても柴の戸おとづるゝ友もがなと思へど野分にいとゞあれはてゝ月影ばかりやへむぐらにもさはらずさし入るぞいみじうわびしき夕なりけるあはれ塵の世に生れてはかはり行く我が身の上をうれひ〱て……。[14]

島内が指摘するように、この一節は、萩、月、そして野分を含んで「桐壺」のモティーフの一種のパスティーシュの形を取っている。ただし「桐壺」の方は愛する妻を亡くした大人の男の話なのに対して、漱石のは同性の友の訪問を待ち焦がれる若い男の話だ。子規の「戻る犬」の句が前述の桐壺帝の歌を俳諧的にひっくり返した元気ヴァージョンならば、漱石の『対月有感』は、その年に二番目の兄を結核で亡くし、親友子規も同じ病を患っていると知った漱石の、この未来の作家特有のメランコリアを反映しているといえる。同時にまた、紫式部の最初の巻のイメージを男性のホモソーシャルな語りに効果的に移動させることで、漱石が男同士の友情にいかに重きを置いていたかを表している。[15]

『対月有感』は、漱石が紫式部の流麗な和文のスタイルを模倣して綴った数少ないエッセイの一つだが、[16]『源氏』への言及は彼の全作品を通しておよそ目立たぬ形ながらもそこかしこに現れる。二つ例を挙げれば、紫式部が『源氏』第二八帖に付けたタイトル「野分」という言葉を、自分の小説の題名に借りたことや、『三四郎』の中に、「六条御息所」への間接的な言及と思われる文脈で「野々宮宗八」という人物を造形していることがあげられる。[17]それでも子規やその他の日本の作家（谷崎潤一郎を筆頭にして）に比べて、漱石にとってこの偉大なる先人の影響が顕著かと問われれば、それほどでもない。ほとんどの評論家が二人のつながりを軽んじてきたのもそのせいだ。[18] さらに、自分たちは『源氏』を産み出した文化に属しているのだと誇るような自己満足に対する漱石自身の懐疑や、そんな主張に付随しがちな、国粋主義的な態度への反感もこれに拍車をかけていたかもしれない。[19]

漱石のこの立ち位置は、若い頃の漢文教育に端を発していると思われる。彼の世代のほとんどの男性たちがそうであるように、普遍的な価値観に最も強く繫がっているのは日本の古典ではなく中国の詩歌や散文であるという考えを植え付けられていた。中国古典文学、すなわち日本における漢文学が普遍性を持つとされたことは、それが暗黙のうちに男性ジェンダーのものであるとされたことと無縁ではない（普遍化されるものがしばしば男性ジェンダーに属するように）。[20] よく引用される一九〇六年の随筆で、漱石は「一体に自分は和文のやうな、柔らかいだら〳〵したものは嫌ひで、漢文のやうな強い力のある、即ち雄勁なものが好きだ」と書き、その嫌いな例として「徒らにだら〳〵した『源氏物語』」を挙げている。[21]

しかし、紫式部に対する漱石の側からのこの否定的な態度は、漱石が作家として歩んだ道のりにおいて自身の立ち位置を変えていったこととの関係からも論じられなくてはならない。日本における漢文文化と、子規とともに経験した男性俳人たちとの共同体、その二つに特徴的な、ほとんど排他的に男性だけのホモソーシャルな世界観から、漱石は、次第に後期作品の焦点となっていく「男と女の世界」と水村美苗が呼んだものへと関心を移していくのである。[22] この移行は、漱石が若いころに『源氏物語』から吸収したものによって可能になったのではないか、という可能性をここで『門』という小説の読みを通して考えてみたい。『門』は、彼が子規と共有した男同士のホモソーシャルな世界への哀歌《エレジー》としても、また彼が、確信的に男性中心主義的な作家から、二元的ジェンダー理解を超えて行くために偉大なる先人から学んだ何がしかを実践に移し始める作家へ変身する初期の例としても読める。同時にこの作品は、日本がホモソーシャルな過去を捨てヘテロソーシャルで異性愛規範的《ヘテロノーマティヴ》な近代へと移行していく歴史的文脈において、彼の心の中で『源氏物語』がいかに子規との友情の思い出につながっていたかをも示すものだ。

漱石の小説の多くがそうであるように、『門』は過去のトラウマに取り憑かれた男の物語である。『こころ』や『それから』もそうだが、このトラウマは主人公の、男友達に対する、過去の裏切りにまつわるものだ。簡単に言ってしまえば、これらはすべて、ゲイル・ルービンが「女性の交換」(the traffic in women)と呼んだ家父長制下の社会的現象のトラウマ的な結末を語る小説だ。そこでは女性たちは男同士の関係を仲介する交換物としてある。この意味において、これらの作品は歴史的には一千年もの隔たりはあるものの、多くの点で『源氏物語』と共通している。[23]『源氏』がこうした事の成り行きを平安時代の女性の視点から探求しているのに対し、漱石の後期の小説群は明治の男たちの目から書かれているのだ。ただし『源氏』における恋の意味は明治期の日本における恋愛とはかなり意味が違っていたことにも留意すべきだろう。

源氏には多くの妻格の女たちがいた。平安時代の「女性の交換」体制下では、女たちが男同士の関係を仲介し、その結果として流通することになる男たちの欲望の対象は代替可能であり、移動可能であった。男たちの欲望は主に女たちに向けられるが、同時に(若い)男たちにも向いている。あるときは種を超えた欲望となることさえある。例えば「若菜下」巻では、柏木の欲望は女三宮の猫へと転移する。とは言っても、源氏が最も愛しかつ後見役となった紫の上だけは例外であると言えよう。初めて彼女と離れて暮らすことになる「須磨」の巻で、源氏は「猶こゝら見るなかにたぐひなかりけり」(自分の妻の誰も彼女とは比べ物にならない)と、彼女が彼の「たぐひなき」愛の対象であることに気づく。[24]それでも、浮気をやめるわけではないのだが、だからこそ、源氏が自分の欠点を激しく痛感するのもこの紫の上との関係においてなのだ。したがって、『源氏』の読み方の一つとして、登場人物としての紫と、作者としての紫の側からの、一夫多妻制の世界における一夫一婦制の愛への欲望の表現なのだという解釈もあり得る。

漱石の時代にあっても、似たような、男同士のホモソーシャルな女性のやり取り(交換)に取って代わる異性愛一夫一婦制の欲望が立ち現れてくる。漱石が子規や彼の俳句仲間たちとの友情を通して馴染んでいた男同士の古いホモソーシャルな文化は、次第に近代の異性愛カップル世界に道をゆずるようになり、男同士の親密性は語ることも困難になっていった。例えば『門』の主人公宗助は(男の)友人たちがたくさんいる旧都・京都から、ただ一人しか親しい者のいない新都・東京へと移り住むのだ。御米しかいない東京へと。(25)『門』はこの移り変わりを極めて索漠たる調子で描く物語だ。

そういう意味で、『門』は『須磨』の巻と似たような追放の物語だということができる。『門』の一四章には特に『源氏』の「須磨」の巻の写しのような箇所がある。この章は大体が主人公宗助の呑気な大学時代のフラッシュバックで占められ、当時の親友、安井という男との付き合いのことに費やされる。彼ら二人は京都の学生で市内や近郊をともにぶらついては楽しんでいた。宗助は「安井の案内で新らしい土地の印象を酒の如く吸ひ込んだ(26)」。ある日、二人は嵐山にある千光寺に登った。そこからは美しい保津川の光景が見えた。寺の床に仰向けになると、頭上には中国の書が掛けられていた。その章が漱石が描いてきた宗助と安井とのホモソーシャルな親密性が一種クライマックスに至るシーンである。(27)

ある時は大悲閣へ登つて、即非の額の下に仰向きながら、谷底の流を下る艪の音を聞いた。其音が雁の鳴声によく似てゐるのを二人とも面白がつた。(28)

艪の音が雁の鳴き声に似ていることが二人に面白いとはどういうことか？　島内は、この二人が面白がっているのはその音が「須磨」の巻における共有する思い出を呼び起こしたからだろうと指摘する。先に触れた随筆の中で子規が賞賛し、一八九五年の秋に子規と漱石の会話の話題におそらく上ったであろう「須磨」である。そのイメージとは、源氏が廊下に踏み出て海の向こうを仰ぎ見る場面のものだ。従者たちもその彼を仰ぎ見ている。頭上を雁の一群が飛んでゆく。雁たちは京の都からその年の渡りを始めているのだ。その鳴き声が「楫の軋む音」に似ていると記されるのである。引き続く従者たちとの和歌のやりとりで、雁の鳴き声と楫の軋む音が強く故郷を焦がれる男たちの思いの象徴となる。次がその歌のやりとりの部分である。

前栽の花色〳〵咲き乱れ、おもしろき夕暮れに、海見やらるゝ廊に出で給て、たゝずみ給ふさまの、ゆゝしうきよらなる事、所からはましてこの世のものと見え給はず。白き綾のなよゝかなる、紫苑色などたてまつりて、こまやかなる御なをし、帯しどけなくうち乱れ給へる御さまにて(中略)心ぼそげなるに、雁の連ねて鳴く声、楫のをとにまがへるを、うちながめ給ひて、涙こぼるゝをかき払ひたまえる御手つき、黒き御数珠に映え給へる、ふるさとの女恋しき人〳〵、心みな慰みにけり。(29)

この場面は、「須磨」の全体がそうなのだが、男たちの親密さと女の不在とが二重の焦点となっている。光源氏はただ男性の従者のみを引き連れて京を下った。従者たちは恋人たちを故郷に残しており、そして源氏の美しさはそんな従者たちを官能的に魅了する。それは、自分たちは隠棲する源氏についてきて正しかったのだと慰めるように作用している。『源氏』の翻訳者であるロイヤル・タイラーの解説によると、「源氏の持つ価値の徴《しるし》たる彼の完璧な美しさの中に、従者たちはそれぞれの将来を託す価値を見出している。若き男たちは光源氏を愛しているのみならず、彼が彼らに約束するもののためにもまた彼を愛しているのである」[30]。従者の一人はこの場面でやりとりする和歌の一つで次のように記している。

常世いでて旅の空なる雁がねもつらにをくれぬほどぞなぐさむ[31]

これが多分、『門』の一節で宗助と安井が「面白がっていた」ことと関係があるのではなかろうか。彼ら二人も遠く故郷から離れて勉学のために京都にやってきた。源氏の従者たちは故郷の恋人たちを「ゆゝしうきよらなる」源氏の姿に置き換える。宗助と安井はこの『源氏』の場面を互いに知っているという絆によって結ばれている。そこにあるのはまだ実在の女性たちは介在していないものの、紫式部という女性の書いたものを介して深くつながっている親密さだ。同じ文脈でこの場面を「須磨」を読んで熱く語り合う一八九五年の若き漱石と子規に投影することも可能であろう[32]。谷底を流れる川の艪の音を「面白がった」と漱石が書いたとき、彼が、『源氏』でどの巻よりもはるかにホモソーシャルな「須磨」を読みながら「独りほゝゑまるゝ事も多かり」と書いた子規のことを思い出していたと想像するのはそう難くない。

この読みに対して異論があるとしたら、宗助と安井が考えていたのは『源氏』のことではなく、紫式部も示唆しているとおり、雁と櫓との類似に触れた原典、唐の時代の詩人白居易の「河亭晴望」という漢詩のことだ、というものだろう。実際、源氏と従者たちが渡りの雁の群れを眺めながらその雁の音と櫓の音を比べていたときに頭にあったのがその漢詩である[33]。この読みを支えるのは、宗助と安井が寝転がって櫓の音を聞いたとき、その頭上に詩人で書家の即非《そくひ》如一《にょいち》（一六一六—一六七一）の額がかかっていたことである。中国で生まれ江戸初期に日本に渡った黄檗宗の僧侶の手になるこの書が、おそらく彼らに白居易の詩を思い出させる舞台を作った。漱石の好みとしては紫式部の作品よりは中国の漢詩漢文だというのを額面通りに受け取るならば、この場での暗示は紫式部の仲介などなしにまっすぐこの中国の原典へと向かうだろう。

事実、漱石の『門』の語り手はこの雁の声を櫂の音に重ねる時、「櫓(ろ)」と書いている。白居易がその詩で使った漢字である。一方で紫式部はここで「楫(かじ)」という日本語になった古名を使っている。前述の『源氏』についての述懐で漱石が踏襲した、漢語を「強い力のある、即ち雄勁なもの」として「柔らかいだら〳〵した」和語の上に置くというジェンダー化を考慮すると、櫂のことを「櫓」という漢字で記した選択は、宗助と安井が、漢文が伝統的に日本の男性エリートのホモソーシャルな仲間うちで受容されていたことを示唆しているとも読める。しかし紫式部がまさに自身の漢文の知識を見事な大和言葉の散文体の後ろに隠していたのと同じように、漱石もまた同様の戦略を逆方向に実践していたかもしれない。つまり、『源氏物語』に関する自分の知識を漢語という男性的な化粧で覆っていたのかもしれないとも考えられるということだ。

実際、一歩引いて『門』のこの章の全体を眺めると、島内が見いだした、この「須磨」の巻への「隠された」言及の可能性以外にも、[34]紫式部が漱石の小説に取り憑いているのかもしれないという証拠が見えてくる。『門』は不倫関係によって引き起こされる追放の物語である。一四章でやっと明かされるのだが、宗助の妻御米は元々は彼の友人の安井と結婚していたが、京都での学生時代に出会ってまもなく、宗助が彼から彼女を奪ったのである。この醜聞の結果、宗助は父親から勘当され、彼と御米は恥辱の雲の下、困窮した人生を送らざるを得ない。宗助と御米は非常に仲が好い。おそらく漱石の作品のどのカップルよりも仲が好い。しかしこの親密さは互いの生来の相性の良さというよりも、むしろ世間から追放されているという共通体験のせいだ。

社会の方で彼等を二人限に切り詰めて、其二人に冷かな背を向けた結果に外ならなかつた。外に向かつて生長する余地を見出し得なかつた二人は、内に向つて深く延び始めたのである。彼等の生活は広さを失なふと同時に、深さを増して来た。彼等は六年の間世間に散漫な交渉を求めなかつた代りに、同じ六年の歳月を挙げて、互の胸を掘り出した。(35)

朧月夜との関係が表沙汰になった後の源氏の運命も追放であった。彼の須磨での日々は様々な女たちとの離れ離れの時間でもあった。最も辛かったのは紫の上との距離だ。その時間は『源氏物語』の中で彼がより奥行きのある内面生活を送り始めるきっかけにもなっている。この内面的成長の展開の様子が「絵合」の巻で明らかになる。源氏は、須磨で筆すさびに描いた絵を左右に分かれて行われた絵合せの会に出した。その絵が元で源氏の左が勝ちとなるのだが、勝因は彼の絵にある須磨の「おぼつかなき浦〳〵、磯」の描写が、源氏が自分の中に新たに見いだした深い精神性の視覚表現だったことが示唆される。

その世に、心ぐるしかなしと思ほししほどよりも、おはしけむありさま、御心におぼしことども、たゞいまのやうに見え、所のさま、おぼつかなき浦〳〵、磯の隠れなくかきあらはしたまへり。(中略)たれも他事思ほさず、さま〴〵の御絵のけう、これにみな移りはてて、あはれにおもしろし。よろづみなをしゆづりて、左勝つになりぬ。(36)

「須磨」は源氏がより深い内面性を持つ人物として描かれ始める巻だ。この巻は同時にまた『源氏物語』が源氏の数多くの恋物語や頭中将とのホモソーシャルなライバル関係に焦点を当てたそれまでの記述から、より内省的で女性中心的な物語に軸足を移し始める過程の端緒でもあるのだ。周知のとおり女性たちとの物語は宇治十帖のラディカルな実験の中でピークを迎える。同様に、漱石は作家人生で女性の登場人物たちをより注意深く探求し始める時期に『門』を書いた。それは同時に、より複雑な語りの文体を実験し始める時期でもあった。『門』自体はまだ比較的距離感のある三人称の語りを使用しているが、続く『彼岸過迄』に始まる三部作では、多様な一人称の語り手を用いてますます内省的な世界を表現するようになっていく。

『門』ではこうした実験的な語りの方法を採用するに至ってはいないが、紫式部の作品に描かれた出来事と『門』のそれとを暗黙裡に対比させることによって、漱石は近代の結婚制度のもとで宗助と御米が払わなければならなかった犠牲の歴史的特異性を正確に描くことができたのだった。『門』の一四章は宗助と御米の「追放」以前の牧歌的な時間を語るのだが、そうすることで、読者に「自分達が如何な犠牲を払つて、結婚を敢てしたか」という強烈な感覚を伝えているわけだ(37)。源氏が過ごした須磨での時間のように、『門』の一四章では春から次の春へと移り変わる。ただし源氏の中での時間の進み行きは最終的に彼と彼の道連れの従者たちを追放生活から脱出させ、さらにより大いなる栄光へと運んでゆく。一方で宗助と御米は自身の内的追放生活から逃れることは決してない。宗助はそして、そのすべてが始まる前で時間が止まってくれていたらと願うまでになるのだ。

宗助は当時を憶ひ出すたびに、自然の進行が其所ではたりと留まつて、自分も御米も忽ち化石して仕舞つたら、却つて苦はなかつたらうと思つた。事は冬の下から春が頭を擡げる時分に始まつて、散り尽した桜の花が若葉に色を易える頃に終つた。凡てが生死の戦であつた(38)。

その前には、宗助が御米を見上げながら、いかにあの瞬間が彼の未来を決定づけたのかと回顧する場面がある。

宗助は二人で門の前に佇んでゐる時、彼等の影が折れ曲つて、半分許土塀に映つたのを記憶してゐた。御米の影が蝙蝠傘で遮ぎられて、頭の代りに不規則な傘の形が壁に落ちたのを記憶してゐた。少し傾むきかけた初秋の日が、じり／＼二人を照り付けたのを記憶してゐた。御米は傘を差した儘、それ程涼しくもない柳の下に寄つた。宗助は白い筋を縁に取つた紫の傘の色と、まだ褪め切らない柳の葉の色を、一歩遠退いて眺め合はした事を記憶してゐた。

今考えると凡てが明らかであつた(39)。

ここで宗助は過去を振り返り、彼が御米の存在を強く意識した運命の日に立ち返る。その時すでに彼らが船出しつつあったその未来を感知している。それは暗い未来であったが、そのときすでに地平線にはっきりと見えていたのである。宗助は御米のために安井との友情を犠牲にする。男同士のホモソーシャルな過去を異性愛規範的《ヘテロノーマティヴ》な未来と交換するのである。海を渡る雁たちを仰ぎ見る源氏の須磨の場面は、逆だ。源氏の従者たちは光源氏やお互いの未来のために故郷の女たちを犠牲にする。彼らはヘテロソーシャルな世界を捨てて男同士のホモソーシャルな追放生活を手にするのである。従者たちが源氏を仰ぎ見るとき、彼の美しさが彼らを洗い、安らぎと「慰み」をもたらしてくれるのだ。しかし宗助にそのような慰安は少しもない。彼は過去を振り返り、自分の選択が一体何をもたらしたのかを考えるだけだ。

この二つの場面とも、季節は同じ初秋である。しかしながら「須磨」の巻は月の光に照らされた「おもしろき夕暮れ」であるのに対し、『門』では「初秋の日が、じり〳〵二人を照り付け」て、あたかもこちらの二人はすでに社会的非難の過酷な照り返しにさらされているかのようだ。

ヘテロソーシャルな関係性の未来について、漱石は『門』で悲観して見せてはいるが、特筆すべきはますます「男と女の世界」に踏み込んでゆき、女性のことをさらに真剣に捉えようとする漱石の意力だ。おそらく彼の世代の男性作家で、彼ほど結婚制度の枠組みの中での女性について深く考察した作家はいない。それに関しては水村美苗の説がよく知られているが、水村はまたそんな男女の世界に対する漱石の当初の抵抗が甚だしかったことにも、最初の新聞小説の『虞美人草』(一九〇七年)で女性の主人公を死なせてしまう例を挙げて指摘している。彼女は男性と同じように扱われることを主張し、父親が選んだ結婚相手ではなく自分が選んだ相手と結婚するような女性だ。水村にとってこの、最後に死なせてしまうためだけに作ったような漱石の女性主人公は、単に自立した女性への抵抗の現れだけでなく、ものを「書く」女性への抵抗でもあるのだ。『虞美人草』のその女性主人公の名前が「藤尾」であることを水村は指摘する。「藤尾」の「藤」は、「藤式部」(紫式部)の「藤」であり、語り手は幾度も彼女のことを「紫の女」と呼び為す。紫式部への明らかな言及である、と。

実際、「紫の女」をもう一人の「紫」、つまりは源氏物語の作者、世界的に有名な紫式部と切り離して考えるのが無理であるように、藤尾を物を書く女性の姿と切り離して考えることもまた無理だ。藤尾に対する漱石の抵抗感はこうして、物を書く女性たち、『虞美人草』の当時の日本で、文学の主流からほぼ排除されてきた数世紀を経て、いま再びその存在感を示し始めた女性作家たちへの抵抗感と切り離しては考えられないこととなる。そしてこれら女性作家たちは今回は、もはや「女手」の地平に幽閉されてはいなかったのである。(40)

「女手」という言葉で、水村は主に女性によって平仮名で書かれた文学を、漢語を使うことの多かった男性のためのジャンルとは区分する。もちろん「女手」で書かれた最も規範的な作品例は『源氏物語』だ。しかし、白居易の櫂の音の詩の例で見たように、紫式部自身は「女手」に収めて済むような作家ではない。メリッサ・マコーミックが指摘しているように、「和と漢の二元論世界を超越して新たな美的相乗効果を獲得することは、事実、前近代の多くの詩歌論、美学理論において長く求められていたゴールだった(41)」。紫式部は漢詩学によく通じており、彼女の作品は一般に言われるような純粋な和文かつ「女性」文としてではなく、和漢の合体テキストとして読むほうが理解が深められる。漱石の作品をじっくり読むと、「女性」文体を嫌っているといいながら『源氏物語』の文体から多くを学んだに違いないことがうかがわれる。

『門』の冒頭のシーンは、時間的には一四章で語られる京都での劇的な出来事からずいぶんと後になってからのものだ。宗助は御米と暮らす東京の狭い家の縁側でくつろいでおり、御米は中で裁縫をしている。

（前略）急に思ひ出した様に、障子越しの細君を呼んで、
「御米、近来の近の字はどう書いたつけね」と尋ねた。細君は別に呆れた様子もなく、若い女に特有なけたゝましい笑声も立てず、

「近江のおほの字ぢやなくつて」と答へた。

「其近江のおほの字が分らないんだ」

細君は立て切つた障子を半分ばかり開けて、敷居の外へ長い物指を出して、其先で近の字を縁側へ書いて見せて、

「斯うでしやう」と云つた限、物指の先を、字の留つた所へ置いたなり、澄み渡つた空を一しきり眺め入つた。

この短いやり取りの後に宗助は「何うも字と云ふものは不思議だよ」と初めて細君の顔を見て、「幾何容易い字でも、こりや変だと思つて疑ぐり出すと分らなくなる」と話し始める。文字におけるゲシュタルト崩壊のこの典型例を、しかし御米は自分にはそんな経験はないと答える。「己丈かな」と宗助が頭に手を当てて言うと、御米は「貴方何うかして入らつしやるのよ」と返すのだ。[42]

ここは何十年もの間評論家たちを煙に巻いてきた謎の場面だ。しかし重要な要素は何かというと、これは男に何をどう書くかを教える女の顔を、男が改めてまじまじと見つめるという図だ。これとまったく同じことを、何世紀にもわたって男の作家たちは数限りなく経験してきた。いったいどうやって『源氏物語』を書けたのだろうかと、まじまじと紫式部を見つめ返す。多くの場合、ちょうど子規がそうだったように男たちは彼女を「神」だの「鬼神」だのと見なすのみだった。漱石の小説のこの場面では、御米はそのどちらでもない。しかしこの場面の二つの細部が、御米を紫式部と関連づける。一つは彼女が物差しを使ってなぞってみせるその地名が「近江」、すなわち紫式部が琵琶湖に浮かぶ八月十五夜の満月を見上げて着想を得たとされる『源氏物語』起筆の地、石山寺のある場所だ。石山寺縁起絵巻や『河海抄《かかいしょう》』などによれば、まさにその時そこで彼女は「須磨」「明石」を書き始め、京に戻ってこの傑作を完

成させた。[43] マコーミックによれば、土佐光元の「紫式部石山詣図幅」のような紫式部を描いた絵画の伝統には「彼女は瞑想にふけっている様子で捉えられ、まさに「石山寺縁起絵巻」の詞書の一節、「心澄みて様々の風情、眼に遮り、心に浮かみ」を彷彿とさせる。この静謐さが、画面に創造の瞬間にある物語作者と超越的な静穏と慈悲に溢れた如意輪観音というイメージの二重性を与えるのである[44]」。

漱石の(そして宗助の)御米も似たような穏やかさと慈悲深さを見せている。宗助の問いに「呆れた様子もなく、若い女に特有なけたゝましい笑声も立てず」に答え、そうしながら「澄み渡つた空」を穏やかに見上げるのである。この一節が、『源氏』の着想を得た瞬間の紫式部の「心澄みて」ある状態と共振している。漢語読みの「近(きん)」と和語読みの「近(おう)」とを難なく行き来しながら、御米は紫式部のように、日本で長いこと男女の作家たちを分け隔ててきたジェンダーを超越しているように見える。宗助には同じことが出来ない。なぜならそれは宗助が「何うかして入」るからだ。漱石が『門』をこのシーンで始めたのは、それがジェンダーと国家の二元論を超越して書きたいという彼自身の望みを表す方法だったたからかもしれない。作家人生においてこの段階にたどり着いた漱石は彼自身の「石山寺の瞬間」を切望しているのである。

読みさして月が出るなり須磨の巻

これは子規が一八九五年九月に書いた「藤式部」という随筆で、締めくくりに用いた俳句である。須磨は周知のように名月で知られる。「須磨」の巻における、海を見ながら雁の群れが頭上を飛んでいく場面は、八月の十五夜の満月である。紫式部が「須磨」の巻を着想したのと同じ夜のことである。あまりに読書に没頭していたせいで時の経つのも忘れていたのが本からやっと目を上げたとき、気づきもしなかった月がそこに上っていた。小説世界に我を忘れていた、そのリアリズムに魔法をかけられていた、というのである。紫式部が石山寺の月を見て『源氏』を書いたのであったなら、子規は『源氏』を読んで、須磨の月を見たのである。「読みさして月が出るなり須磨の巻」の「読みさして」とは「読むのを中途で止める」意味だが、宮坂静生が指摘したように、この俳句が描写する『源氏』の読書経験は「一場景、一場景ごとに佇み、味わう心。一息読み逐《おお》すことの惜しさをいったものであろう」(45)。一旦中断した読みが、外の世界の一情景を味わいつくすごとに、再開し、私たち読者は櫂を漕ぎながら、『源氏物語』という海をまた進み行くであろう様子がイメージできる。

いったい、『源氏』のその広大な海原のどれほど遠くまで、子規と漱石は彼らの櫂を漕いで行ったのだろう？　漱石は明らかに子規よりも遠くへ行った。理由の一つは漱石の方が長く生きたから。そして今一つは、たぶん、彼の方がより大きな抵抗を克服せねばならなかったから、だ。子規にとって、つまりほぼ男同士のホモソーシャルな世界だけに生きた彼にとって、紫式部は女神と変わらぬ非現実の女性だった。そして子規にとって自分を紫式部の「恋人」と呼ぶことは、現実世界で一度も女性と付き合わなかった彼にとっては、おそらく、その方が容易《たやす》かったのだろう。ドナルド・キーンは、子規の「女性への関心の欠如は……彼の弟子たちを当惑させた」と指摘している(46)。

『源氏』の作者に対する子規の熱烈な愛の宣言は、彼の愛する者へとより近づくための方途だったのかもしれない。実際、子規は紫式部よりも漱石を愛していたのではなかろうか。明らかに、彼女は二人の男の強烈にホモソーシャルな関係性の仲人として機能していた。前述した漱石の句「時鳥たつた一声須磨明石」は、「読みさして月が出るなり須磨の巻」という句をもって「藤式部」に関する随筆を終えた子規への、返句のようにも読める。一八九五年の夏、この二人の作家たちは彼女の作品の中に明らかにともに迷子になりつつ時を過ごしていた。漱石は一五年をかけて自分の思想と感情とを整理した。その間に起きた一九〇二年の子規の死という喪失感をも。『門』で櫓の音を聴く二人のあのシーンを書いたのは彼の死の八年後だ。

漱石は、「藤尾」という強く紫式部を連想させる女性主人公を死なせるところから、新聞作家人生を始めた。そして『明暗』の「お延」という、近代日本文学の中で最も精緻に描かれた女性像を創作して作家人生を終えた。そこまでに至った漱石にとって紫式部は子規にとってのような「恋人」からは程遠い存在であった。なぜなら、彼女は「女」というより同僚の小説家であったから。「お延」もまた、とどのつまりは『源氏』の紫の上のように、自分のことなど何ひとつわからないような男との結婚に苦しむ女だ。彼女たちのおかれた状況や人間性をじっくり見据えた紫式部と漱石は、須磨の澄み渡る空のような眼力を持ち合わせた二人であった。

（翻訳・北丸雄二）

＊このエッセイの最初のバージョンは、京都漱石の會の会誌である『虞美人草』に掲載されました。その機会を与えて下さった丹治伊津子会長にこの場を借りて感謝いたします。

（1）『子規全集』（全二二巻・別巻三巻、講談社、一九七五―七八年）第一八巻「書簡1」六〇一頁。
（2）須磨での子規の生活に関してはその句作の多くを含め松山子規会の発行する『子規会誌』第一号（一九七九年春）、一三一―二六頁、村上春次「子規の須磨・奈良の柿」を参照のこと。
（3）『子規全集』第一二巻、一〇六頁。
（4）同上、一〇五―一〇六頁。
（5）同上、一〇五頁。
（6）『子規全集』第一八巻、五八一頁。

(7)『子規全集』第一二巻、一〇五頁。
(8) 漱石はこの居候話に関し、一九〇七年のインタビューで子規を冗談めかして「大将」と呼びながら「僕が承知もしないうちに当人一人で極めて居る」と話している。もっとも末延芳晴は、結核の感染の恐れにもかかわらず同宿を許したのは、インタビューでのその口調から明らかに「漱石は、子規が言葉にこそ言わないものの、自分を頼りにしてやってきたことが嬉しかったのだろう」と指摘する。末延芳晴『正岡子規、従軍す』(平凡社、二〇一一年)二七七―二八〇頁。
(9) 島内景二『文豪の古典力――漱石・鷗外は源氏を読んだか』(文藝春秋、二〇〇二年)二七頁。
(10)『子規全集』第一巻「俳句1」三九頁。
(11) 新日本古典文学大系『源氏物語 一』岩波書店、一九九三年、一二頁。
(12) Michael Emmerich, *The Tale of Genji: Translation, Canonization, and World Literature* (New York: Columbia University Press, 2013), p 303.
(13)『子規選集』第一巻、長谷川櫂編「子規の三大随筆」(増進会出版社、二〇〇一年)一三一頁。子規は試験勉強と休みを兼ねてこの万松楼に九月初旬の一〇日間を宿泊している。漱石がそこに子規を訪ねたのは九月一二日。そして子規が「なかなか綺麗なうちで大将奥座敷に陣取って威張っている。そうしてそこで鶉か何かの焼いたのなどを食わせた」のを見て、子規が裕福なのだという(間違った)印象を持った。『子規選集』第九巻、大岡信編「子規と漱石」(増進会出版社、二〇〇二年)、三八〇頁。
(14)「対月有感」『漱石全集』第二六巻(岩波書店、一九九三年)、四―五頁。
(15) 友を待ち焦がれる思いを、漱石は「友もがな」という古語で書き記している。これは吉田兼好の『徒然草』一三七段にあるフレーズを引いているのではないかと思われる。そこでは同じく友を焦がれる心を月の姿に重ねている。
(16) 他の随筆の一つは一九〇三年一月に子規の墓に参った際のことを綴っているが、それは出版されていない。「〔無題〕」『漱石全集』第二六巻(岩波書店、一九九三年)、二七八―二七九頁。
(17) 高橋ハーブさゆみは、この「野々宮」という名前が『源氏』にある「野宮(ののみや)神社」を思わせるとしている。

「平安京のはるか西のはずれにある、竹林の高く生い茂る土地にわびしく取り残された質素でうす気味悪い神社。そこはまた強い嫉妬のあまり生霊となって恋敵を殺してしまう六条御息所とも関連する場所だ」。『三四郎』では野々宮の家は同じように東京のはずれに位置し、そこで留守番をしている時に三四郎は列車に轢かれた女性の「右の肩から乳の下を腰の上迄美事に引き千切つて、斜掛の胴」のおぞましい姿を目撃する。Sayumi Takahashi Harb, *Sōseki: Modernity as Hyperstimulus, and the Urban Gothic* (Association of Asian Studies in Asia, Academia Sinica, Taipei, Taiwan, June 22, 2015).

(18) 下西善三郎によれば「後年の漱石においては、和文系古典に対する関与は、総体としてまことに断片的また希薄であるといわねばならない」。下西善三郎「古典文学の受容における漱石・龍之介の位置」『上越教育大学研究紀要』二三(二)、二〇〇四年、八五二頁。

(19) 一九一〇年の随筆で漱石は、「人は源氏物語や近松や西鶴を挙げて吾等の過去を飾るに足る天才の発揮と見認めるかも知れないが、余には到底そんな己惚は起せない」と書いている。「東洋美術図譜」『漱石全集』第一六巻、三〇七頁。

(20) 日本における男性ジェンダーの中国文学帰属に関しては Atsuko Sakaki, *Obsessions with the Sino-Japanese Polarity in Japanese Literature* (Honolulu: University of Hawaii Press, 2005) を参照のこと。

(21) 「余が文章に裨益せし書籍」『漱石全集』第二五巻、一五七頁。初出は、『文章世界』明治三九年三月一五日号。

(22) Minae Mizumura, “Resisting Woman: Reading Sōseki's Gubinjinso,” in *Studies in Modern Japanese Literature: Essays and Translations in Honor of Edwin McClellan*, ed. Dennis Washburn and Alan Tansman (Ann Arbor: University of Michigan Press, 1997), pp. 23–37.

(23) Gayle Rubin, “The Traffic in Women: Notes on the ‘Political Economy’ of Sex (1975),” in Feminism and History, ed. Joan Wallach Scott (Oxford: Oxford University Press, 1996), pp. 105–151.

(24) 新日本古典文学大系『源氏物語 二』岩波書店、一九九四年、一三頁。

(25) 「其頃の宗助は今と違つて多くの友達を持つてゐた。実を云ふと、軽快な彼の眼に映ずる凡ての人は、殆んど誰彼の区別なく友達であつた」(『門』一四章)。『漱石全集』第六巻、五一五頁。

(26) 同上。
(27) 共に山に登り共に海辺へ行き、漱石の作品における男同士のホモソーシャルな親密さの典型的な舞台装置がこうして揃う。こうした視点は、瀬崎圭二「海辺のホモソーシャリティ、あるいはその亀裂について——夏目漱石「行人」を中心に」(『近代文学試論』四七号、二〇〇九年、一五—四九頁)を参照のこと。
(28) 『漱石全集』第六巻、五一六頁。
(29) 新日本古典文学大系『源氏物語 二』岩波書店、一九九四年、三二一—三二三頁。
(30) Royall Tyler, *The Disaster of the Third Princess: Essays on the Tale of Genji* (Canberra, Australia: ANU Press, 2009), p. 219.
(31) 新日本古典文学大系『源氏物語 二』岩波書店、一九九四年、三三三頁。
(32) さらに言えば、今もその思い出に生きているそう遠くない過去の時間を書いた紫式部のように、漱石の小説はその主人公の、おそらくは作者自身のそれと呼応する若き日の時間を振り返る。それはまたおそらく、一八九二年に子規と旅した京都の旅の思い出とも繋がっている。それは一五年後、「京に着ける夕」という小品に反映される。丹治伊津子「夏目漱石「京に着ける夕」論——寄席落語に始まった子規との交友」(『京都語文』二〇号、二〇一三年、二一〇—二二五頁)を参照のこと。
(33) 風転雲頭斂/煙銷水面開/晴虹橋影出/秋雁櫓声来/郡静官初罷/郷遥信未廻/明朝是重九/誰勧菊花杯(川合康三訳「風向きが変わって雲は収まり、もやが消えて水面が開けてきた。晴れた空に掛かる虹のように、水にあらわれる橋の姿。秋の空を翔る雁の声のように、近づく櫓の音。郡中は静まり、お役目を退いたところ。ふるさとは遠く、手紙の返事はまだ来ない。明日は重陽の節句、菊花を浮かべた杯を勧めてくれる人はいるだろうか」)。川合康三訳注『白楽天詩選 下』岩波文庫、二〇一一年、一五七—一五八頁。
(34) 島内によると、「この場面の背景には、「雁」の鳴き声を「舟の楫」を漕ぐ音にたとえた『源氏物語』の本文が隠されている。そして想像をたくましくすれば、「雁声＝櫓声」という文学的なエピソードを取り込んでこの場面を仕立て上げたのは、明治二十八年秋に子規の口から漏らされた『源氏物語』をめぐる話題が一つの源流として、遠く響いているのではないか」『文豪の古典力』二八頁。

（35）『漱石全集』第六巻、五一二頁。

（36）新日本古典文学大系『源氏物語 二』岩波書店、一九九四年、一八一頁。

（37）『漱石全集』第六巻、五一三頁。

（38）同上、五三三—五三四頁。

（39）同上、五二九頁。

（40）Minae Mizumura, "Resisting Woman: Reading Sōseki's Gubinjinso," in *Studies in Modern Japanese Literature: Essays and Translations in Honor of Edwin McClellan*, ed. Dennis Washburn and Alan Tansman (Ann Arbor: University of Michigan Press, 1997), p. 34.

（41）Melissa McCormick, "Purple Displaces Crimson: The Wakan Dialectic as Polemic," in *Around Chigusa: Tea and the Arts of Sixteenth-Century Japan*, ed. Dora C. Y. Ching, Louise Allison Cort, and Andrew M. Watsky (Princeton University Press, 2017), pp. 181–210.

（42）『漱石全集』第六巻、三四八—三五〇頁。

（43）漱石が能に通じていたことを思えば、紫式部と近江との連想は謡曲の『源氏供養』からきているのかもしれない。

（44）メリッサ・マコーミック「『紫式部石山詣図幅』における諸問題——和と漢の境にある紫式部像」井戸美里訳『國華』第一四三四号、二〇一五年。英語では、Melissa McCormick, "Purple Displaces Crimson: The Wakan Dialectic as Polemic," in *Around Chigusa: Tea and the Arts of Sixteenth-Century Japan*, ed. Dora C. Y. Ching, Louise Allison Cort, and Andrew M. Watsky (Princeton University Press, 2017), pp. 181–210. 紫式部の表象については、Satoko Naitō, *The Making of Murasaki Shikibu: Constructing Authorship, Gendering Readership, and Legitimizing the Tale of Genji*, Columbia University PhD Dissertation, 2010を参照のこと。

（45）宮坂静生『子規秀句考』明治書院、一九九六年、一一二頁。

（46）Donald Keene, *The Winter Sun Shines in: A Life of Masaoka Shiki*, Columbia University Press, 2013, p. 190.

第Ⅲ部　帝国の経験を通して

満洲のビーチ・ボーイズ

——漱石の『満韓ところどころ』をめぐって

アンジェラ・ユー

「南満鉄道会社つて一体何をするんだいと真面目に聞いたら、満鉄の総裁も少し呆れた顔をして、御前も余つ程馬鹿だなあと云つた」

『満韓ところどころ』(一章)(1)

序

一九〇九年九月二日から一〇月一七日まで、夏目漱石は旧友であり、当時の満鉄(2)の総裁であった中村是公《よしこと》(一八六七—一九二七、通称「ぜこう」)の招待で満洲と韓国を訪れた。中村の手配で、漱石は満鉄沿線の主要地域となる大連、旅順、熊岳城、営口、湯崗子、奉天、撫順、長春、ハルビン、奉天を周遊し、奉天から韓国に入り、平壌、京城、仁川、開成を見学し、下関経由で帰国した。漱石は旅の手記として、年の瀬まで東京と大阪の朝日新聞で『満韓ところどころ』を連載した(3)。当時の日記には、その全旅程の簡潔な書付が残っているにもかかわらず、連載の方は五一回の文末に「もう大晦日だから」とことわって、打ち切られた。そのため記述は撫順炭坑を訪れる箇所で途切れており『満韓ところどころ』には韓国への言及が一切ない。

この突然の連載の中断は、『満韓ところどころ』に付きまとう数多い謎のひとつだ。文体、言語、内容のどれをとっても、この作品には曖昧さが付きまとう。また、この作品は特定の文学様式にも収まらない。紀行文、ルポルタージュ、回想録、フィクションなどの要素は見受けられるものの、はっきりとどのジャンルに属すとは言い切れないし、表現法の観点から言っても、情緒的、風刺的、滑稽的、批判的、哲学的、そして美学的手法が用いられている。それに、この作品では現在の記録と追憶が混在している。漱石が朝日新聞の専属作家として一連の手記を執筆しているのか、個人としてそうしているのか判然としない。また、歴史的位置付けとしてこの作品が、後に刊行された松岡洋右の『満鉄を語る』(4)や菊池寛の『満鉄外史』(5)と同様に「満鉄神話」の形成を助長するものであったのか、それとも批判したのか考察する必要がある。時に饒舌で、時に寡黙な語り口は、帝国主義に臨む近代日本と西洋とアジアとの関係性への、漱石のアンビバレンスを表象しているのだろうか。本章はこれらの疑問を分析していく。

これらの問いを考える上で、『満韓ところどころ』と、他の漱石作品と、その時代との関連性を理解することが重要となってくる。そのため、本論文ではまず、この作品の書かれた時代背景と、出版史を簡潔にまとめる。続いて、漱石と是公とその他のOBたちとの関係を理解するため、漱石のエッセイ、手紙、そして日記を調査していく。なぜなら、漱石の満洲への思いは当時満洲で活躍していた旧友たちとの親密な友情に著しく影響されたと推測できるからである。作品を解釈するための、もう一つの手がかりは、「幻の大連講演」と言われた「物の関係と三様の人間」という満洲日日新聞の主催した学術講演会にある。本論文は、テキスト、物、そして人間の間の変幻自在かつ曖昧な空間に焦点を当てる。フィクションとジャーナリズムの間、そして個人の追憶と公の記録の間、さらに領土拡大主義の現実への批判と妥協の間で、この作品の位置付けを模索していく。『満韓ところどころ』を漱石のフィクションとノン・フィクションのコンテキストに置いてみると、旅の余韻が他の作品に響き渡っていることが明らかとなる。本論では、ユーモアと胃痛、そして光と闇に満ちたこの作品を紐解きながら、満洲の大地に秘められた過去、現在、そして将来を展望する――ひと、青年、そして作家として――漱石の立ち位置を探っていく。

一　『満韓ところどころ』の連載背景

漱石が満韓への旅に出たのは、ポーツマス条約(日露講和条約)から四年後、正式に満鉄の経営が開始されてから二年後のことであった。一九〇五年九月の講和条約において東清鉄道南部支線の日本への譲渡が取り決められ、一二月の「満洲に関する日清条約」でロシアの南満洲における利権の譲渡が確定した。満鉄はその誕生時から経済的利潤を追求する民間企業の役割と「国策会社」としての宿命を背負わされたため、単なる鉄道会社ではなかった。[6]政府直轄による満鉄の事業には、鉄道経営のみならず、港湾と都市開発、鉄道付属地の経営、鉱山採掘、研究開発と政策立案などが含まれていた。[7]日露戦争で満洲軍総参謀長兼台湾総督を務めた児玉源太郎と、初代満鉄総裁となった後藤新平は、「満洲経営梗概」を作った。そこには満洲経営について「戦後満洲経営唯一ノ要訣ハ、陽ニ鉄道経営ノ仮面ヲ装ヒ、陰ニ百般ノ施策ヲ実行スルニアリ。(中略)鉄道ノ経営機関ハ、鉄道以外毫モ政治及軍事ニ関係セザル如ク仮装セザルベカラズ」と記している。[8]

国策の下で、満鉄は様々な政府・民間の企画に関与した。撫順炭坑の拡張、大連―上海定期航路の開設、上海から満鉄と東清鉄道・シベリア鉄道を経由してヨーロッパへとつながる国際路線の建設、病院、図書館、学校、社宅、ヤマトホテルの開業、満洲日日新聞社の株式会社化など、内地より規模の大きい都市建設を着実に手がけていった。さらに満鉄は、一般経済調査と満洲の旧慣調査のために調査部を立ち上げた。これは後に満洲調査部へと発展し、日本が満洲の政治・経済・社会を調査することが可能となった。結果的に、満鉄は東京支社に東亜経済調査局を設置した。これは中国を始め、アジア全域に進出するための戦略だったと考えられる[9]。

一九〇八年一二月一九日、中村は満鉄の第二代総裁となった。翌年の三月九日に、大阪朝日新聞に漱石の随筆「変化」が掲載された。その中で漱石は、二階部屋の三畳敷で机を並べた、一九歳同士の自分と是公との共同生活を回想している。その最後の一句は『満韓ところどころ』の冒頭を予期したかのようだ。

昔の中村は満鉄の総裁になつた。昔の自分は小説家になつた。満鉄の総裁とはどんな事をするものか丸で知らない。中村も自分の小説を未だ曽て一頁も読んだ事はなからう[10]。

「変化」の掲載がきっかけだったのか、ふたりは七年ぶりの再会を果たした。漱石は、是公の満洲日日新聞に関わることには興味を示さなかったものの、舶来タバコやエキゾチックなお土産、食事会や温泉への誘いは断らなかった。八月一八日、この喜ばしい再会は、満韓の旅の招待へとつながった。漱石はふたつ返事で承諾し、その日の日記には嬉々として「満洲行の為め洋服屋を呼んで脊広を作る」と書いている[11]。

満韓への旅費がいかに調達されたかは定かではないが、是公はすべての移動の手筈を整え、漱石には五、六百円が渡された[12]。『満韓ところどころ』の連載は帰国して間もなく始まった。新聞社にとって、外地についての文豪の寄稿は、自社の国際的な印象を作り上げるために有効であったはずだ。当時、朝日新聞は積極的に海外での企画を行っていた。そこには、ロセッタ丸の満韓巡遊会(一九〇六年)や、世界一周会(一九〇八年、一九一〇年、一九一二年)や、渋川玄耳を欧米に派遣して紀行文「世界見物」を藪野椋十の筆名で発表させる、などの企画があった[13]。ここで特筆に値するのは、このような派手ではあるが表面的な企画より、国際的視野を備えていた主筆の池辺三山(一八六四―一九一二)の社内方針である。というのは、二葉亭四迷と夏目漱石の朝日入社を周旋した池辺は、個人の創作の自由を尊重する国際性を重視したからである。つまり、池辺が漱石の意志を尊重し、新聞社は漱石の旅費を負担していないことを考慮にいれると、『満韓ところどころ』は新聞社の意見を代弁するものではなく、あくまでも漱石の創作精神を貫き、「芸術は自己の表現に始つて、自己の表現に終るもの」となったと言えるだろう。[14]

連載開始五日目、伊藤博文(一八四一―一九〇九)が満洲で暗殺された。その歴史的な偶然によって、『満韓ところどころ』は一般の紀行文以上に注目を浴びた。伊藤は、初代、第五代、第七代、第一〇代と、四期にわたり内閣総理大臣を務め、初代枢密院議長・韓国統監府統監・貴族院議長など、数々の要職を歴任した人物である。伊藤は、漱石が帰国する前日の一六日に、極東問題のために満洲に赴き、同二六日にハルビン駅にて朝鮮民族主義活動家の安重根に暗殺された。伊藤暗殺について、漱石は当時ベルリンに滞在していた寺田寅彦に手紙を出していた。

伊藤は僕と同じ船で大連へ行つて、僕と同じ所をあるいて哈爾濱で殺された。僕が降りて踏んだプラトホームだから意外の偶然である。僕も狙撃でもせ〔ら〕れゝば胃病でうん〳〵いふよりも花が咲いたかも知れない。

(十一月二十八日)[15]

実は一一月上旬に、漱石は断続的な連載に不満を漏らしていた。というのも、一〇月二一日に連載が始まって以来、『満韓ところどころ』は五回も掲載されておらず、[16] 一一月には二日から七日まで、一週間ほど連載が紙面から姿を消したこともあったからだ。先の寺田寅彦への手紙に漱石は文句をこぼしていた。「僕は新聞でたのまれて満韓ところ

〳〵といふものを書いてゐるが、どうも其日の記事が輻輳するとあと廻しされる。癪に障るからよさうと思ふと、どうぞ書いてくれといふ[17]」。

連載の終了を避けるためなのか、新聞社は一一月八日から一六回連続で、三面に『満韓ところどころ』を掲載した。漱石の寄稿は、国際性の獲得を目指す朝日新聞にとって魅力的だったのだ。当時の一般的な三面記事は、社会や雑事件に関する報道を中心としていたが、東京朝日は日本の近代化と国際化を強調した記事を載せていた。一一月の社会面には国際性のある記事や写真が掲載され、そこには伊藤の暗殺事件を始めとし、ハレー彗星の出現、渡米国郵信、パリのサロンに開かれた飛行機展覧会、韓鉄や東清鉄道調査現状、対韓問題、世界一周会の広告などがあった。

その後一週間ほど連載を中断し、一一月三〇日に一度だけ三面に掲載してから、漱石は自らの開設した六面の文芸欄に連載を移した[18]。一二月一日より、『満韓ところどころ』の連載は、文芸、美術、音楽、家庭などの大衆的かつ雑報風な紙面に掲載されるようになったのだ。具体的に言えば、六面の記事内容は、催眠術、司法裁判、囲碁術、新書紹介、子供と活動写真、貴婦人のおもかげ、地元の行事などであった。またその紙面の下半は広告が占めていた。広告の内容から読者層を推測するのは容易である。なぜならそこには、様々な診療室(梅毒、淋病、婦人科)や市販薬(呼吸器散、大学目薬、毛生液、治泌尿器患疾、婦人病)の広告、栄養剤(健脳丸、ゼム消化薬)、化粧品(化粧水、香水、石鹼)、飲食料(滋養牛乳糖、ヒゲタ醤油、酒、キリンビール、葡萄酒)、文化商品(蓄音機、美術本)、衣類(ネクタイ、古着)など、無数の広告が掲載されていたからだ。明らかに六面の読者は、時勢より日常、政治や国際問題より身の回りに関心をもつ、庶民であった。

三面(国際的、現代的、国家・社会関係の記事が中心)から六面(国内的、伝統的、家庭的、個人的な記事が中心)への連載の移動は、『満韓ところどころ』の性質に対する漱石の認識を示唆している。文芸欄への移動により、漱石は日本の海外戦略を紹介・批評する義務から解放され、旅する自分と過去の自分とのつながりを追求できるようになった。これは、連載の突然の終了にもかかわらず、文学作品として『満韓ところどころ』が首尾一貫している点である。漱石は、領土拡大主義の波に乗った現代国家の旅人として、地図のない暗黒の世界における個人の立脚点の所在を問いかけたのだ。

二　満洲のビーチ・ボーイズ

『満韓ところどころ』の中心にあるのは満洲でも韓国でもなく、旧友たちと過ごした青春の思い出であった。旅先で出会った多くの日本人は、漱石の予備門や大学時代のOBたちであり、中には往年の知り合いや書生などもいた。OBたちは、若き漱石とともに学び、遊び、食事を作り、ふざけ、試験を受けては一喜一憂し、旅をし、風呂に入り、相部屋し、布団を並べて眠り、海辺で野宿した間柄であった。そのため漱石にとって、満洲について書くことは、彼らとの学生時代について書くことであったのだ。

一八八三年、当時一五歳であった漱石は、神田駿河台の成立学舎に入学した。[19] 塾生の中には橋本左五郎と佐藤友熊がいた。一七歳の頃、「左五」と呼ばれていた橋本左五郎と「小石川の極楽水の傍で御寺の二階を借りて一所に自炊をしてゐた」(一三章)漱石は、当時の貧しい学生生活を懐かしく回想している。

尤も牛肉は大きな鍋へ汁を一杯揷へて、其中に浮かして食つた。十銭の牛を七人で食ふのだから、斯うしなければ食ひ様がなかつたのである。（一三章）[20]

漱石より英語も数学も堪能であった橋本は、入学試験時に漱石に密かに代数を教えた。そのおかげもあって漱石は試験に合格したが、橋本は落第した。橋本は北海道の農学校に進学し、後になってドイツに行った。大連での再会の際、橋本は満鉄の依頼で蒙古の畜産事情を調査していた(一三章)。

旅順で佐藤友熊との邂逅を果たしたとき、漱石は「警視総長と云ふ厳しい役を勤めてゐ」たと佐藤を皮肉った。佐藤は薩摩人であったため、江戸っ子とは身なりが異なっていた。漱石はこう書いている。「佐藤は其頃筒袖に、脛の出る袴を穿いて遣つて来た。余の如く東京に生れたものゝ眼には、此姿が頗る異様に感ぜられた」(二一章)。佐藤は一度、寄宿舎での賄征伐のため額に負傷したため、頭に白布を巻いて、「後鉢巻の様に如何にも勇ましく見えた」(二一章)。過去と現在が錯綜した漱石の思い出を読むと、かつてお腹を空かせ賄征伐に挺身したやんちゃな青年らが、現在日本の領土拡張主義の最前線で活躍しているという事実に驚かざるを得ない[21]。

満洲で再会した旧友の中で、漱石が最も親愛の情を示した相手は、言うまでもなく中村是公であった。是公は、一八九三年に帝国大学法科大学法律学を卒業してから、大蔵省に入った。そして彼は、一九〇六年から一九〇八年まで満鉄副総裁を務め、一九〇八年から一九一三年まで総裁を任された。中村は歴代の満鉄総裁の中で最も任期が長く、影響力の強い総裁のひとりであった。漱石と是公の友情は、一八八四年の大学予備門予備科入学時まで遡ることができる。当時一八歳であったふたりは、互いを「金ちゃん」、「是公」と呼び合った。一八八五年、漱石、是公、橋本、その他数名は猿楽町の末富屋で下宿した。その翌年の七月、漱石は病を患ったため、是公はスポーツに明け暮れたため、留年した。九月にふたりは、本所江東義塾の教師となり、塾の宿所に移り住んだ。「二人は二人の月給を机の上にごちや〳〵に攪き交ぜて、其の内から二十五銭の月謝と、二円の食料と、それから湯銭若干を引いて、あまる金を懐に入れて、蕎麦や汁粉や寿司を食ひ廻つて歩いた」(22)。『満韓ところどころ』での会話は、若かりし頃のふたりの学生同士の親密さを再現している。是公は漱石を「馬鹿」とからかい、「今度一所に連れてつて遣らうか」と言った。漱石は「是公の連れて行つて遣らうかは久いもので、二十四五年前、神田の小川亭の前にあつた怪しげな天麩羅へ連れて行つて呉れた以来時々連れてつて遣らうかを余に向つて繰返す癖がある」と書いている(一章)。金ちゃんと是公の茶目っ気のある会話は、ユーモアに満ちた饒舌な調子を作品全体に植え付けている。それは『吾輩は猫である』や『坊つちゃん』の娯楽性/大衆性と響き合うものである。

　この作品で描かれている過去の現実感は、現在のそれを凌駕する。是公が、大連倶楽部のバーでアメリカ士官らに「gentlemen《ゼントルメン》! 大いに飲みましょう」と叫んだら、興奮した士官たちに胴上げされたと、漱石に伝えるや否や、作家の脳裏で青年期の記憶が甦える。

明治二十年の頃だつたと思ふ、同じ下宿にごろ〳〵してゐた連中が七人程、江の島迄日着日帰りの遠足を遣つた事がある。赤毛布を背負つて弁当をぶら下げて、懐中には各二十銭づゝ持つて、さうして夜の十時頃迄かゝつて、漸く江の島の此方側迄着いた事は着いたが、思い切つて海を渡るものは誰もなかつた。申し合せた様に毛布に包まつて砂浜の上に寐た。夜中に眼が覚めると、ぽつり〳〵と雨が顔へ中つてゐた。其上犬が来て真水英夫の脚絆を啣えて行つた。夜が白んで物の色が仄に明るくなつた頃、御互の顔を見渡すと、誰も彼も奇麗に砂だらけになつてゐる。眼を擦ると砂が出る。耳を掘くると砂が出る。頭を掻いても砂が出る。七人は夫で江の島へ渡つた。其時夜明けの風が島を繞つて、山にはびこる樹がさあと靡いた。すると余の傍に立てゐた是公が何と思つたものか、急にどうだ、あの樹を見ろ、戦々兢々としてゐるぢやないかと云つた。

草木の風に靡く様を戦々兢々と真面目に形容したのは是公が噶矢なので、夫れから当分の間は是公の事を、みんなが戦々兢々と号してゐた。当人丈は、未だに戦々兢々で差支ないと信じてゐるかも知れないんだから、ゼントルメン大いに飲みませうも、此際亜米利加語として士官側に通用したと心得てゐるんだらう。通じた証拠には胴上にしたぢやないか位、酔ふと云ひかねない男である。[23]（一二章）

漱石は、語りを過去へと迂回させることで、是公と英米との間の取引に対し、意見を述べずに済んだ。満鉄総裁であった是公の英米への態度は、個人の意志に拠るものではなく、日本と満鉄の立場に拠るものであった。日露講和条約制定後、英米からの全面的な支持は、日本が満洲へと領土を拡張するためには欠かせなかったのだ。満鉄の総資本の二億円の内、日本政府の出資は一億円で、その内容は現物支給として、帝政ロシアから譲渡される鉄道とそれに付属する一切の財産および撫順と煙台の炭坑であった。残りの一億円は、二〇〇〇〇万円（一〇万株）を株式で募集し、八〇〇〇万円を欧米で募集した社債で賄うことになった。[24]

従って日本政府、とりわけ満鉄にとって、英米の存在は重要であった。漱石が鉄嶺丸で見かけた英国の副領事やアメリカの宣教師夫婦も、大連に到着した四艘の米国の艦隊も、大連倶楽部での英米人のための舞踏会や飲み会も、ヤマトホテルで宿泊していた数々の英米客もすべて、満洲における日本と英米との〈パートナーシップ〉のあかしの一端であった。日本は満鉄の舵を取っていたかのようだったが、実際には英米の政治的・経済的支援がなければ、それは成り立たなかったのだ。漱石は、満洲から帰国して直ぐ、一〇月一八日の朝日新聞に寄稿した「満韓の文明」にこう記した。「満洲の経営は外部から見ると、日本の開化を一足飛びに飛び越して、直に泰西の開化を同等の程度のものを移植しつゝある様に見えます」。しかしながら、「是は資本が満鉄と云ふ一手にあつて、此満鉄丈は西洋と対抗し得るハイカラな真似が出来るが、其他の資本金は甚だ微弱なもので到底普通の内地の中流程度にも及ばないと云ふ意味でありますǀ(傍線筆者)[25]。漱石は、日本の満洲への領土拡張と発展は、英米の支援と暗黙の承認がなければ、成立し得ないことを認識していたのだ。

しかしながら、漱石は『満韓ところどころ』の言語空間において、是公を満鉄重役として扱うことを拒んだ。「斯うみんなが総裁々々と云ふと是公と呼ぶのが急に恐ろしくなる」(二章)。なぜなら、漱石にとって、『満韓ところどころ』は記憶と情緒に満ちた個人的・文芸的な空間であり、政治批評を主とするジャーナリスティックな知的空間ではなかったからである。歴史的・地理的な事柄への言及を除けば、テキストの世界は外的現実との結びつきが稀薄で、『草枕』のように独立した次元に存在していた。根本的な現実は、是公や若き日に寝食を共にした仲間と過ごした時間であり、新たに甦った記憶であり、それを再度味わうことであったのだ。『満韓ところどころ』の根底には、是公への不思議なラブソングが幽かに流れており、その旋律は満洲での再会後、断続的に日記やエッセイに響き渡っている。

漱石と是公との友情は、満韓の旅の後に一段と深まり、漱石の死まで続いた。一九一〇年六月以降、漱石は入退院を繰り返すようになり、八月には「修善寺大患」という瀕死体験をした。是公は帰国する度、真っ先に漱石の所に駆付け、六月二一日から七月二九日の間には計七回も見舞いに訪れた。一一月二九日、是公は新橋に到着するや否や、馬車で病院に急行した。海外にいる間、彼は漱石に多くの絵葉書と手紙を送った。漱石は是公からもらった楓の盆栽を大切に病院の縁側に置いていた。ふたりは頻繁に旅行に出かけた。彼らは鎌倉、塩原、中禅寺湖、軽井沢、湯河原、箱根などに足を運び、美味しい食事に舌鼓を打った。時には是公の車で出かけることもあった[26]。ふたりの間に親密な友情関係があったにもかかわらず、漱石から是公への手紙は一枚も残されていない。しかしながら、生死や病気の狭間をさまよう漱石にとって、是公の存在が掛け替えのないものであったことは確かである。一〇月二一日、修善寺での瀕死を経験し、病院で回復中にあった漱石は、『思ひ出す事など』の執筆を始めた。一章に是公は二度登場する。最初は楓の盆栽に関する記述のとき、二度目は「無事御帰京を祝す」という電報について記したときだ。(27) 漱石の死後、是公の書いた追悼文は僅か三〇〇字のもので、それは「意地張で親切　坊主になる勧告」という相変わらず悪戯な見出しであった。(28) 言葉数の少なさから、言葉を超越したふたりの絆が垣間見えるのだ。

三　幻の大連講演

漱石は満洲での旅の間、三回にわたって講演を行ったが、大連での講演だけは一世紀近く「不詳」とされていた。しかし二〇〇八年にその講演録が満洲日日新聞に掲載されていたことが明らかとなった。(29)「物の関係と三様の人間」と題するその講演は、物と人間の間に存在する曖昧な時空を理解する上で重要な手がかりとなりうる。その中で、漱石は人間を三種に分類している。一、「物と物との関係を明らめる人」(科者者や哲学者など)、二、「物と物との関係を変化せしむる人」(満鉄の社員や軍人など)、三、「物と物との関係を味わう人」(文学者や美術家など)。

この分類は、一九〇七年に発表された「文芸の哲学的基礎」における「芸術上の理想」での分類を基にしている。(30) 比較してみると、第一種の人間は「知」を働かせて「真」を求め、第二種は「意志」を働かせて「荘厳」を求め、第三種は「情」を働かせて「愛」と「道義」を求める、とある。(31)

知、情、意の張詰めた相互関係は、漱石の多くの作品や演説に見てとることができ、それはとりわけ『草枕』の冒頭で顕著に表れている。これらの作品において、漱石は三者間の均衡の重要性を強調し、そのつり合いをなくして世界は成立しないとしている。是公と満鉄の重役を前にして、漱石は満鉄の社員に対し、新開地の満洲には第二種の人間が多いが、第一種と第三種は少ないと指摘した。この発言が仄めかしているのは、満洲にいる日本人は、第二種の人間の意志の働きによって有形の物質文明(資産や建築など)を築くことができても、無形の理想(真理、愛、道義など)を追求することには必ずしもつながらない、ということだ。「物質文明に追われて送迎に遑なきその第一期を経過し、ついで第二期に入り落ち付きもでき初めてようやく物を味わう、すなわち角度を多くして味わうという時代に移るものである」と漱石は予期していた。[32] さらに漱石は、物を味わう余裕が失われるほど、無闇矢鱈に物質文明を発展させることに警鐘を鳴らしている。

すなわち甲が未だ充分明らかにならない内に乙に移る。乙を明らめずして丙に転ずる。(中略)その諸子の精神状態は、Restless(休息なし)に烈しく落ち着きがない。飯もろくろく食えない、という人があるかどうかそれは知りませんが、とにかく多忙で次から次に移って行く。事物をよく含味する暇がないという点において、私が満洲見物に来たのと同様の状態にありはせんかと想像する。[33]

「物を味わう」"tasting things"という考えは、「趣味」"taste"に直接的に結びついている。九月一七日、満韓旅行の途中、漱石は営口日本人倶楽部で『趣味に就て』の講演を行った。その中で漱石は、金儲けや業務以外の趣味(それは漱石曰く単純に「すなわち好きである嫌いである」に基づいている)に打ち込むことの重要性を説いた。非常時に生存することに固執している状態にいるよりも、(音楽であれ、文学であれ、スポーツであれ)趣味に打ち込む余裕のあるほうが、精神的な自由と充足感を得られるのだ、と。漱石にとって、日露戦争で勝利を得るよりも、物を味わう余裕を勝ち取ることのほうが、文明開化の象徴に思われたのだ。[34] 営口の講演では、聴衆の中に是公がいなかったためか、冗談混じりの『満韓ところどころ』や大連での講演とは打って変わり、漱石はより辛辣な口調で、日本と欧米列強とアジアとの関係における、日本の気取りと不安を厳しく批判した。

日本は今や第一等国として東西相匹敵して居るやの感あるも、過渡期以来の習慣としてか矢張西洋の圧迫を受け居ると思はれる。私は大連の大和ホテルに止宿しましたが其設備万端総てのもの皆西洋人本位になつて居る(中略)又私が大連に居ました時に米艦乗組員の為めに野球会が開かれて招待を受けたが燕尾服着用とあるので勇気がなくなつて遂に欠席した。停車場に使つて居る支那人は日本語を知らず英語で話すと言ふ具合、万事万物、コツプや匙の持ち方まで西洋風に取扱はれる。(中略)其圧迫より脱して真個第一等国たらしめ彼等をして吾人の趣味に満足せしむる底の、換言すれば反対に吾人の趣味を味はしめ、吾人の趣味に同化せしむるを必要と感じます。[35]

このことは、一九一一年に大阪朝日新聞社が関西・中国地方で開催した連続講演会での「現代日本の開化」という講演でも言及された。その際漱石は、「日本の現代の開化を支配してゐる波は西洋の潮流で其波を渡る日本人は西洋人でないのだから、新らしい波が寄せる度に自分が其中で食客をして気兼をしてゐる様な気持になる」と述べた。[36] ここから窺えるのは、西洋中心の価値観・思想・趣味に支配されるであろう日本の将来に懸念を抱く漱石の姿である。しかしここで漱石のレトリックを単なる国家主義や保守主義の表れとしてとるのは無理がある。なぜなら漱石は、二〇世紀の「文明開化」と西洋化の解き難い関係を指摘し、日本の西洋への劣等感を容赦なく暴露したからである。その上、漱石は二一世紀のグローバル化と英語圏のヘゲモニーとの緊密な関係まで予見していたかのようだ。一九〇九年の満洲を訪問した漱石は、西洋とアジアとの間にぎこちなく佇む日本を目の当たりにした。当時の日本は、帝国主義、領土拡張主義、そして「脱亜入欧」論にとらわれ、英米に遅れをとらぬように気張っていたのだ。漱石は、ポストコロニアル・戦後の読者としての歴史的あと知恵を持ち合わせていなかったにもかかわらず、満洲で見た物質文明を表象する立派な石造の洋館、整然とした煉瓦造の社宅、空にそびえる工場の煙突、大連のユートピア的街づくりなどのどれもが、やがて幻影のように消え失せてしまうであろうという先見の明をもっていた。それ故、漱石は事物の間に在る現実感を強調し、ニュアンスに富み、摑みどころがなく、無形である「物と物との関係を味わう」ことと、「趣味」"taste"に拘ったのである。文学作品としての『満韓ところどころ』は、多忙な日程の狭間にあるアブセンス、つまりことばでは表せない沈黙を味わうことを重視している。そのため、完成された作品には不可解さが満ちている。その不可解さを生む要因が、ハルビン抜きの満洲紀行、韓国抜きの満韓記録、伊藤博文暗殺抜きのアジア・ルポルタージュ、過去と現在の時空を交差する友情物語の側面であり、突然の連載の中止であったのだ。

四　連載の中止

一二月三〇日、漱石は東京朝日新聞での連載五一回の文末に、小さい文字で無造作に一文を記した。

　まだ書く事はあるがもう大晦日だから一先やめる

紀行文であり、エッセイであり、回想録である『満韓ところどころ』は連載小説ではないため、結末がなくとも問題はないわけだが、連載中止の要因はいくつか挙げられる。一つ目の要因は、朝日新聞との契約には小説とその他の文芸作品を掲載する義務はあるが、旅費を提供されていない雑録風の文章に関して言えば、作者の勝手で連載終了の時期を決めることができたことにある。次に、当時の新聞が四から八頁しかなく、しかも細かい字で書かれていたため、重大なニュースや行事など、広告料の回収につながる記事や文章があれば、コラムの中断・移動・中止が珍しくなかったことを挙げられる。時折、朝日は連載の終了と新しい読物の開始を知らせた。例えば、一二月二八日には、コラム「今日の歴史」の終了と、その来春からの「今日の書面」の連載開始を告げた。その他には、ちょうど一〇〇回で終った渋川玄耳の「世界見聞」のように概数で終了する連載もあった。しかしながら、『満韓ところどころ』の場合、当時話題となったハルビンにも、題名に含まれた韓国にも言及されないまま打ち切りとなったため、唐突の感は否めない。この連載終了は、朝日の判断ではなく、漱石の意志に拠るものだったと推測できる。

一一月六日の時点で、漱石は連載終了を検討していた。漱石は池辺三山への書簡にこう書いていた。

満韓ところ〴〵此間の御相談にてあとをかくべく御約束致候処伊藤公が死ぬ、キチナーが来る、国葬がある、大演習がある。――三頁はいつあくか分らず。読者も満韓ところ〴〵を忘れ小生も気が抜ける次第故只今渋川君の手許にてたまりゐる二三回分にてまづ御免を蒙る事に致し度候。(37)

この手紙を投函する前日、すなわち一一月五日に、朝日ではゼノフォビア(外来者恐怖症)に取り憑かれた渋川玄耳の「恐ろしい朝鮮」と題された連載が開始され、それは伊藤暗殺を引き金に韓国に対する恐怖心と不信感を煽り立てるような内容であった。連続二四回(五日から三〇日)にもわたったその連載はこのように始まる。

伊藤公は朝鮮人に殺られた。手取早く言へば、西郷も大久保も江藤も前原も、乃至清露両大役幾十万の勇士も、朝鮮人に殺された様なもの、何十万億円血の涙を絞つた戦費も空しく朝鮮の禿山に放ち撒いた様なものである。(38)

二行目以降の偏見及び理不尽な非難は明白である。漱石がこのような朝鮮バッシングに呼応することは想像しがたい。ただでさえ漱石は、朝鮮人を悪とする口実となった伊藤暗殺以前から、メディアのジンゴイズム(好戦的愛国主義)と集団意識を軽蔑していたのだから。その年の四月二六日の日記で、漱石は日本の西洋に対する劣等感と、アジアに対する優越感を批判した。

曇。韓国観光団百余名来る。諸新聞の記事皆軽侮の色あり。自分等が外国人に軽侮せらるゝことは棚へ上げると見えたり。(中略)

もし西洋外国人の観光団百余名に対して同一の筆致を舞はし得る新聞記者あらば感心也。(39)

漱石は、伊藤暗殺の巻き起こした集団的哀悼、恐怖心、ゼノフォビア的レトリックから距離を置き、ハルビン到着直前のエピソードで連載を打ち切った。一九〇九年の冬、ハルビンに言及する文章は、必然的に伊藤暗殺及び満韓の政治問題に触れることを期待されたことが想像される。漱石は、そういうメディアの要望に応じるために作品の快活な調子を抑制するよりは中断を選んだ。また、漱石が伊藤暗殺に関する発言を控えたのは、彼が歴史的事実の背景に哲学や思想の裏付けを安易に読み込むということに対し、根本的に懐疑の念を抱いていたからである。その考えは

『点頭録』(一九一六)に示唆されている。

自分は日露戦争が、我日本の生んだ大哲学者の影響を蒙つて発現したとは決して思はない。日清戦争も其通りである。戦争はとにかく、其他の小事件にせよ、我日本に起つた歴史的事実の背景に、思想家の思想を起点として据ゑ得るものは殆んどないやうに思ふ。現代の日本に在つて政治は飽く迄も政治である。思想は又何所迄も思想である。二つのものは同じ社会にあつて、てんでんばら〳〵に孤立してゐる。(40)

政治活動の背後に思想や理想(自由、独立、アジアの解放など)が必ず潜んでいるという考えに懐疑的に思う漱石は、政治家の暗殺の意味を追求する意義を見出せなかったのではないか。その懐疑的な態度は、『満韓ところどころ』から伊藤暗殺の時間と空間を削除することで、暗殺の深い意味と思想への見せかけの探求から、自らと読者を解放した。その削除のおかげで、この作品は扇情的なバッシングや英雄崇拝の領域から距離をとることができた。その代わりに、漱石はノンフィクションの『満韓ところどころ』で触れなかったことを、フィクションの空間に移動させた。『門』(一九一〇)では、伊藤暗殺について短く言及されている。世の中から取り残された宗介は、妻のお米の「どうして殺された」という問いに対し、シニカルかつユーモラスに、「運命」と一言でまとめたのだ。

己見た様な腰弁は殺されちや厭だが、伊藤さん見た様な人は、哈爾濱《ハルビン》へ行つて殺される方が可いんだよ。(中略)何故つて伊藤さんは殺されたから、歴史的に偉い人になれるのさ。たゞ死んで御覧、斯うは行かないよ。(41)

ハルビンのエピソードの直前で連載が中止された『満韓ところどころ』は未完の旅行記の印象をもつが、そこには文学作品として余韻の残る結びもあった。最後の五一回は、漱石、橋本左五郎、そして二人の英国領事館のイギリス人の四人で、撫順炭坑を見学したときの記述である。五坑のうち三坑はかつてロシア軍に占領されていたが、その炭坑は敗戦後に日本軍に占領された。そのため一九〇七年以降、炭坑は満鉄の統轄の下にあったのだ。見学するにあたって英国領事館の者たちが連れ立ったことから、イギリスが日本の満洲での政治開発活動に関与しているのは明らかである。撫順炭坑での逸話には、テキスト全体に情緒と懸念の糸が編み込まれている。この最終章には――旧友と未知の世界を探険したこと。自尊心と不愉快さから、勝ち組の英国人に対して口をつぐみ、距離を置いたこと。駐中一八年目にしていまだ箸も使えぬ、英国領事のアジア文化への高慢な態度を軽蔑したこと――が描かれていた。最後の段落で漱石は炭坑の暗闇の奥底に立っていた。

食後は坑内を見物する事になつた。田島君といふ技師が案内をして呉れた。入口で安全燈を五つ点して、杖を五本用意して、それを各自に分けて、一間四方位の穴をだら〳〵と下りた。十四五間行くか行かないに坑のなかは真暗になつた。カンテラの灯は足元を照らすにさへ不足である。けれども路は存外平らで、天井も可なり高かつた。右へ曲つて、探る様に下て行くと、余のすぐ前に居る田島君がぴたりと留つた。余も留つた。案内が留つたから、あとから続いて来たものも悉く留つた。此処に腰掛があります。坑へ這入るものは此処で五六分休んで眼を慣らすんですと云つた。五人は休みながらカンテラの灯で互の顔を見合はした。みんな立つて黙つてゐる。腰を卸すものは一人もない。静かな中で時の移るのは多少凄かつた。其内暗い所が自然と明るくなつて来た。田島君はやがて、もう可かろうと云つて、又すぐ右へ曲つて、奥へ奥へと下りて行つた。余も続いて下りた。あとの

三人も続いて下りて来た。（五一章）

この驚嘆すべき最終段落は、それまで冷静さと皮肉とユーモアで形作られていた紀行文を、唐突に苦々しい自己反省の作品へと転向させるかのようだった。日本と大英帝国の各人は一握りの闇に閉じ込められたまま、「探る様に下りて」いき、（闇に）「眼を慣ら」し、「時の移るのは多少凄かつた」と実感し、「奥へ奥へと下りて行つた」のだ。テキストが、今にもまったく性質の異なる作品に変化するかのようであった。それは、植民地主義の暗闇を描いたジョゼフ・コンラッドの代表作『闇の奥』（一九〇二）の一節を想起させる。「我々は闇の奥へ入り込んで行った。そこはとても静かだった」[42]。

しかしそのことについて、漱石はそれ以上書き進めなかった。結局のところ、『満韓ところどころ』の焦点は、西洋植民地主義の爛熟期におけるマーロウとクルツの出会いにではなく、日本の早期的領土拡張主義の下で植民地同然の満洲での是公との再会にあったのだ。筆者としては、日本の帝国主義の台頭に対し、漱石がより一層注意を喚起すべきだったのではと思う反面、見通すことのできない濃い闇の中に読者を連れて行くことこそが漱石の本来の主旨であったようにも思われる。というのは、読者を漱石自身も見通せない闇の向こうに案内することは、そもそも不可能であったからだ。『満韓ところどころ』の闇の奥へ下りて行くエピソードは、『三四郎』（一九〇八）の広田先生の予言的な言葉を思わせる。「かの男は、すましたもので、「亡びるね」と云つた」[43]。この広田先生の発言と、撫順炭坑の闇の奥に足を踏み入れることが、響き合っているように思えてならない。

終わりに

西洋列強と並び立つために近代国家を成立させようと、個人の自由よりも集団性を重んじた明治日本において、漱石は追憶と病を理由に『満韓ところどころ』の行間で極度な個人主義と自己表現を表明した。作家は、伊藤暗殺によって巻き起されたゼノフォビアと差別に背を向け、個人の情緒と趣味の世界に陶酔した。「食事」、「消化」、「胃痛」(44)に関する体調の変化に執着した紀行文は、「国体」と対抗する戦後の「肉体文学」の先取りとなった。そして漱石は、近代国家やメディアや世論に囚われることなく、その不屈の精神を貫いた。再び『三四郎』の広田先生のことばを引用する。「日本より頭の中の方が広いでせう。……囚はれちや駄目だ。いくら日本の為めを思つたつて贔屓の引き倒しになる許りだ」(45)。『満韓ところどころ』はこの「囚われない」精神を十全に引き出している。さらに言えば、この定義しがたい作品はキメラ的であると言える。なぜならそれは、心象風景を重視する紀行文であり、テキストの範囲を超えた友情の記録であり、題名に即さない新聞連載であり、そして小説的手法に富んだノンフィクションであるからだ。小説的手法は、個性的な語り手、人物表現、場面、解決されない矛盾、会話、そして暗闇に下りるメタファーを構築する上で用いられている。

漱石の外地への旅は、彼の文学作品に著しい影響を与えた。『門』では、安井と宗介の大家さんの弟が満洲とモンゴルに出稼ぎに行き、宗介の弟の小六は試験がうまくいかなければ満洲に行くと呟く。『彼岸過迄』では、無職の森本が大連電気公園や様々な開拓について熱弁する。未完の『明暗』では、失意のうちにある小林が韓国に送られる。つまるところ、漱石の小説において、外地は社会的不平分子、敗北者、経済的破綻者の行き着く先なのである。そのため漱石の小説に登場する外地は、彼のノンフィクションで描かれている以上に当時の満洲と韓国の様子を反映していると言えるのだ。漱石は『満韓ところどころ』の言語空間にその苛酷な現実を持ち込もうとはしなかった。なぜならそれは、公の義務・政治評論・歴史的事実ではなく、個人の記憶と友情を前提に構築された言語空間であったからだ。

『満韓ところどころ』連載二〇年前、漱石が二三歳の時に書いた漢文『木屑録』(一八八九)には、あの忘れがたい浜辺の場面がすでに登場している。「柴野是公為江島之遊黎明上山時海風猋作草樹皆俯是公跳叫曰満山之樹皆戦戦兢兢」[46]。是公との思い出は、「変化」で描かれた下宿生活に反映されている。そしてその旧交は、『満韓ところどころ』の言語空間でさらに温められた。また、連載の中断が両者の友誼に影を落とすことはなかった。むしろその交流は深まり、漱石の随筆と日記には頻繁に是公が現れるようになった。言語空間として『満韓ところどころ』は、まさに「物の関係を味わう」ことのできる空間を築き上げた作品なのだ。その言語空間で、ふたりの関係にまつわる漢文、随筆、日記、書簡などが交差し、過去と現在、私と公、青春と成熟をまたいで語り続けられたのだ。個人的で、ニュアンスに富み、情緒的な事柄を重んじる漱石は、過去、私的自分、青春に焦点を合わせ、旅について語ったのである。そして漱石と是公との友情は、容易に分類できない「物の関係」を表しえたのである。それは性的な指向で分類できるものでもなければ、文学的伝統に由来する江戸の男色でもなければ、明治のＢＬでもなく、大正や戦後の同性愛でもないのだ。[47]題名通りの連載にはならなかったものの、「物の関係を味わう」芸術家として、漱石はその使命を全うしたと言えるだろう。

(翻訳・竹井仁志／アンジェラ・ユー)

(1)『漱石全集』第一二巻(岩波書店、一九九四年)、一章。以下、『満韓ところどころ』の引用は全集に拠る。
(2) 満鉄は南満洲鉄道株式会社の略称である。
(3) 東京朝日新聞での連載は一〇月二一日から一二月三〇日まで、大阪朝日新聞での連載は一〇月二二日から一二月二九日までとなった。本論文は東京朝日新聞の連載日程を参照した。
(4) 松岡洋右(一八八〇—一九四六)、政治家、満鉄総裁(一九三五—一九三九)。『満鉄を語る』(一九三七年)は東京内閣統計局による刊行物で、国策を反映している。
(5) 菊池寛(一八八八—一九四八)、作家。『満鉄外史』(原書房、〔一九三三年〕二〇一一年)は満洲新聞社に依頼されて満鉄の歴史を小説化した作品である。
(6) 加藤聖文『満鉄全史——「国策会社」の全貌』講談社、二〇〇六年、二一—二二頁。
(7) 西澤泰彦『図説満鉄——「満洲」の巨人』河出書房新社、二〇一五年、三四頁。
(8) 同右、二三頁。
(9) 加藤聖文、前掲、三五—三六頁、五三—五四頁。
(10)『漱石全集』第一二巻、二〇八頁。
(11) 同右、第二〇巻、七〇頁。
(12) 旅費について、秋山豊「漱石の満洲における講演について——「物の関係と三様の人間」をめぐって」(『論座』二〇〇八年九月号)、一九五頁。青柳達雄『満鉄総裁中村是公と漱石』勉誠社、一九九六年、一二八頁。最終的に、漱石は佐藤肋骨から一〇〇円を借りて韓国に行った。『漱石全集』第二〇巻(岩波書店、一九九四年)、一一九頁。
(13) 青柳達雄、同右、一二五頁。
(14)『漱石全集』第一六巻、「文展と芸術」五〇七頁。
(15) 同右、第二三巻、三〇三—三〇四頁。
(16) 連載されていない日付は、二二日、二六日、二八日、二九日、三一日である。

(17) 同右、三〇四頁。

(18) 寺田寅彦宛に漱石が書いた。「此二十五日から文芸欄といふものを設けて小説以外に一欄か一欄半づゝ文芸上の批評やら六号活字で埋めてゐる」。同右、三〇四頁。

(19) 「一貫したる不勉強――私の経過した学生時代」同右、第二五巻、三一七―三二五頁。

(20) 「七人」という逸話がいくつかあった。組み合わせは時によって変わるが、よく出る七人の名前は、漱石、橋本左五郎、佐藤友熊、太田達人、小城齋、中村是公、中川小十郎だった。さらに、太田達人は成立学舎出身者が中心になって結成した「十人会」に言及した。「予備門時代の漱石」『漱石全集　別巻』一五―二六頁。

(21) 満洲で再会したほかの旧友・知り合いは、「政樹公」と呼ばれた大連の税関長の立花政樹（一〇章）、俣野義郎という五校時代の教え子兼書生（一一章）、関東庁民政長官の白仁武だった（二一章）。漱石の朝日新聞入社を仲介した白仁三郎の兄にあたる。

(22) 『漱石全集』第一二巻、二〇七頁。

(23) 江ノ島への遠足は、太田達人の記録にも残った。「予備門時代の漱石」『漱石全集　別巻』一五―二六頁、特に一六―二〇頁。

(24) 西澤泰彦、前掲、二〇―二一頁。

(25) 『漱石全集』第二五巻、三六九頁。

(26) 二人の付き合いや旅について、一九一〇年六月―一九一六年二月までの日記及び断片に記録された。同右、第二〇巻、一四一―五六二頁。二〇一四年に、漱石と是公の署名(Z. Nakamura and K. Natsume、漱石の筆跡により、一九一五年一一月一六日付け)は箱根の富士屋ホテルの宿帳で発見された。(http://digital.asahi.com/articles/ASG5R5WR5G5RUCLV014.html?_requRUCLV014.htmlamp;iref=comkiji_txt_end_s_kjid_ASG5R5WR5G5RUCLV014 二〇一四年五月二七日にアクセスした)

(27) 『漱石全集』第一二巻、三五七―三五八頁。

(28) 同右、別巻二七頁。

(29) 朝日新聞記者牧村健一郎が発見した。「漱石幻の講演」(朝日新聞夕刊、二〇〇八年五月二四日)。

(30) 「文芸の哲学的基礎」『漱石全集』第一六巻、六四—一三七頁、特に九九頁。それについて、Yiu Angela, *Chaos and Order in the Works of Natsume Sōseki*, University of Hawaii Press, 1998, pp. 85-89.

(31) 「文芸の哲学的基礎」に、以上の三種のほかに、「情緒」を働かせば「美」を求めるという分類も付け加えた。

(32) 『論座』二〇〇八年九月号、一八四—一九二頁、特に一九〇—一九一頁。

(33) 同右、一八九頁。「次から次へ移っていく」ことについて、「現代日本の文明開化」にある宴会のメタファーと類似する。Yiu, op. cit., p. 113 参照。

(34) 「趣味の遺伝」(『漾虚集』大倉書店、一九〇六年)には、日露戦争よりは趣味に重きに置くとある。

(35) 『漱石全集』第二五巻、二九—三〇頁。

(36) 同右、第一六巻、四三五—四三六頁。

(37) 同右、第二三巻、二九八頁。

(38) 東京朝日新聞、一九〇九年一一月五日。

(39) 『漱石全集』第二〇巻、三〇頁。

(40) 同右、第一六巻、六四〇—六四一頁。

(41) 同右、第六巻、三六九頁。

(42) Joseph Conrad, "Heart of Darkness" in *The Portable Conrad*, Morton Dauwen Zabel (ed). New York: Penguin Books, 1979, p. 539 (筆者訳)。漱石はコンラッドの『台風』と『ナルシシス丸の黒人』を読んだ。「コンラッドの描きたる自然について」参照。『漱石全集』第一六巻、二五七—二五九頁。

(43) 同右、第五巻、二九二頁。

(44) 道中、漱石は鶉を食べてお腹を壊したエピソードがあった(三〇章)。「愈腹が痛んだ。ゼムを嚙んだり、宝丹を呑んだり、通じ薬を遣つたり、内地から持つて来た散薬を用ひたりする」(三一章)。

(45)『漱石全集』第五巻、二九二頁。
(46) 同右、第一八巻、八二頁。中村是公の旧姓は柴野である。
(47) 文学における同性愛について、平野啓一郎の「『仮面の告白』論」参照。『新潮』二〇一五年二月号。

「どうして、まあ殺されたんでしょう」
——夏目漱石、帝国、そして(反)植民地的暴力の「公然たる秘密」

アンドレ・ヘイグ

一　射殺事件の反響

「どうして、まあ殺されたんでせう」(1)。大日本帝国の周縁部で噴出した政治的暴力に関するこの質問は、『門』に訥々《とつとつ》とした台詞として登場する。この悪名高い事件の詳細は一九一〇年当時の日本の新聞読者なら誰にとっても常識だったはずだ。一九〇九年一〇月二六日、日本の初代首相で元韓国統監だった伊藤博文(一八四一―一九〇九)がハルビンにおいて韓国人・安重根(一八七九―一九一〇)によって射殺された(2)。犯行の動機も当時の日本人には心穏やかならざるほどに明解だったはずだ。伊藤への暴力は韓国の国家主権を侵害してやまない大日本帝国への抗議行動であり、そしてこの伊藤こそがその過程に最も直接的に関わってきた人物だったからである(3)。この事件は日本では夥しい新聞記事となり、その報道は、政治家の死を嘆く声や執拗で生々しい事件の描写や暗殺者への相反する好奇心を示しながら数カ月も続いた(4)。ところが、『門』の「三」章で登場人物の御米がどうして伊藤は殺されたのかと思い切って訊くとき、引き続く会話は要領を得ないのである。そしてなぜか、韓国人暗殺者の関与について何も語られない。

日本の家庭生活を舞台に語り進められる『門』のナラティヴの中で、政治的暴力に触れるこの唐突な脱線はいったい何を意味するのか？　別の言い方をすれば、このテクストがあえて暗殺のニュースに触れることで為そうとしていること、あるいは為さずにいることは何なのか？　事件に関する会話は『門』の中のほんの数ページでしかなく、事の重大さに反比例するかのように軽く扱われているが、漱石は『門』以前にも、同じ話題に関していくつかのエッセー、日記、私的書簡の中で言及しており、それが一過性の関心事以上のものであったことを示している。(5) こうした記述の中で漱石が認めているように、伊藤の死に関するニュースが衝撃的だったのは、奇妙な偶然によって、彼自身がこの歴史的重大事件と私的に関係していたせいでもある。ハルビン駅での暗殺事件の数週間前に、漱石はまさにその場所を旅の途中に訪れていたのだ。周知の通り、その旅は満洲と韓国という〈外地〉を中心に「海外における日本人がどんな事をしているか、ちつと見て来る」ための旅だった。(6) 歴史的な暴力と漱石の旅程との偶然の一致、これこそが漱石をしてこの暗殺について触れさせたと言ってもよいだろう。しかし、暗殺に言及している『門』というテクストの重要な特徴は、事件の核心にある韓国人の暴力主体、安重根を、名前でも国籍でも示していないということなのだ。

近年のポストコロニアル批評家たちはこの『門』の伊藤暗殺が語られる夕餉の会話をしばしば論じてきた。(7) この一節は帝国やネーション、植民地主義に『門』が特に厚く関係している証拠として、また、虚構である小説の私的な語りの時間を公的で歴史的な時間軸に載せる場面として注目を集めた。例えば小森陽一は、御米の答えられることのない「どうして、まあ殺されたんでせう」という問いは、主人公の宗助が「自らの意識から排除している」日本の韓国植民地化の成り行きを「同時代の読者の記憶の中から想起させる機能を果たしている」ものとして読んでいる。(8) 小森の分析は他の批評家たちによってさらに展開される。例えば、宗助と御米というこの小説の中心となる関係の中に隠された、日本と韓国との間の植民地主義的「併合」というジェンダー化された地政学的寓話を見る批評家もいる。(9) この種の解釈は小説の登場人物が、そしてひいては読者が、帝国と植民地主義という主題を忘却・否認していたという前提に立っている。しかし、一九一〇年八月の公式な日韓併合を目前に『東京朝日新聞』で連載した『門』において、「朝鮮問題」という背景を読者たちに「想起させる」必要が果たしてあったのかどうかいささか疑問である。何年にもわたって、首都圏の新聞は韓国への帝国支配押し付けの一部始終を律儀に報道してきた。つまり、漱石の登場人物もそして読者たちも同様に、アジア大陸での出来事を十全に知らされている時に、なぜ我々は抑圧とか「忘却」だと仮定してみなければならないのだろうか？

夕餉の会話の中で、何が実際に提示され、何が実際に欠落しているのかに焦点を戻してみる方がより建設的だろう。満州からの殺害についてのニュースは、犯人が誰かについて触れることなく受容され議論されている。安重根の伊藤暗殺は大日本帝国の韓国支配に対する反植民地主義的抵抗という政治的行為として意図されたものであったし、また一般にそう理解されていたにもかかわらず、『門』の住人たちにはそのような表現を使って明示されることはない。しかし、ここで暗殺者の身元や韓国人の抵抗がテクストによって抑圧されたり隠蔽されたりしているとか、御米の夫である宗助が伊藤がなぜ殺されたのかという彼女の質問に「答えることができない」と結論する必要はない。[10]この登場人物たちも含めて、この事件の第一報を目にしたものなら誰しも、伊藤公が「韓人のため狙撃せられ」たことはもちろん知っていたのである。[11]言い換えれば漱石の小説のこの一節はその出来事に関する、新聞によって広く共有されたインターテクスト的な知識を前提にしている。そのすべての要素はそこに明々白々に存在しており、口に出されてはいないとしても隠されてはいないのである。ただ意味をなす説明や応答にはなっていないというだけだ。

この意味で、『門』における韓国人暗殺者無き暗殺という言説は、アナリーセ・フランソワ（Anne-Lise François）が「公然たる秘密」と呼ぶ現象に類似している。つまり、「手をつけることも、それに基づいて行動を起こすこともできないようなやり方で、知識を伝える方法」で、暗殺者なき暗殺について語られているのだ。[12] 二〇〇八年の著作 *Open Secrets: The Literature of Uncounted Experience*（公然たる秘密――「説明されない経験」の文学）で、比較文学者の彼女は、「公然たる秘密」を「隠された秘密」とは対照的に、必ずしも「隠されたり話されなかったりするわけではなく、単にそこにない（unavailable）、触れられない（untouchable）、手に入れられない（nonpossessable）」秘密、と定義する。フランソワが「公然の秘密」という概念をかかげる目的は言ってみればこうだ――「秘密」が手に入らないことによって、「知っているが故に行動せねばならないという倫理的責務」からの解放を可能にすることだ、と。そして、フランソワは文学作品の中でその過程を検討する。[13] この読み方の有用性は、テクストに否定や否認、或いは抑圧されたものが隠れているという仮説を回避できることである。同様にそれに伴う、隠された何かを回復しなければならないという解釈学的強迫観念をも乗り越えられるわけだ。『門』に限って言えば、さりげなく韓国人暗殺者の名指しを行わないことで、漱石の語り手と登場人物たちが伊藤の死のニュースに接しながらもそれを持って何の「生産的な」こともせずに、かと言って、その知識を否認しているわけでもないという自由を得る。言い換えると、これによって『門』は帝国の利害関係とナショナル＝民族的敵意に関して積極的にコメントしないで済んでいるわけだ。

ここからの考察では、「暴力」の知識が夏目漱石の二つの相異なるテクストの中でいかに受容されるかを探る。『門』に取り掛かる前に、まずハルビン射殺のニュースに関する『門』以前の漱石の反応を『韓満所感』（一九〇九）に見てみよう。このエッセーは二〇一三年に発見されたのだが、伊藤の死が漱石の帝国主義的ナショナリズムへの目覚めに関連していることがわかるようだとして論議を呼んだ。[14]『所感』（随筆）と『門』（小説）では形態が異なるとはいえ、伊藤の死を刻印する中で『所感』が始めたプロセスはやがて『門』のテキスト内で仮の完成形を見る。本稿では、帝国の周縁から届いた「暴力」についてのニュースの様々な影響を、漱石のテクストの三つの連続するレベルで考えていきたい。第一には『所感』に見られる、知識人としての漱石の記述が提示する伊藤の死への最初の反応、同じ歴史的ニュースの小説『門』の中への登場、最後に、『門』の後半における、韓国人暗殺者・安重根ではなく日本人「冒険者《アドヱンチユアラー》」安井に関係するニュースの反響について考察する。私たちがここに見出すのは、帝国主義的政治への直接な批評というよりもむしろ、〈帝国〉に関する意味作り作業を担うことに対する、フランソワが言っているところの、「積極的受動性」あるいは「自粛の示唆」なのだと主張したい。(15)

二 『韓満所感』――帝国の周縁部でネーションを発見すること

「時に伊藤さんもとんだ事になりましたね」。『門』で伊藤博文の暗殺に触れる最初の言葉は、主人公の弟小六による出し抜けな、何の気ないこの台詞である。すでに他でも指摘されてきたように、『門』の物語りの時間はまさに伊藤の射殺事件を報道する新聞記事が溢れた一九〇九年一〇月末に始まる。(16) 小六のこのコメントは語りを数日間遡らせ、御米と宗助がこのベテラン政治家の死を最初にどう押さえたかを示している。

宗助は五六日前伊藤公暗殺の号外を見たとき、御米の働いてゐる台所へ出て来て、「おい大変だ、伊藤さんが殺された」と云つて、手に持つた号外を御米のエプロンの上に乗せたなり書斎へ這入つたが、其語気からいふと、寧ろ《むし》落ち付いたものであつた。

「貴方《あなた》大変だつて云ふ癖に、些《ちつ》とも大変らしい声ぢやなくつてよ」と御米が後から冗談半分にわざ〳〵注意した位である。其後日毎の新聞に伊藤公の事が五六段づゝ出ない事はないが、宗助はそれに目を通してゐるんだか、ゐないんだか分らない程、暗殺事件に就ては平気に見えた。(中略)それで此二人の間には、号外発行の当日以後、今夜小六がそれを云ひ出した迄は、公けには天下を動かしつゝある問題も、格別の興味を以て迎へられてゐなかつたのである。[17]

安重根による「衝撃的な」伊藤射殺は当時、日本全国及び世界の注目を集め、以来、帝国日本に対する韓国の反植民地主義的抵抗の発達期を代表する事件とみなされるようになった。それとは対照的に、下っ端役人である野中宗助とその妻御米の会話の中での暗殺事件は瑣末な位置しか占めていない。暗殺事件が口に出される唯一の節は、一九一〇年三月八日の連載に登場するのだが、登場人物たちがそのニュースにも一概に「平気」であることが繰り返し述べられるのだ。[18] 続く会話で、登場人物たちは伊藤の死と帝国の長引く「朝鮮問題」との間に関連をつけることにあまり関心を示さない。しかし『門』で見られるこの積極的な無関心は、ジェイムズ・フジイ(James Fujii)が、漱石の一九一四年の代表作『こころ』が日本の近代性や国民国家性と帝国主義的領土拡張との関連を明示していないことを指摘してテクストの「失敗」と解釈したものとは異なる。[19] なぜなら『こころ』では日本の大陸冒険主義について全く言及されていないが、『門』では伊藤博文暗殺事件が確実に取り上げられているのだから。そして一節のすべてが遠くハルビンで起きた暗殺事件の政治的背景への野中一家の無関心を示している一方で、やがて見ていくように、御米と宗助の関係の最も私的な部分でさえ、帝国の暴力からまったく無関係なわけではないということが明らかになるのである。注意しておきたいが、『門』は無論伊藤暗殺の場面自体を描写していないが、その代わりに日本のごく普通の家庭がそのニュースをどう受け止めていたかということを伝えている。この意味では、あの夕餉の会話の土台は漱石が満州の犯行現場から戻った直後、つまり『門』執筆数ヵ月前、伊藤暗殺を告げた号外が漱石のもとに届いたときに準備されていたことになる。漱石は当時すでに大陸旅行記『満韓ところどころ』を『東京朝日』に連載していた訳だが、この暴力行為が彼の描いていた大陸の風景(すなわち「満州」)を一瞬にして変えてしまったのである。『門』で重要な違いをもって書き換えられることになる「原風景」の素描は『韓満所感』で窺い知れる。海外邦人向けに書いたこの短い随筆の中で夏目漱石は、帝国に実現したナショナリズムの意識への目覚めを公言するが、その前にまず伊藤の死に直接触れている。このエッセーは伊藤射殺が報じられた直後に書かれ、満州の大連市で発行される邦字紙『満州日日新聞』の一九〇九年一一月五、六日付け一面に掲載された。[20]

『所感』は無頓着ではいられぬものとしての伊藤の死への反応から始まる。「昨夜久しぶりに寸閑を偸んで満州日日へ何か消息を書かうと思ひ立つて、筆を執りながら二三行認め出すと、伊藤公が哈爾浜で狙撃されたと云ふ号外が来た」。[21] 漱石はそれを「強い刺激」と記し、伊藤の狙撃を「希有の凶変」と呼んでいる。この衝撃は最初は個人的なものとして受け止められるが、しかしそれは、『門』の登場人物とは違い、漱石自身が、その狙撃現場に直接的な関わりを持っていたからだと言える。事件のわずか一カ月前に彼自身の「靴の裏」を、伊藤の撃たれたハルビン駅のそのプラットフォームにまさに「押し付けた」ことを思い出すのだ。[22] 私的な言及と公的な言及とを相交えながら、漱石は「公の死は政治上より見て種種重大な解釈ができるだらう、又単なる個人の災害と見ても、優に上下の視聴を聳かすに足る兇変だらう」と書く。そうして「向後数週間の間は、内地の新紙は勿論満韓の同業記者も亦悉く筆を此一変事にあつめるに違ない」と正しく予言する。ただし自らを「余の如き政治上の門外漢」と呼んで、[23]「遺憾ながら其邊の消息を報道する資格がないのだから極めて平凡な便り丈に留めて置く」と断言するのである。第二段落最後で伊藤の死の背後にある政治への言及をやめたことで、『所感』は直ちに、誰が伊藤を殺したかを述べることなしに、なぜ彼が殺されたかという問いを封じるのである。漱石は自らを「政治上の門外漢」だとしながらも、それは必ずしも事件を説明できないという意味ではない。しかも漱石が、暗殺犯が韓国人であるということを知らなかったとはまったくもって考えられない。なぜなら彼は新聞号外を見ているのだから。言い換えれば事件の「種種重大な解釈」の可能性を暗示しながらも漱石はこの事件のもたらす成り行きを含む地政学的要素に言及するのに単に気が進まなかっただけかもしれない。

漱石はそれから自らの関心をハルビンで起きた暴力から逸らして、別の話題へとあからさまに移していく。それは、満州と韓国で「文明事業」に活躍する日本人同胞たちへの賞賛に満ちた肯定的評価である。活力、精神、そして生活水準において、帝国の外地に暮らす日本人が、憂鬱と絶望と「神経衰弱」のはびこる内地で苦悩する邦人に勝っていると漱石は驚いているのだ。この随筆全体を通して、こうした現地の元々の住人たちである韓国人・中国人のことや、日本人の活動がいかに彼らに影響を与えたかについてはほとんど触れられていない。満州や韓国へ侵入する勤勉な同胞に対するこの熱烈な賛辞は一一月六日の連載の「下」において次のように最高潮に達する。

> 歴遊の際もう一つ感じた事は、余は幸にして日本人に生れたと云ふ自覚を得た事である。内地に跼蹐してゐる間は、日本人程憐れな国民は世界中にたんとあるまいといふ考に始終圧迫されてならなかつたが、満洲から朝鮮へ渡つて、わが同胞が文明事業の各方面に活躍して大いに優越者となつてゐる状態を目撃して、日本人も甚だ頼母しい人種だとの印象を深く頭の中に刻みつけられた。(24)

この宣言の直後、まさに最後の段落で、これらの土地に住む非日本人のことについて唯一触れられるのである。「同時に、余は支那人や朝鮮人に生れなくつて、まあ善かつたと思つた」、そして「彼等を眼前に置いて勝者の意気込

を以て事に当るわが同胞は、真に運命の寵児と云はねばならぬ」と述べるのである。(25)

この帝国として実現される国民国家への断固たる支持を額面通りに受け止めるなら、夏目漱石の初の日本統治下植民地旅行体験は伊藤の射殺によってナショナリズムへの新たな目覚めの引き金となったと結論することも可能だ。漱石がある種の「ナショナリスト」であったという指摘は新しくない。しかしこのナショナリズムとは、一般的には日本に押し付けられた西洋政治・経済・文化的なヘゲモニーに対する抵抗という文脈で理解されるものであり、これは、漱石が文学を通して全体的に身をもって抵抗してきたものだ。(26)しかしここでは満韓訪問の感想を語る中で、大日本帝国が進めてきた「文明事業」を満足げに眺めるのである。『所感』があぶりだしているのは、明確に帝国主義的ナショナリズムであり、それは日本帝国の〈外地〉という文脈の中でのみ可能な視点であり、日本の「内地」では得られないものだ。

帝国の「自覚」が、もしいくらかでもこの随筆冒頭の伊藤博文の射殺に関係しているとしたら、それは具体的にどのようなものなのだろうか？　韓国人に触れた、ただ一行の文章――「余は支那人や朝鮮人に生れなくつて、まあ善かつたと思つた」――は、日本人としてのナショナル・アイデンティティを(準)植民地下の人間たちとの差異として受け止めていると見ることもできるが、それは見方を変えればそれらの人々への消極的な同情とも読めるだろう。興味深いことに、伊藤暗殺の一週間前に掲載された、似たような発言があるが、若干違う言葉使いになっている。そこでは「支那人や朝鮮人を見ると甚だ気の毒になる。幸いにして日本人に生まれました故幸福だと思いました」とある。(27)ここで注目に値するのは、暗殺後の『所感』では「まあ」という間投詞を入れて緩和した形の台詞になっていることだ。保守系の『産経新聞』の二〇一三年「正論」で平川祐弘はこのくだりを国民・民族感情の素直な表現として称揚するのだが、その彼でさえも「「まあ」に問題あろう」と認めている。(28)「まあ」は、支那人や朝鮮人に生まれるよりも日本人でよかったとする喜びを弱める表現だと同時に、その背景にある言わずもがなの理由に触れずに済むための、まさに「間を埋める」間投詞でもある。その直後の文で、視線は大陸の邦人に戻り、支那人や朝鮮人を「眼前に置いて勝者の意気込を以て事に当るわが同胞」となるのだが、ここには帝国主義が生んだ暴力的な環境に関するアンビバレントな心情の表れが垣間見える。つまり、一方には帝国主義的ナショナリズムへの目覚めがあり、他方には伊藤暗殺をめぐる、ナショナリズムに基づいた「種種重大な解釈」を帝国に提供することへの気後れがあるという具合に。支那人と、特に朝鮮人に対して示される漱石の淡い憐憫の表現に着目して、黒川創も同じように『韓満所感』と旅行記『満韓ところどころ』の重要な特徴として二律背反性(アンビバレンス)を挙げ、漱石がこの時点ではまだ、「彼のなかに」生きていた「植民地」との邂逅を、次の小説である『門』の準備のために「消化」している最中であったと示唆する。(29)『所感』は、作家が自ら個人的に関係した(暗殺者無き)暗殺事件の印象を文字通り直接的に表現する試みの限界を示している。『門』は、より完全に「消化」した、暴力と帝国に対する反応であり、日本というネーションにとって、あるいは少なくともその首都に住む平凡な住民たちにとって、「帝国の使命」が何を意味するかについて別の見方を模索するために、『所感』を土台にしながらも、実体験から距離を隔てた「虚構」として語られるのである。

三 『門』と帝国の公然たる秘密

『韓満所感』が大陸における勤勉な日本人の活動を中心に置くのに対し、『門』は「内地」の家庭の日々の行いを描く、「ドメスティック」な小説である。経済的に危うげな野中家を描く中で、『門』は『所感』では短く示されるだけだった日本の「内地に跼蹐してゐる」、「憐れな国民」の姿を具現させる。しかし小説は帝国の〈外地〉の姿を「内地」

に閉ざされた登場人物たちの目を通した形で描き出す。それは『所感』で示された賞賛に値する姿とは甚だしく異なるものだ。『所感』の独白調の語りとは対照的に、ここでは伊藤暗殺事件に関しては新聞をめぐる対話を通して明らかになるのみで、語り手の地の文による言及はほとんどない。先に触れたように、ニュースは最初「三」章で小六によって何気なく口に出されるが（「時に伊藤さんも飛んだ事になりましたね」）、そのニュースに明らかに無関心な夫を前に御米が繰り返し質問する。

「どうして、まあ殺されたんでせう」と御米は号外を見たとき、宗助に聞いたと同じ事を又小六に向つて聞いた。

「短銃《ピストル》をポン〳〵連発したのが命中したんです」と小六は正直に答へた。

「だけどさ。何うして、まあ殺されたんでせう」

小六は要領を得ない様な顔をしてゐる。宗助は落付いた調子で、

「矢つ張り運命だなあ」と云つて、茶碗の茶を旨さうに飲んだ。御米はこれでも納得が出来なかつたと見えて、

「どうして又満洲抔《など》へ行つたんでせう」と聞いた。

「どうして、まあ殺されたんでせう」という質問は会話の中で二回も繰り返されるが、意味のある答えを引き出すには至らない。軽いブラックユーモアを漂わせ、小六は「どうして」を「なぜ」ではなく「どうやって」と取り違えたかのように、御米にはその殺害の方法について答えることになる――「短銃をポン〳〵連発したのが命中したんです」。文脈上、御米の問いが「理由」にあったのは明らかであるはずなのに、小六はまるで、伊藤が殺された理由を

質問しなければわからないような人がいるとは信じられないかのようだ。その一方で宗助はなおも無関心で、伊藤の死を単純に「矢つ張り運命だなあ」として、事件を「偉人」の歴史的語りの枠組みの中に置き(「伊藤さんは殺されたから、歴史的に偉い人になれるのさ」という彼の結語の台詞)、下級役人つまり「腰弁」たる自らの身分とは何の関係もないといった風情である。

『門』の中で伊藤の暗殺に明らかに言及している唯一のこの一節は、わざわざ事件を取り上げながら、暴力の背景となる動機には何も特筆すべきものがないということを強調しているかのようだ。小森陽一は、繰り返され、しかも答えの与えられない御米の質問が、主人公・宗介が「忘却」している歴史としての、帝国日本による韓国植民地化への長い道程に注意を引かせるよう機能しているという。(30) そしてその歴史の長い道程は、小森が細心の注意を払って分析して見せているように、宗助と御米の結婚の成り行きの進み具合と実にうまい具合に時間的に重なり合っているのである。彼のこの分析の前提にあるのは、暗殺の背後にある動機(理由)に言及しようとするいかなる試みも、「韓国の植民地的支配」という当然の地政学的文脈と取り組まねばならなくなるはずだというものだ。

しかし、この会話はむしろ、言及されていない暴力の行為者、韓国人暗殺犯・安重根に注意をうながしているのではないだろうか？　彼の国籍自体がこの事件と「韓国の植民地的支配」という問題の間の最大の関連性を表すものであり、したがって御米の質問への一つの答えを提供するものだ。しかし、どこにもその名前が語られないことによって全ての登場人物は受動的に、ただ伊藤が「殺された」とだけ認知するのである。(31)『門』における暗殺に対する日本人の反応の描写が同時代の新聞報道の傾向と最も違っているのはこの点である。新聞を購読している者は誰でも殺人者の身元を意識しており、一〇月二六日の最初の号外発行の時点から、たとえ当初は正確に名前は知らずとも国籍は解っていた。(32) しかもその後の活字報道の核心にもしばしばあったのは、韓国人暗殺者と朝鮮問題なのだ。野中家における会話とほぼ同時期と思われる新聞言説の一例を挙げるとすると、冒頭「伊藤公は朝鮮人に殺られた」という宣言で始まる、『東京朝日』に掲載された渋川玄耳（一八七二―一九二六）の旅行指南記事「恐ろしい朝鮮」の連載第一回だ。(33) 渋川はそれから、長年にわたって朝鮮・韓国問題で奪われた日本人の命や資源を列挙してゆくのである。『門』での御米の質問「どうして、まあ殺されたんでしょう」の「まあ」は、『所感』で使われた「まあ善かつたと思つた」の「まあ」とは異なり、「殺された」と口にする前の、適当な言葉を探す間の狼狽の発露と思われる。あるいは「韓人によって」という言わずもがなの、かつ人口に膾炙した情報のためらいがちな割愛とも読めるかもしれない。

集中的な暗殺報道が続いた「五六日」を経て宗助と小六は――ともに熱心な新聞読者である――犯人が韓国籍であることを確実に知っていた。(34) にもかかわらず誰も、伊藤がなぜ殺されたのかという議論の中でその事実に言及すべきとは考えないのだ。この意味で、彼らの会話は犯人の身元、そしてそれがすなわち犯行の理由であるということが、ともに、フランソワの言う「公然たる秘密」として扱われていることを鮮やかに示している。すなわち、テクストの外にいる読者諸氏には広く共有されている知識であるにもかかわらず、ここでは触れられていず、何らかの行為の対象になり得ないのである。しかし、登場人物たちはこの情報を抑圧しているわけでも忘却しているわけでもない。小森説とは一線を画して、ここではむしろ、暗殺犯の国籍を巡って中心化される、上っ面のみの解説的回路に寄与することを嫌っているように見えると言いたい。その解説的回路というのは、もちろん伊藤博文は朝鮮人に殺されたに決まっている、なぜなら、朝鮮人というのはそういうことをする輩だから、という短絡的な考え方である。

暗殺から二日後の一〇月二八日、いまだ暗殺犯に関しては朝鮮人だということ以外はほとんど知られていなかった頃、『東京朝日新聞』に掲載のコメンテーターたちはすでにこの暗殺が朝鮮人の「排日思想の表現」であると結論づけており、また「元来韓人は昔より頗る暗殺好きの国民」であるから、伊藤が今まで暗殺を「免れたるは寧ろ不思

図1 「彈丸の餘勢」『東京パック　伊藤公追悼号』(1909年11月1日). キャプションには「刺客が藤公を射た彈丸の餘勢の及ぶところは果して那邊まで？」となっているが, 英文の方は「What was the effect of the bullets shot by the Korean at Harbin? It finished Prince Ito and the national flag of Korea」と, より明確に韓国の終焉を提示している.

議」とまで言っている(35)。この種の事件解説に、大日本帝国がいかに韓国に宗主権を行使してきたかという痛みを伴う反省は期待されていなかった。また、これらの反抗行為は日本の言説の中で「反植民地的抵抗」という意味を持つこともなかった。霧社事件をはじめ植民地台湾の「蛮人」蜂起に関する日本文学の語りを議論する中で、川村湊は朝鮮半島や台湾の植民地化の過程において先住民族の大規模な抵抗運動はいずれも「騒擾や蜂起として矮小化して認識し、抗日・反日の反植民地闘争の一環として受け取ってこなかったところにも、日本近代の植民地責任を不問に帰してきた体質が見てとれるといえよう」と述べている(36)。日本占領下の韓国の文脈では、抵抗活動は後進性や誤断、反生産性の表れとして退けられるのが一般的だった(37)。韓国人の抵抗を馬鹿にする既存の傾向を可視化するものとして、一九〇九年一一月一日付の『東京パック』という風刺雑誌にある漫画が掲載されている。それは韓国人ガンマンの撃った弾丸が伊藤とその背後にかかっていた太極旗の両方を撃ち抜いているという構図である(図1)。抵抗はそのように認知

された、また大韓帝国の終焉がその報復として意味づけられたのである。(38)

野中家の、満州からのニュースの受け止め方は必ずしも批判的と言えないが、このような安易で自己満足的な解説の回路に参加することへの彼らの不承知は確かに伝わってくる。こうしたまさにフランソワ的な「積極的受動性」とでもいうべき彼らの「自粛」がテキスト上に明示されている理由は、宗助を始め、登場人物がこのような国家および帝国の重大事からそれだけ疎外されているというものだが、そこで言外に示唆されるのは、安重根の身元を「公然たる秘密」として伏せておくことによって、この遠く離れた所で起こった事件を彼らなりに理解することを可能にするということである。伊藤の死を、大日本帝国の韓国への政治的、経済的侵入がもたらす進行中の暴力への朝鮮人の抵抗として見たくなかったとしても、彼らは同じように、この事件から帝国に都合のいい解釈や民族感情を扇動するような解釈を引き出すような作業からも解放されているのである。この積極的な「自粛」(フランソワの「affirmative reticence」)が可能にするものを探るため、本論では以下より『門』における、公的な新聞言説への直接的関与から、小説の虚構としての語りという私的空間への変位に目を向けたいと思う。これはまた同時に、『韓満所感』にある方向転換をも反映しながら、ハルビン射殺事件という主題から、大陸の大胆不敵な日本人「冒険者《アドヱンチュアラー》」たちという主題への転位を表している。『門』の後半部分は、拡大する帝国がいかに御米と宗助の二人に個人的に関与、影響しているのかという公然たる秘密を、彼ら自身が共有していることを暴露するのだ。

四 「安」と「安井」——満州からもう一つの報せ

伊藤博文の暗殺は『門』では「三」章の新聞報道をめぐる会話以降は言及されることがない。しかし帝国周縁からのニュースは小説全体を通して鳴り響き続け、経済的支援無き次男小六の不安な将来、そして宗助と御米の罪深い過去の問題など、いくつかの中心的な語りの流れを揺さぶるのだ。「三」章で、野中家の軽口は小六が「兎に角満洲だの、哈爾賓だのって物騒な所ですね。僕は何だか危険な様な心持がしてならない」と結論付けた後、焦点は伊藤の死の話題から離れてしまう。宗助は「夫や、色んな人が落ち合つてるからね」と返すのみである。『門』においては日本の大陸領土という空間はいかなる意味でも『所感』で描かれたような希望のユートピア的光景ではない。伊藤の死によって、日本の帝国周縁部に潜む危険性について思い知らされたとはしても、野中家の人々にとって植民地という空間はまずもって本国社会で無用なものや「失敗者」に相応しい堕落の地だという意識が強かったといえよう。[39] この連想は漱石の大陸旅行の後で書かれた他のいくつかの小説にも何度か現れる。『彼岸過迄』(一九一二)で森本が職を理由に満州に出奔することや、『明暗』(一九一六)での小林の朝鮮への「都落ち」などはそのよい例である。小六でさえ、もし東京で自分に学問上の見込みがなくなったら大陸という空間が最後に行き着く先かもしれないと言っている。「もし駄目なら、僕は学校を已めて、一層今のうち、満洲か朝鮮へでも行かうかと思つてるんです」というわけである。

伊藤暗殺事件の無言の衝撃を伝える例の一節が新たな意味を伴って再度現れるのはこの小説のかなり後になってからだ。宗助が満州(または蒙古)からの不吉なニュースを聞くのである。「十六」章の最後、その年の大晦日(伊藤に関する例の会話からちょうど二カ月後のことだが)、宗助は何の気なしに家主坂井から「安井」という男が大陸から戻って東京にやってくるのだと聞かされる。この「安井」という名が最初に明示されるのは「十四」章だが、「三」章にも伏線がある。[40] この安井は御米の前夫であり、宗助のかつての友人でもあった。何年か前に宗助と御米の不義によって裏切られた人物である。「十七」章では、二人の例の「過ち」の後に「満洲へ行った」という安井の消息を御米と宗助がたまたま噂で聞いている流れが語られている。彼はそこでおそらく「文明事業」に従事するやる気満々の入植者たちの隊列に加わったのだろう。しかしこの章の焦点は第一に、安井が帰ってくるかもしれないと聞いた宗助の心の反応だ。「三」章で描写された伊藤暗殺の報を知った際の反応が、これで揺さぶられていく。今回、大陸からの報せは活字メディアではなく口頭の、公的なものではなくむしろ私的な報せだ。そしてそれ故に、宗助を以前の「平気」な振る舞いから引っ張り出してほとんど「神経衰弱」と言ってよい不安へと駆りたてるのである。身元も特定されない韓国人ガンマンの代わりに、今回の満州からのニュースの中心にあるのは「悲哀と物凄さ」を感じさせる日本人の植民地「冒険者《アドヱンチュアラー》」である。

この二つを一緒に考えてみると、『門』で描写される安井と新聞で報道された安重根は巧妙な重ね絵、つまり暴力を纏う一組の人物を示唆する。この二人は単に満州へという同じ空間的転位を共有しているだけでなく、その名の中に「安」という、逆説的にも「安寧」「平安」を意味する漢字を共有しているである。この名付けの偶然の一致は、「安井」を抑圧された「安」の再帰としてとらえる徴候的読解へと読者を強く誘うかもしれない。ただし前にも言ったように、安重根は単に言葉にされていないというだけでテクストによって抑圧されているわけではないのだ。従って、安井が、名指されていない安重根を読者たちに想起させるために存在しているとか、また、安井が単に、以前に解釈されてきたように、韓国人暗殺犯の寓話的代理人なのだとも言えない。(41)と言うよりむしろ、ここでは、小説と新聞の言説という外の世界との間に、より複雑でインターテクスト的な交渉が起きているのだと考えたい。満州からの安井の帰還は、ハルビンでの暗殺事件の会話の後十章以上を経て出現する別の形での帝国の再登場でもある。安井の場合は、テクストに忌避や不安の読みを押し付ける必要はない。なぜなら安井に対するそういう気持ちは既にテクストに明示されているからである。例えば、「十七」章で語り手は、何年か前に安井が満州へ行ってしまったと御米と宗助が聞いてから「二人は夫から以後安井の名を口にするのを避けた」と、彼らが安井の話題をどう扱ってきたかを述べている。この扱いは、安重根の名前の扱い(忌避)と呼応していると言える。安井は安重根の分身とかではなく、「帝国」と「暴力」を通じて繋がっている二人の人物と理解してよいかもしれない。片やテクストの中では言及されぬままの人間、片や小説の登場人物たちによって明らかに忌避される人間、そして後者の安井はその帰還が示唆されるだけで不安をかきたてるような存在なのだ。

柴田勝二と黒川創はそれぞれに安井を韓国からの「脅威」の前兆、また、周縁部の植民地から立ち戻る「幽霊」とみなしている。(42) しかし、安井が「暴力」の人物だというのはいかなる意味においてだろうか？　宗助が安井の残虐な仕返しを恐れているとはどこにも示されていない。心理的な混乱を引き起こすという脅威なら確かにあったが、安井が予兆する暴力は日本人植民者たちに関する帝国の汚名に関係したもっと抽象的な種類の暴力だ。「十七」章で、宗助が「冒険者《アドヱンチユアラー》」としての安井はどうなっているのかと想像したとき、彼の心に浮かんだものは「あらゆる自棄と、不平と憎悪と、乱倫と悖徳《はいとく》と、盲断と決行」という言葉だった。これは夏目漱石が『韓満所感』で在外の日本人経営者を特徴付けるのに用いた単語群、すなわち「元気旺盛で進取の気象に富んでゐる」や「改良とか成功とか」と奇妙な対照になっている。(43) 西洋人やアジアの先住民を巻き込んでの国際競争の場である外地の文脈において、日本を離れて入植した人々は『所感』で見られるように日本の国家を代表する野心的な進取の旗手と考えることはできる。しかし内地にいる宗助の視点から見れば、戻ってくると脅かす一人の大陸冒険者たる安井は、外地体験によって汚された堕落のシンボルになるのだ。安井に関する便りを、先行するハルビンでの伊藤暗殺の言説に結びつける唯一のリンクは、危険で野蛮な土地とみなされる帝国周縁にある。大切なのは、この文脈での脅威が、植民地の「文明事業」に携わる日本人開拓者たちの形を取っていることだ。伊藤の死に関する、帝国周縁におけるはっきりとは表されていない(だが同時に、抑圧されているのでもない)不安、罪悪感、葛藤は、この一人の入植冒険者、安井への反応の中に凝縮されている。直接の再会をあからさまに回避しようとしながらも、宗助は「自分の想像程彼は堕落してゐないといふ慰藉を得」ようと、「安井の姿を一目見」たいという相反する衝動に囚われるのである。

しかし、植民地の堕落という漠然たる脅威を目の前にして、『門』の主人公は何も言わないし何もしない。その代わり宗助は禅寺の門の背後に退き、しばし遠くから成り行きを見守るのである。そして再び無為へと帰ってゆくのだ。同様に、『門』は、韓国人暗殺者から目を逸らした後、聞かずもがなの質問「どうして、まあ殺されたんでせう」には答えず、最終的な分析においても『門』という小説は日本の帝国主義的な膨張に対する明解な政治的あるいは道徳的非難を提示することをしない。安重根の削除と安井の帰還は最後の最後まで「公然たる秘密」として保たれ、いかなる行為の対象にもならないで終わる。そのグローバルな複雑さを完全には把握できないような暴力の噴出に対峙した時に、何もしないという「過激な行為」(radical act)を弁護して、スラヴォイ・ジジェクは、「帝国が、存在しているとすでに認めているようなものを可視化する形式上の方法の発明に寄与するくらいなら、何もしないほうがマシである」というアラン・バディウの「挑発的命題」に我々の目を向けさせる。(44) これもまた『門』が、伊藤博文の暗殺者というすでにあまりにも見えすぎている人物に関して何も言っていないことと関連しているかもしれない。漱石のテクストと登場人物たちはこの暴力に関して何ら建設的なことは行わないし言いもしない。国家からも帝国からも疎外されながら、彼らはその代わりに、この暴力を意味あるもの、口当たり良いものにするかもしれない、納得のいく説明回路の一部になることを、積極的に拒むというスタンスをとり続けるのである。しかし帝国の臣民である限り、帝国の不安から自由ではない。野中一家が安井に会わずに済ませた以後も、宗助は「是に似た不安は是から先何度でも、色々な程度に於て、繰り返さなければ済まない様な虫の知らせ」とともに置き去りにされるのである。宗助は、満州や韓国からの消息・ニュースがそれで終わりになるわけではないという漠然たる不安に覚悟を決める。『門』の結びは、御米が「漸くの事春になつて」と希望を感じさせる物言いをした時に、宗助が気の滅入る言葉を返すものだ――「うん、然し又ぢき冬になるよ」と。

（翻訳・北丸雄二）

（1）『漱石全集』第六巻（岩波書店、一九九四年）、三六八頁。

（2）当該事件及びその関係者、影響の日本側による詳細は中野泰雄『安重根――日韓関係の原像』（亜紀書房、一九八四年）や斎藤充功『伊藤博文を撃った男――革命義士安重根の原像』（時事通信社、一九九四年）など多くの論考で見つけられる。

（3）安重根が触発された一九〇五年から一九一〇年の正式な日韓併合に至る保護領の設立から始まる植民地化のプロセスに関しては、海野福寿『韓国併合』（岩波書店、一九九五年）を参照のこと。

（4）過去に指摘されているように、伊藤の暗殺犯・安重根は日本では一概に嫌われたわけではなかった。事件当時から現代まで日本の当局者や知識人、芸術家たちは安に対して様々な反応を示してきた。中野泰雄「日本における安重根義士観の変遷」（『亜細亜大学国際関係紀要』一九九四年三月、一三五―一四六頁）、若林一平「文化と政治の弁証法――和解のメディアとしての安重根」（『文教大学国際学部紀要』二〇〇七年七月、一三一―一三八頁）を参照のこと。

（5）伊藤暗殺の報に対する漱石の反応を記録掲載している最初のテキストは「昨日午前の日記」（『国民新聞』一九〇九年一〇月二九日）である。また、友人寺田寅彦に宛てた一九〇九年一一月の書簡でも伊藤の死について書かれてある。三好行雄編『漱石書簡集』（ワイド版岩波文庫、二〇〇五年、二一六頁）所収。

（6）これはもちろん漱石の旅行記「満韓ところどころ」（一九〇九）にある。『明治北方調査探検記集成』第一〇巻「樺太探検記・満韓ところどころ」（ゆまに書房、一九八九年）所収。

（7）小森陽一『ポストコロニアル』（岩波書店、二〇〇一年）。石崎等『夏目漱石――テクストの深層』（小沢書店、二〇〇〇年)。若松伸哉「安重根へのまなざし——漱石「門」と鷗外訳『歯痛』」『日本近代文学』二〇〇五年五月、四五—五七頁。

(8) 小森陽一『ポストコロニアル』六五—六六頁。小森は『門』を、近代日本の「植民地無意識」への、対抗言説を通した漱石の抵抗という観点から評価している。

(9) これは、柴田勝二『漱石のなかの〈帝国〉——「国民作家」と近代日本』(翰林書房、二〇〇六年)の主眼点である。

(10) 小森陽一『ポストコロニアル』七四頁。

(11) 犯人の国籍を明らかにしたこのような表現は「伊藤公即死」(『大阪毎日電報』一九〇九年一〇月二六日)の号外記事と、その翌日の朝日本紙での「伊藤公殺さる」(『東京朝日新聞』一九〇九年一〇月二七日)などで使用された。

(12) Anne-Lise François, *Open Secrets: The Literature of Uncounted Experience* (Stanford, Calif.: Stanford University Press, 2008), p. 1.

(13) 同、p. 3.

(14) 「韓満所感」は黒川創『暗殺者たち』(新潮社、二〇一三年、六—七頁、一八四—一八七頁)で再掲された。黒川によるこの再発見のニュースは二〇一三年前半、ここで展開される理由によって大いに注目された。日本のいわゆるネット右翼たちが漱石によるナショナリズムの表明を喜び祝う一方で、評論家松浦寿輝は「文芸時評　声を託す 沈滞を破るのは誰か」(『朝日新聞デジタル』二〇一三年一月三〇日朝刊)で、「この当代きっての知識人さえもがこうした無邪気な愛国者として振る舞っていたのか、といううそ寒い感慨が改めて迫ってくる」と嘆いている。

(15) 朴裕河の『ナショナル・アイデンティティとジェンダー——漱石・文学・近代』(クレイン、二〇〇七年、一二九—一三二頁)は、文芸批評における「漱石神話」の根強さを指摘する。漱石は首尾一貫して帝国主義の批判者で、相反する証拠を前にしてさえ帝国に関する記述にそのような読みを押し付ける、というわけだ。

(16) 小説と史実の時間の流れの重なり具合に関しては、石崎等『夏目漱石』二〇七頁と、小森陽一『ポストコロニアル』六二—六三頁を参照のこと。

(17) 『門』は初め、『東京朝日新聞』で一九一〇年三月一日から六月一二日にかけて連載された。引用部分は、三月八日の八回目の掲載分にある。

(18) 何度も「どうして、まあ殺されたんでせう」と知りたがる御米でさえ、その事件への興味は「夫が帰宅後の会話の材料として、伊藤公を引合に出す位」のためのものでしかなかった。

(19) James A. Fujii, *Complicit Fictions: The Subject in the Modern Japanese Prose Narrative* (Berkeley: University of California Press, 1993), p. 127.

(20) 『満州日日』と漱石の関係については、黒川創『暗殺者たち』五―八頁、一二―一三頁にある。

(21) 夏目漱石「韓満所感　上」(『満州日日新聞』一九〇九年一一月五日)。

(22) 漱石が書き留めたこの事件へのもう一つの個人的なつながりは、作家がこの満州への旅で出会った著名人いく人かにある。特に南満州鉄道会長の中村是公は漱石の旧友で学友だった。彼は伊藤公に随行していて、事件時に流れ弾に当たって負傷している。黒川創『暗殺者たち』九―一〇頁参照。

(23) 「韓満所感　上」。

(24) 「韓満所感　下」(『満州日日新聞』一九〇九年一一月六日)。漱石は帰国後の新聞で発表した他の随筆や個人的書簡でにたような感情を書き留めている。「頼母しい」といった日本語表現に関しては「満韓の文明」(『東京朝日新聞』一九〇九年一〇月一八日)参照。

(25) 「韓満所感　下」。

(26) ナショナリストとしての漱石に関する議論は、Etō Jun, "Natsume Sōseki: A Japanese Meiji Intellectual," *American Scholar*, 34 (1965): pp. 603-619. Collected in J. Thomas Rimer and Van C. Gessel, eds., *The Columbia Anthology of Modern Japanese Literature*, v. 2 (New York.: Columbia University Press, 2005), p. 505. および、水村美苗「「男と男」と「男と女」――藤尾の死 夏目漱石『虞美人草』を巡って」(『批評空間』第六号、一九九二年七月、一六九―一七〇頁)を参照のこと。また朴『ナショナル・アイデンティティとジェンダー』も、漱石のナショナリズムが中心的焦点である。

(27) 「満韓の文明」(『東京朝日新聞』一九〇九年一〇月一八日)。

(28) 平川祐弘「日本人に生まれて、まあよかった」(『産経新聞』二〇一三年四月三日付け「正論」コラム)。平川は翌年さらに『日本人に生まれて、まあよかった』(新潮社、二〇一四年)も執筆。

(29) 黒川創『国境　完全版』(河出書房新社、二〇一三年)三〇八―三一〇頁、三一三―三一四頁。

(30) 小森陽一『ポストコロニアル』六四―七四頁。

(31) 「韓満所感　上」でも、受動態で伊藤は「狙撃された」となっている。

(32) 暗殺犯の名前はすぐには報じられなかったが、事件当初の新聞記事では犯人は「ウンチアン」(幼名の安應七・アンウンチルの誤り)となっていた。一〇月二六日付けの号外でも伊藤公は韓人に撃たれたとなっている。大阪毎日新聞の号外『毎日電報』を参照のこと。

(33) 渋川玄耳「恐ろしい朝鮮」第一回(『東京朝日新聞』一九〇九年一一月五日)。

(34) 他の章では宗助と小六双方が新聞を読んで集めた、お金にまつわる情報を披露している。宗助は「近来古書画の入札が非常に高価になつた事」を新聞で見た気があり(六章)、小六は「来年から一般に官吏の増俸があると云ふ話」を新聞で知っている(八章)。御米に関しては「夫の隠袋の中に畳んである今朝の読殻を、後から出して読んで見ないと、其日の記事は分らなかつた」ということが語り手によって知らされる。朴は『ナショナル・アイデンティティとジェンダー』の一三一頁で、答えられない御米の「どうして」という問いは、「むしろ男たちが所有する情報から遮断されてしまっている「女」の無知を強調したものと見るべき」と指摘する。

(35) 「兇変に対する決議」(二頁)、及び、伊藤の韓国統監の在職期間に照らしてこの暗殺事件を映し出す「伊藤公と韓人」(『東京朝日新聞』一九〇九年一〇月二八日付け第四面)を参照のこと。

(36) 川村湊「大衆オリエンタリズムとアジア認識」『岩波講座　近代日本と植民地　七　文化のなかの植民地』一九九三年、一一四―一一五頁。

(37) Alexis Dudden, *Japan's Colonization of Korea: Discourse and Power* (Honolulu: University of Hawai'i Press, 2005), p. 87 を参照のこと。デューデンは同時期からの帝国的言説にある「韓国の抵抗を言葉として卑下するというより大きな政策――日本の統治体制に抗議する義兵運動を暴徒として矮小化する政策」を示唆する。こうした反植民地抵抗運動への対応はもちろん大日本帝国に限ったことではない。エドワード・サイードは、ジョゼフ・コンラッドに関する議論の中で、被植民地からの抵抗がいかに帝国の世界観の中で理解されていたかについて「彼らが反乱するとき、それはただ単に彼らが、自らの西洋の主人たち何人かによって踊らされる愚かな子供たちだという私たちの見方の証拠でしかない」(*Culture and Imperialism*, New York: Knopf, 1993, p. xviii)と記述している。

(38) この漫画は『東京パック』の「伊藤公爵追悼号」(一九〇九年一一月一日、七頁)に掲載された。同号はほぼ全てを伊藤博文の戯画で埋めている。なお、伊藤はこの雑誌では長年にわたって揶揄の対象だった。

(39) 小森は『ポストコロニアル』六六—六七頁、七二—七三頁で、植民地のこの特徴づけを内地の「失敗者」のはけ口と分析する。

(40) ジェイ・ルービンは、*Modern Japanese Writers* (New York: Charles Scribner's Sons, 2001), p. 372で、「色んな人が落ち合っている」という満州の話に御米が「妙な顔」をしたのは、きっと安井のことを思い出したからだろうと指摘している。

(41) 柴田は『漱石のなかの「帝国」』(一四七—一五三頁)で、御米をめぐる二人の男(宗助と安井)の衝突を、『それから』(一九〇九)にある代助、三千代、平岡の三角関係の継承と読んでいる。すなわち「領土」(女性)をめぐる国家や帝国(いわば日本と韓国)の間の張り合いという明白な地政学的アレゴリーとして。柴田によれば安井は安重根そして抵抗する韓国人たちの代理なのだ。

(42) 柴田勝二『漱石のなかの〈帝国〉』一五三—一五六頁。黒川創『国境』三一三頁。

(43) 「韓満所感　上」。

(44) Alain Badiou, "Fifteen Theses on Contemporary Art," *lacanian ink* 23 (Spring 2004): 119. Slavoj Žižek, *Violence: Six Sideways Reflections*, 1st Picador ed. (New York: Picador, 2008), p. 216でも引用されている。

表紙で本を読むこと——漱石、装幀、そして芸術の価値

ペドロ・バッソー

夏目漱石（一八六七—一九一六）は、一九〇五年一〇月に書いた英文学者、中川芳太郎（一八八二—一九三九）宛ての書簡の中で、どれほど費用がかかってもいいから、自著『吾輩は猫である』（一九〇五—〇六）を美しい本にしたい、「高くて売れなくてもいゝから立派にしろと云つてやつた」[1]と書いている。漱石は作家人生を通じて自著の装幀に力を注いだ。函から表紙、扉、奥付に至るまでのすべてに注文をつけていた。装幀に関して最も長い期間手を組んだのは、橋口五葉（一八八〇—一九二一）だ。[2]五葉は、広告や絵葉書などの商業的作品、油絵や人物画の素描などの芸術作品、そして、商業性と芸術性を備えた書籍の装幀を手がけた。漱石と五葉は、印刷と出版の実際的な面に深く関わってはいたが、自分たちの作品は、たとえそれが市場に出まわる物であっても、自己の表現であることが最優先だと明言もしている。五葉は「思ひ出した事ども」（一九一三）という随筆で、「製本装幀の最も美術的なる物は、装幀家が材料に支配されずに、むしろ材料を善用して其芸術的目的をよく表現した物にある」[3]と書いている。たとえば漱石は、本を形づくるすべての物を活用して芸術表現を広げていた。贅沢な材料を選ぶことで、文学とは、細心の注意を払い、審美眼を持って扱うべきものだと主張したのだ。晩年、漱石は自著を視覚的に表現することにいっそう関心を強めていった。最後の二作品の装幀を手がけた津田青楓（一八八〇—一九七八）に油絵を学んでいた漱石は、『こころ』（一九一四）の装幀には私財を投じ、自ら考案した。装幀とは、作品を物質的に表象することにより、文学の価値を芸術的にも物理的に

図1　『吾輩は猫である』初版本上編

も表現できる媒体であると考えていたのだ。

漱石の『吾輩は猫である』初版本上編は、日本文学における豪華装幀本の原点として名を残した(4)(図1)。デザインしたのは五葉で、カバーは挿絵入り、模造皮紙の表紙に書かれた書名は金箔の篆書体で、猫二匹の左右対称の図柄が朱色のインクで印刷されている。扉にも挿絵があり、発行者名(大倉書店と服部書店による共同発行)をアレンジした挿絵が入り、巻末にはアール・ヌーヴォー風の奥付がついている(5)。最も有名なのは、天金(ゴールデン・ギルト・トップ)と、読者が読みながらナイフを使って切っていく必要のある小口アンカットだ。漱石は、こうした細部ひとつひとつの判断を五葉に任せず、積極的にデザインに介入した。一九〇五年八月九日の五葉宛ての手紙で、漱石はこう書いている。「昨夜は失礼致候其節御依頼の表紙の義は矢張り玉子色のとりの子紙の厚きものに朱と金にて何か御工夫願度先は右御願迄　匆々拝具(6)」。漱石は作家として駆け出しのころから、書物の見た目と触り心地に強いこだわりを見せている。紙の厚さから表紙の印字に使うインクの種類にまで口を出していたのだ。

漱石が本の装幀に関心を持ちはじめたのは、一九〇〇年から一九〇三年までのイギリス留学中だったようだ。漱石はイギリスでアーツ・アンド・クラフツ運動とアール・ヌーヴォーに出会った。どちらも、書物やその他の日用品を芸術作品として扱う芸術哲学だ。また、アーツ・アンド・クラフツ運動の中心人物、ウィリアム・モリス(一八三四—一八九六)による、ふんだんな挿絵つきの詩集『地上の楽園』(一八六八—一八七〇)を手に入れていた(7)。タペストリーやタイル、窓、そして書物といった日用品を製作する上でのクラフトマンシップの重要性を説いたのがモリスだ。モリスは中世のカリグラフィーや写本の彩飾術を学んだのち、一八九一年に、のちのラファエル前派の芸術家エドワード・バーン・ジョーンズ(一八三三—一八九八)とともにケルムスコット・プレスを立ちあげ、『ジェフリー・チョーサー著作集』(一八九六)のような豊富な挿絵つきの書物を刊行した。ダイアン・ワゴナーはこのプレスについて、「本の装幀に関することすべてをモリスが考案した。活字の種類から、装飾体の頭文字、飾り罫、ページのレイアウト、判型、綴じ方にいたるまで。そして、すべて手漉きの紙に手動印刷機で印刷した」[8]と書いている。漱石はモリスほど製本過程に深く関与しなかったが、自ら材料を選び、芸術作品としての本の装幀を監督するというアーツ・アンド・クラフツ運動の精神は受けついでいた。[9]

漱石はイギリス滞在中、イラスト、装幀、絵画、彫刻、園芸、室内装飾に関する記事に特化した雑誌 *The Studio* を通じてアール・ヌーヴォーにも精通した。[10] そして、一九一六年の死の直前まで、丸善書店を介して *The Studio* の購読を続けた。アーツ・アンド・クラフツ運動同様、アール・ヌーヴォーも、総合的な様式、言いかえれば、ひとつの様式が書籍の印刷や出版などを含むすべてに等しく採用されることを支持していた。他方でアール・ヌーヴォーには、遠近法による空間の拒絶、素材を平面的に見せることへの固執、古代建築のフリーズにある浮き彫り模様、華やかな装飾的要素、動植物のモチーフ、といったそれとわかりやすい様式的特徴もある。[11] アール・ヌーヴォーは、芸術を日常生活に取りもどし、美的感覚を一般大衆に行き渡らせるためにあらゆるものに関わった。ノーバート・ウォルフは、アール・ヌーヴォーは「精神的な覚醒を望む気持ちから生まれ、産業社会に代わる社会の理想像として機能した……アール・ヌーヴォーの解決策は、分業を基盤とした製造過程ではなく、芸術を統合すること、つまり芸術の形態と高度なクラフトマンシップを再統合すること、芸術と生活を結びつけることなのだ」[12]と書いている。

漱石同様、五葉もアール・ヌーヴォーのデザインに影響されたが、五葉がアール・ヌーヴォーと接触できたのは、一九〇〇年から一九〇五年まで在学していた東京美術学校のおかげだ。五葉の級友の薄拙太郎（一九〇五年卒）は後に、当時アール・ヌーヴォーの人気が出はじめていて、よく五葉が図書館でヨーロッパの新刊雑誌からアール・ヌーヴォーの図柄を模写しているところを見かけたと回想した。[13] 岩切信一郎は、五葉が東京美術学校で世紀末的な様式の洗礼を受けたはずだと断言している。東京美術学校の図書館では *Deutsche kunst und decoration, Magazine of Art, The Studio, Art et Decoration* といった最先端の雑誌が、ヨーロッパで刊行されたわずか二カ月後に閲覧できたのだ。[14] 五葉は日本におけるアール・ヌーヴォー芸術家の第一人者になり、屛風、引き戸、絵葉書、ポスター、広告、製本装幀、木版画など、あらゆる日用品でその様式の実現を探った。書物に関わる作品では、アール・ヌーヴォーの典型的な図柄を導入した。たとえば、流れるような線画、フリーズに似た模様、植物、鳥、虫をモチーフにした図案などだ。それだけでなく、表表紙から裏表紙までデザインを一貫させ、奥付や函までも芸術の対象とすることで、総合的な芸術作品を創るというアール・ヌーヴォーの理念への傾倒を示した。『吾輩は猫である』の装幀を顕著なアール・ヌーヴォー調にすると決めたのが誰だったのかについては、いまだに議論がされているが、少なくとも漱石も五葉もアール・ヌーヴォー様式を熟知していて、デザインを通して総合的に芸術を体感させる作品を創ることに興味を持っていたのは確かだ。ふたりの共同作業は、芸術と生活を結びつけることに徹底していて、五葉は、漱石の原稿用紙、インク壺、広告にいたるまでのすべてをデザインし、漱石作品を一貫した美学ですっぽりと包みこんだ。[15]

しかしながら、漱石本の装幀がヨーロッパの本の装幀と異なる点がある。明白な政治性がないことだ。たとえばイギリスでは、モリスは、自らの作品に社会主義的な観念を織り込んで制作することで、芸術の中心に政治を据えた。モリスがアーツ・アンド・クラフツ運動を始めたのには、彼が産業革命以前には存在していたと信じる総合的な物づくりに回帰しようという明確な狙いがあったのだ。かつては芸術とクラフトマンシップは融合していたはずだと考えたモリスは、手作業を通じて、職人と日用品を再び結びつけようとした[16]。一方、アール・ヌーヴォーは硬直したアカデミー絵画の世界に反発し、幅広い層に作品を手に取ってもらうことで芸術の民主化を促し、しかも大衆の美的感覚を高めようとまでしていた。ウォルフは、アール・ヌーヴォーにおける「様式の変化は、革新的な生活であり、文化的に確立したもの、アカデミーやサロンが芸術を監禁している〝象牙の塔〟に対する反発の原理だ[17]」と定義づけている。ところが日本では、芸術サロンは洋風装幀本とちょうど同じ時期にできて[18]、アカデミー絵画はアール・ヌーヴォーと同時に出現したため、新しい芸術の様式を受けいれる環境は大きく異なっていた。漱石は人気作家の筆頭でありながら、通俗的な意味で購買層を必ずしも優先しないという意味で読者との関係は複雑だったといえる。

『吾輩は猫である』の装幀は、明らかに購買層の大衆の対極にあるように思える。前に挙げた中川への手紙の中で、漱石は次のように書いている。

> うつくしい本を出すのはうれしい。高くて売れなくてもいゝから立派にしろと云つてやつた。何で〔も〕挿画や何かするから壱円位になるだらうと思ふ。到底売れないね。うれなくても奇麗な本が愉快だ[19]。

漱石はのちに、弟子の野村伝四(一八八〇—一九四八)に宛てた手紙の中で、雑誌『文庫』である論評家が、『吾輩は猫である』は価格が高すぎて、たとえ無料でもらったとしても読むのは惜しいと感じてしまうだろうと書いていたと回想している。そして『吾輩は猫である』の二版ができたら、是非その論評家に一部献上したい、買う金もなければ、買ってくれる友人もいないのだろうから、などと平然と書いている[20]。漱石は、本の価格は手頃なのか、そもそも読者の手の届かない存在ではないのかという疑問よりも、美しさを大事にする姿勢を、その後の小説の装幀に対しても崩さなかった。義理の息子である松岡譲(一八九一―一九六九)は、『虞美人草』(一九〇七)を新潟の書店で初めて見たとき、買いたいとは思ったが表紙があまりにも美しくて、自分にはとても買えないだろうと感じたと書いている。(21)

五葉は、漱石に比べれば消費者に歩み寄る姿勢があった。五葉はデザインの商業的側面から目をそらすタイプではなく、芸術的な絵画の世界で成功を収めたあとでも、ポスターやカレンダー、三越百貨店や日本郵船会社などのパンフレットを手がけていた。(22)「思ひ出した事ども」の中では、広告も美術になりうるものだから、広告の作り手はデザインを研究する責任があると語っている。(23) 本に関しては、出版社は予算の許す限り材料を提供し、装幀家が商品に合った材料を自由に使えるようにすべきだと述べている。(24) また、書物と雑誌の違いに触れて、書物は部屋の装飾品になるものだと語っている。

単行本の表紙は其の行き方が異ふ、平面的に見る事が無く表脊裏と云ふ様に、三面をたどつて見る事になる、殊に叢書の如きは脊ばかり列べて見る場合が多い……立体的に見なくてはならぬ故に、写生風の画では不都合だ、装飾の形式を取た画か摸《ママ》様でなくてはならぬ、そして広告的の分子が雑誌に比して少なく、室内の装飾品と云ふ分子が多くなつて来る、殊に叢書の装幀は室内装飾と云ふ事が本位となつてゐる。(25)

本が装飾品になり得るという提言は、本文が表紙よりはるかに大事だと考えている人々には受けいれがたい。だが、五葉は、本が総合的な芸術作品であり、作品のもたらす芸術的な経験は本文をこえて机に、書棚に、読者の手に、そして部屋全体にまで広がると確信していた。読者の思考や感情は常に――本を手に取る前も、読んでいる最中も、そして本をしまったあとでさえも――本と結びついているのだと。

五葉は随筆の最後に、自分の興味が本の外観や触感だけにあるのではないと明言し、装幀と本文は似たような表現方法をとるべきだと述べている。

製本の装幀と本文との関係と云ふ事に付ては、例へば文学物の如きに於ては、著者の個人的の感情を表現した物が多く、装幀も其作家の個人的の感じを表現しなくてはならない故、同じ様な感じの物が出来る訳でもない、只だ冥々の裡に著作と装幀との連絡があればいいのである、余り其差の甚だしき物は調和を破る様に思ふ。学術の本に華美なる物は調和が悪く、華麗なる趣味の小説に余りどす黒い物や蓄的の物は調和が悪い。(26)

五葉の随筆は、大部分が本の装幀の実際的な要素に関して論じられているが、「冥々の裡に」という表現は、純粋な物質的価値をこえたところに、装幀と本文がつながる場所があることを示している。

これまでの検証から、漱石も五葉も、外観、物理的な形、そして本という形態による芸術表現に興味を持っていたのは明らかだ。だが、それだけでは、漱石と五葉にとって、装幀が中身の文学との関係においてどのような意味を持っていたのかについてはよくわからない。まず、五葉の手がけた漱石本の装幀は、本文中の挿絵よりは、物理的な物としての本の触覚的、視覚的要素に焦点を当てることが多かった。これは、説明的であることを第一にする明治時代の本とは対照的だった。たとえば尾崎紅葉(一八六七―一九〇三)、泉鏡花(一八七三―一九三九)、徳田秋声(一八七一―一九四三)、幸田露伴(一八六七―一九四七)、その他の多くの作家の本には口絵があり、物語中の大事な場面の主役を描いたものが多かった。(27)しかし、挿絵が漱石の作品にとって重要でなかったわけではない。なにしろ、漱石の小説のほとんどすべてに、『ホトトギス』や『朝日新聞』(28)での連載当時、中村不折《ふせつ》(一八六六―一九四三)、浅井忠《ちゅう》(一八五六―一九〇七)、名取春仙《なとりしゅんせん》(一八八六―一九六〇)(29)といった画家たちによる挿絵がふんだんにつけられていたのだ。初期の二作品『吾輩は猫である』、『漾虚集』(一九〇六)も同様だ。それでも、漱石文学の挿絵は、物語と密接には関係していないことが多く、物語を視覚的な形で再現させるためというよりは、芸術的な意味合いから、あるいは本文を際立たせるためのものとして存在している。

漱石の小説には、『吾輩は猫である』が『ホトトギス』に連載されていた当時から挿絵がつけられていた。(30)五葉が漱石と仕事を始めたのはその連載の第二回目で、白黒の挿絵を三点制作した。一点は、数人の男が料理屋で会話をしている絵で、その章の場面を表している。しかし、残りの二点はロダンによるバルザックの胸像と孔雀の絵で、どちらも男たちの会話の中にちらりと出てきただけのものだ。比較的シンプルな絵だが、漱石は絶賛した。五葉に宛てた手紙の中で、彼の挿絵が一癖あるがゆえに「猫も面目を施こし」、自分の本と合っていて、ほかの雑誌にゴロゴロ載っている挿絵とは大違いだと書いている。(31)漱石は、ことに孔雀の線がよく、足はまるで北斎(一七六〇―一八四九)が描いたようだと褒めたあと、五葉の挿絵は本文の上をいく出来だと書いた。それが五葉への儀礼的な褒め言葉だったと考えられなくもないが、漱石は元来デザインが自分の期待通りでなければ、容赦なく批判することも厭わない。(32)この初期の挿絵に対する賞賛の言葉からわかるように、漱石は、見過ごされがちな物語の要素が挿絵によって引きだされることを評価していた。バルザックと孔雀は、挿絵のない本文を読んだだけの読者にはたいした意味はなかったかもしれない。だが、『ホトトギス』版の読者には、物語中にそれらが出てきたときの印象が残っただろう。

『吾輩は猫である』の初版本上編は、五葉が装幀を担当し、不折が六点の挿絵を制作した。序の中で漱石は、「文章以外に一種の趣味を添へ得た」と二人の芸術家に謝辞を述べることで、装幀や挿絵は作品全体としての理解にはそれほど重要ではないにしろ、本という形態に収まった小説を読む経験を豊かにするものだと示している。(33)『吾輩は猫である』のカバーは、猫の姿をした神が小さなヒトの人形で遊んでいる様子が描かれ、背景は鼠と魚が渦巻くように丸まっている連続模様だ。似たような模様は、扉のタイトルと作者名を囲む飾り罫にも使われている。一方、扉の隣のページはエジプトの猫の神が玉座に鎮座する様子が描かれている。巻末の印刷所標章は翼の下に「O」と「H」(大倉「O」書店と服部「H」書店の意味)を抱えこんだ雄鳥をデザインしたものだ(図2)。若林操子は、それが *The Studio* に掲載されていた印刷所標章と似ていると指摘している。(34)『吾輩は猫である』は、奥付さえイラストつきで、白黒のアール・ヌーヴォー風の飾り罫には、背の高い花に挟まれた猫が描かれている。また、五葉は本文の最終ページに白黒の孔雀の挿絵を入れた。漱石との仕事を始めるきっかけとなった絵を忘れないためだ。

図2 『吾輩は猫である』
初版本上編　奥付

『吾輩は猫である』の不折の挿絵は俳画風のコミカルなスケッチで、函と表紙に描かれた猫のユーモラスな趣を保ちつつも、五葉のアール・ヌーヴォー的形式主義に比べるとより自由な表現を大事にしている。最初の挿絵は、障子の向こう側で猫のしっぽを引っぱる男のシルエットだ。そのほかはかなり風刺的に描かれた人間の絵が多く、たとえば茶屋で芸者遊びをしているふたりの男の絵(擬人化された猫が三味線を弾く様子も描かれている)や、墓石と格闘する男が大口をあけた僧侶に叱られている絵などがある。漱石はとぼけた部分を誇張する俳画というものを評価している旨を書いている(35)し、自著につけられた不折の挿絵のコミカルなデザインを気に入っていたのは明らかだ。娯楽性を評価していただけでなく、一九〇五年一〇月二九日に不折に宛てた手紙の中に書いているように「大兄の挿画は其奇警軽妙なる点に於て大に売行上

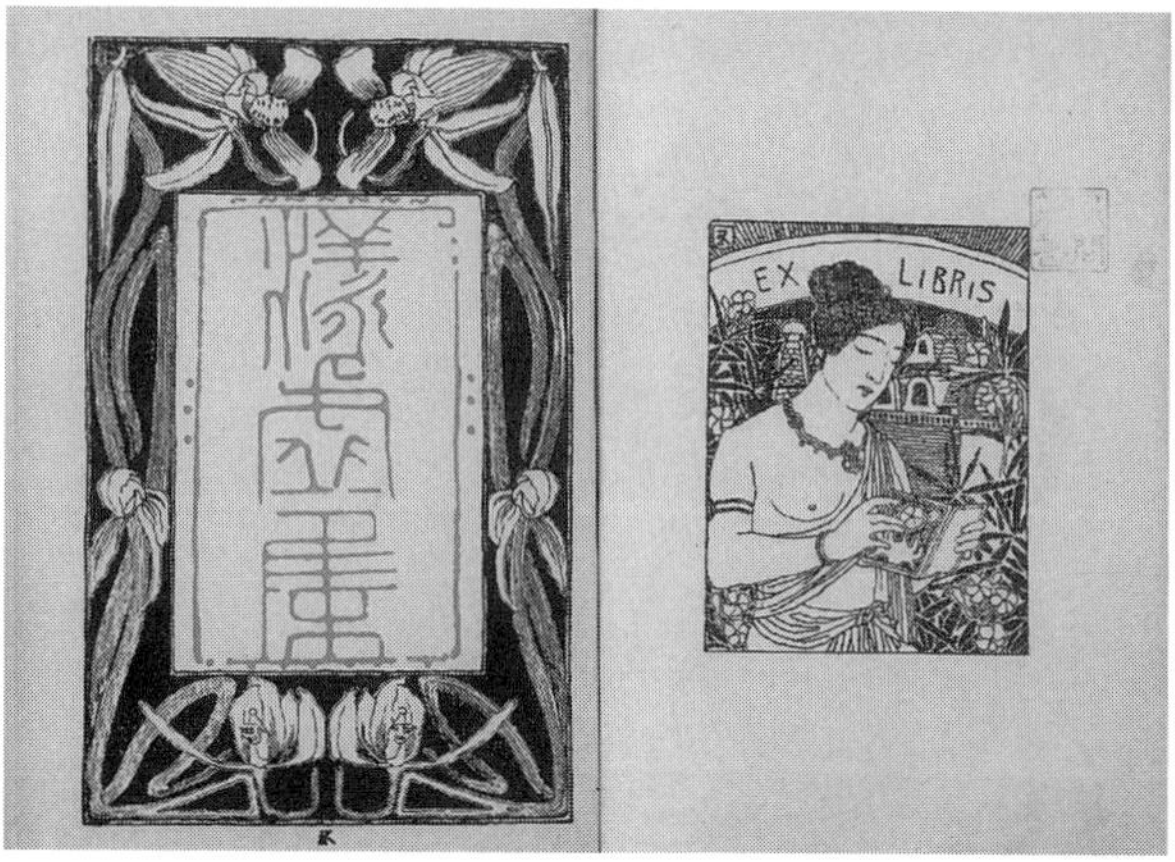

図3 『漾虚集』蔵書票

の景気を助け候事と深く感謝[36]」していたのだ。

漱石の本でもっとも挿絵の多い『漾虚集』は、本文と好対照を成す絵の役割を明示している。『漾虚集』には、五葉による七点の口絵と不折による七点の挿絵がつけられている。七つの短編それぞれに絵が二点ずつ添えられたわけだ。五葉はさらに、扉、目次、蔵書票、最終ページのイラスト、印刷所標章、奥付のデザインも担当した。藍染めの木綿の表紙に横長の綿繻子が貼りつけられ、そこに篆書体で短編七作のタイトルが木版で刷られている。[37]また、『吾輩は猫である』と同じように、アンカットで天金だ。蔵書票では、南国風の草木や建物のそばで読書をしている上半身裸の南アジア系の女性の頭上に“EX LIBRIS”とラテン語で書いた横断幕が掲げられている(図3)。若林はそのデザインが *The Studio* で特集された、ロマネスク様式の庭園や建物のそばに立って読書をしているエレガントなヨーロッパ人女性を描いた様々な蔵書票に影響されたのではないかとみている。[38]『漾虚集』の扉は、朱色のインクで大きく書かれた漢字のタイトル、飾り罫は黒で描かれた蘭と蟬の模様だ。江藤淳はこのデザインに注目している。扉と目次に触れて、「ボーダーが西欧をあらわし、朱文字が東洋をあらわしているともいえるし、また朱文字に暗示された漱石の内面の秘密を、アール・ヌーヴォー風に様式化された装飾が抱きかかえているともいえる[39]」と書いている。これは興味深い評価で、漱石文学にとっての装幀とは、本文の理解を助けるものではなく、作品とは違った方向を向くことで、意味を隠したり含みを持たせたりするものだと述べているのだ。

五葉が個々の短編につけた口絵はそれぞれ色も図柄も異なり、木版画も石版画もあり、用紙もコットン紙、局紙《きょくし》、その他何種類もの和紙を使っている。[40] 一方、不折の挿絵は一様に水彩の石版画だ。[41] 芳賀徹は、本一冊を通して口絵や挿絵を眺めたときに、ふたりの画家それぞれが使用した様式や画材の違いが最初はややちぐはぐに思えたと書いている。しかし、漱石が両者に賞賛に満ちた手紙を書き、絵がそれぞれに物語を表現する方法を見いだしていくやり方に感銘していたことにも触れている。漱石は五葉に「小生の尤も面白しと思ふは大兄と不折の画が毫も趣味に於て重複せざる点に有之候。是一つは両君の性質が違ふからかとも存候。両君の画によつて小生の文集もえらい者に相成申候」[42]と書いている。この言葉は、本文をそれぞれのやり方で補足した五葉と不折のスタイルを是認していると解釈できるかもしれないが、それが本という物の視覚的な魅力を高めたことへの賛辞とも考えられるだろう。

『漾虚集』の挿絵を制作した二人の画家は、それぞれ物語中の別の局面に光を当てた。五葉の挿絵は抽象的な傾向があり、不折の挿絵は隣のページに書かれたテキストに関連する場面に合わせたもの(漱石の本では希なケース)だ。中でもこの違いがはっきりわかるのは、「一夜」(一九〇五)という、夢をみることに関する印象派風の短編だ。物語の中心は、ある夜集まった三人の、芸術や夢や漠然とした気分についてのとりとめのない会話だ。五葉の口絵は作品中に出てくるふたつの小さな出来事——蜘蛛が蓮の花の上に降りてくるところと、餌探しの最中に二匹の蟻が出会うところ——を抽象的なアール・ヌーヴォー風の図柄の中に編みこんでいる(図4)。絵の中心はピンクの蓮の花で、うねうねと波うつ線によって、意匠化された黄色い蜘蛛とはりめぐらされた蜘蛛の巣でできた外側の円に結びつけられている。円の外側は、緑を背景にした赤い蟻の連続模様だ。外側の円の左上には物語のタイトル(「一夜」)が隠れているが、蜘蛛の巣に紛れていて、かろうじて読みとることができるかどうかというところだ。一方、不折が描いた「一夜」の

図4　「一夜」『漾虚集』

挿絵は、物語がとても抽象的なことを考えると驚くほど具体的だ。水彩の石版画は、蚊取り線香を囲んで会話をする三人の登場人物を描写している。本文で漱石が描いているのは、いかにも挿絵にしにくそうな抽象的なイメージばかりだ。例えば、「百二十間の廻廊に二百三十五枚の額が懸つて、其二百三十二枚目の額[43]」の中に見ることができた、誰にも描写できない美女の顔など。漱石は「描けども成らず[44]」という言葉をくり返してもいるが、挿絵つきの本の中の言葉だということをふまえると、画家へ挑戦状をつきつけているようにも思えてくる。

「琴のそら音」では、五葉と不折はそれぞれ独特の画材を最大限に活用して、まったく異なった絵を描きだした。

「琴のそら音」の語り手は、友人のもとを訪れている。友人は超常的なものに興味がある心理学者で、奇妙な話をするものだから、語り手はまわりのものすべてがなにかの前兆に思えてしまう。この物語につけられた五葉の口絵がとりわけ際立っているのは、ほかのどのページとも違う、重みのある濃い灰色の和紙に印刷されているからだ。和紙ならではの密度の濃さや印刷の不明瞭さが、この物語の暗く不吉なトーンを物理的に表現している。五葉の口絵の図柄はアール・ヌーヴォー的要素とゴシックが混じっていて、二匹の吠える犬をはさんで赤い流れるような線が引かれ、それが絵の上部で炎でできた冠の形になっている。この絵は、毎晩犬が吠えるのを聞いて女中が不吉な兆候だと言っていると語り手がこぼす場面を描いている。不折の版画は、やはり隣のページの場面を描いているのだが、物語との関わりはほかと比べて抽象的だ。本文中、語り手は雨の降る夜に家路についているときに、遠くに奇妙な光を見る。

それが何なのか判別できないでいるうちに、光は溶けるように雨の中に消えてしまう。最初はガス灯だろうと思うが、そのうち、盆燈籠に見えて不気味に感じる。(45)不折の挿絵には、語り手のシルエットが描かれていて、その視線の先では水彩の緑、黄、茶、黒が渦を巻いて大きなかたまりを成し、遠くには小さな赤い円が見えている。にじんだ水彩絵の具は、物語中のしのつく雨と夜の闇を映しだそうとしたもので、まるでページの上にはね散って、遠くの得体の知れない光を隠しているように見える。「琴のそら音」では、五葉も不折もそれぞれ独特の画材(濃い色の和紙と水彩絵の具)を用い、本文の謎めいた雰囲気をいっそう高めた。挿絵と本の全体にわたって凝らされた様々な意匠すべてが相まって、芳賀が「同時代美術館」(46)と称したもの、あるいは本文への影響を競いあう様式のギャラリーとでもいうべきものができあがったのだ。

その後、五葉は漱石の本のほとんどすべてに関わり、最終的に一七作の装幀を手がけた。(47)「琴のそら音」のあとにデザインしたのは『鶉籠』(一九〇七)――長編二作と短編一作(「坊っちゃん」「草枕」「二百十日」)を収めたもの――で、大手出版社の春陽堂から漱石が初めて出した本だ。表紙は青磁色で花模様がかなりくっきりと空押しされている。(48)作家活動初期の漱石の本と異なり、朱色のインクで印刷された扉のページを除けば挿絵はない。挿絵がないことで、大倉書店、服部書店という小さな出版社から出されたそれまでの俳画風の遊び心のある書籍から一歩離れ、あくまで本文を主とした芸術へと向かっているのがわかる。岩切は、表紙の贅沢な空押しは当時印刷されたものとしては珍しいもので、漱石作品の大手出版社への移行にふさわしい豪華な装幀だったと指摘している。(49)出版社の重要性を強調するように、裏表紙には官能的な曲線を描く「S」が中央に印刷されていて、誇らしげに春陽堂ブランドを謳っている。(50)

『鶉籠』の装幀は、漱石作品の中で最もはっきりと商業性を意識したものだと言えるだろう。

『鶉籠』ののち五葉が装幀を手がけたのは、「坑夫」(一九〇八)、「野分」(一九〇七)所収の『草合』(一九〇八)で、やは

図5 『草合』

り春陽堂から出された(図5)。表紙、見返し、扉、すべての特徴がアール・ヌーヴォー風の草や鳥や虫や水を使った左右対称の抽象的な図柄だ。表紙には、上部は装飾帯に似た黄色い鳥や蝶の模様、中央が抽象的なタッチで描かれた川、さらに下部は黄色の花でまたもや帯状に装飾されている。そしてその図柄の何箇所かを覆うように描かれた三枚の幅広の石蕗《つわぶき》の葉は、濃厚な黒の漆を使って手作業で仕上げられているが、手をかけたことで、特別に技巧をこらした画期的な本となった。[51] 見返しは、緑色の背景に、繊細な曲線を描く白い花や蝶や蝉を緑と白の二重の輪郭線が囲っている。一方、扉は白で縁取られた花や葉の図柄の茶色い飾り罫が特徴的だ。アール・ヌーヴォー風の花の図柄と対照的に、それぞれの物語につけられた二点の口絵は木炭画だ。「坑夫」の絵は険しい顔つきの筋骨たくましい労働者二人を描いたもので、漱石もすぐに褒めているのだが、「野分」のほうは漱石本人とその妻に似た夫婦の絵だったため、漱石は不服に思い、増版の際には削除してほしいと願い出た。[52] 装幀のモダン・デザインがあくまで五葉の考案であることを強調すべく、巻末には以下のような広告がある。「橋口五葉氏挿画、菊判五百余頁、独逸様式装[53]」。

漱石が作家としてのキャリアを重ねていくにつれ、文中の挿絵は減っていき、絵が入るのは主に表紙だけになっていった。しかし、少なくとも外側に関して言えば、初期の作品と同じくらいに読者の目を引く絵が描かれていた。たとえば『彼岸過迄』(一九一二)と『行人』(一九一四)である。『彼岸過迄』の表紙では、五葉は珍しくはっきりとした色

――鮮やかな朱色、蜜柑色、萌黄色、紺色――を使い、珍しく人物を描いている。『漾虚集』の蔵書票を彷彿とさせる南アジア系の女性が膝をつく様子だ。女性は片手に皿を持っていて、そこに四方八方から意匠化された赤い鳥が集まり、足もとには赤い花が咲きほこっている。絵の中央では南国風の木が伸びていて、鮮やかな緑の葉をつけオレンジ色の花を咲かせている。その絵を挟むように上下に六つの四角形が並んでいて、中に十二支の動物が鮮やかなオレンジ色で描かれている。裏表紙には残りの六匹の動物と、表紙と同じように女性が片手に青い水差しを持ち、三匹の魚が泳ぐ青い池をじっとみつめる様が描かれている。当時の東京を舞台にしたいくつかの短編から成る探偵小説であるその作品とはなんの関係もなさそうな不可思議なデザインだが、読者自身が探偵になってこの謎めいた象徴主義を解明しようという気にさせるつもりなら話は別だ。若林はこれもまた *The Studio* の中に似たようなものが掲載されているると指摘している。それはウォルター・クレイン(一八四五―一九一五)がデザインした『羊飼いの暦』(一八九八)の表紙で、中心になるのは木の下の羊飼いと垂直に立つ二本の柱。柱には十二宮の動物が描かれている。[54]『彼岸過迄』と同じ年に出版された『行人』は、五葉が漱石本の表紙を手がけた最後の作品で、背のスエードは表表紙裏表紙にも続いていて、鳥、魚、植物の図柄が青赤二色の木版刷りにされているのが特徴だ。[55]見返しは桑と竹を混ぜた和紙が洋紙に貼りあわされ、くねくねと曲線を描くカラスウリと鳥と猫のアール・ヌーヴォー風の図柄が印刷されている。おかげでこの本はますます豪華な芸術品になった。共同作業を続けてきた漱石との別れにふさわしい、五葉からの粋な挨拶だったと言えるだろう。

贅沢な材料を使い、斬新な美意識で作られた五葉による漱石の装幀本は、洗練された購買層を惹きつけるためのものだった。それは間違いないのだが、たくさんの作家の中でも漱石との共同作業による装幀だったからこそ特別なものだったといえるだろう。五葉は最終的に百冊近い本の装幀を手がけた。漱石が一七冊、泉鏡花が一二冊、永井荷風

(一八七九—一九五九)が一〇冊、森鷗外(一八六二—一九二二)が六冊。[56] そのうち、漱石の本以外でもっとも有名な装幀は、鏡花の本だ。漱石とはタイプの異なる文章に合わせて、異なった美意識でデザインされている。鏡花の本の装幀には日本美術の色が濃い。たとえば『乗合船』(一九一三)の表紙は錦絵に似ているし、『国貞えがく』(一九一二)のほうは張《はり》交絵《まぜ》のように見え、『相合傘』(一九一四)は華やかな千代紙の柄に近い。[57] 五葉は、漱石と鏡花のどちらの本の表紙にも、植物や動物のモチーフ、フリーズに似た模様、平面的であることを強調した装飾的な要素といったアール・ヌーヴォーの特徴を色濃く出したが、漱石のほうには、高価な材料やデザインの奇抜さを強調した。つまり、こうした潜在的に商業的な要素も、本の著者の芸術的表現に合わせて入念に作られたのだ。

五葉が挿絵をつけた漱石本の数の多さを考えれば、五葉と漱石は本の装幀に関する美意識がある程度一致していたと言えるだろう。しかし両者の共通点はデザインの好みに留まらず、あらゆる芸術の主たる目的は自己の表現だという考えにもあった。漱石は「文展と芸術」(一九一二)という批評文の中で、「芸術は自己の表現に始つて、自己の表現に終るものである」[58] と主張して、文中くり返し力説している。「筆を執つて原稿紙に向つてゐる」作家と「画架に面してパレツトを持つ」[59] 画家を比べ、両者が、創造的な媒体を使って懸命に自己を表現している点で同じだと書いている。五葉は、「思ひ出した事ども」の中で、本の装幀の目的は、「製本の形、綴ぢ方、表脊裏との関係や、文字と画或は摸様《ママ》の関係、それから材料即ち皮とかクロース紙等を使用する事や、製版印刷の関係等」[60] を通して「自己の芸術」を表現することだと述べている。また、先にも引用した通り、装幀家はそれぞれ作家の自己の表現や作品に合う本を作りあげるよう努めなくてはいけないし、たとえ完全な合致が不可能だとしても、本のすべての要素が作用し合って、全体として調和のとれたものを作るべきだとしている。

五葉と漱石は『行人』を最後に、装幀の共同作業を終える。その後、漱石は『こころ』(一九一四)を出版した。出版業界に駆けだしたばかりの岩波書店から出版された『こころ』の出版経費の大半を負担する代わりに、自ら装幀を考案した。[61]『こころ』の序の中で、こうした仕事は専門家に依頼していたが、今度は自分でやってみる気になって、「箱、表紙、見返し、扉及び奥附の模様及び題字、朱印、検印[62]」を考案したと明言している。函は、石版画で牡丹の花とくるりとした巻きひげがおおよそ左右対称で描かれたものを考案した。表紙には、中国の日本領事館にいた橋口貢(一八七二―一九三四)[63]から送られてきた石鼓《せっこ》文《ぶん》の拓本を印刷した。扉には、ねじ曲がった木々にもたれかかって渦巻く雲を見あげる仙人の下絵を描き、伊上凡骨《いがみぼんこつ》(一八七五―一九三三)[64]に白黒の木版画に仕上げさせた。口絵の隣のページには朱色のインクで“Ars longa, vita brevis”(芸術は長し、人生は短し)と印刷されている。書き手の死後に遺された手紙にまつわる小説にふさわしいフレーズだ。また、長年のアール・ヌーヴォー好きを発揮して、意匠化した葉の飾り罫のある奥付まで考案した。村上敬は漱石の『こころ』の装幀を評価し、「素人ばなれ[65]」していると書いているし、芳賀は「たしかに、それはただの素人とは思えない立派な出来ばえであった[66]」と表現している。自らが考案したということはひとまず置いておくとしても、漱石が『こころ』において、自費を投じてまでも、表紙から裏表紙まで丸ごと一冊の本を、総合的な芸術作品にしたかったのは確かだ。

『こころ』の装幀を手がけたのとほぼ同時期に、漱石は津田清楓のもとで絵画を学びはじめてもいた。清楓はのちに漱石の最後の二冊の小説『道草』(一九一五)と『明暗』(一九一六)の装幀を手がけることになる画家だ。漱石は一九一五年九月二日発行の『美術新報』に清楓に関する短い記事を寄稿し、芸術は自己の表現であり、その価値は外部の物差しで測ることはできないという持論をここでも力説している。友であり師である清楓への漱石の賛辞は、奇妙な始まり方をする。[67]清楓がうぶで、画家として訓練が足りないと言うのだ。しかし、そのうち漱石の口調は変化していき、清楓が自分の作品が他人にどう思われようと気にしていないことや、純粋に自己表現だけを目的とした芸術を創りだ

図6 『道草』

していることへの賞賛の文であることが明らかになってくる。漱石は派手なパレットを見ると辟易する[68]と言っているが、これもまた、自らの芸術的本能に忠実な画家だという褒め言葉なのだ。漱石のこの言葉は、清楓が考案した『道草』の表紙を見れば理解に易い(図6)。それはアール・ヌーヴォー風で花や鳥は鮮やかなピンク、黄色、青で刷られている。厄介な親族や返済できない借金について、終始暗いトーンで書かれた小説の表紙には、この極度に鮮やかな色合いはなかなか奇妙な選択だ。辟易させられるパレットを手に絵を描き、特別豪華でもなければ、自分の小説に合っているわけでもない装幀を考案する画家を選んだということは、漱石は――少なくとも、その時点では――芸術において最も重要なのは表現の純粋さだと考えていたと言えるだろう。山田俊幸は、漱石の芸術的価値観が、外観の美しさに重きを置くアール・ヌーヴォー的立場から個の生の表現だけが唯一の価値基準だとする原始主義へ転換した点を示しているのが『道草』の表紙だとまで言っている[69]。

漱石の作家人生をふり返ると、漱石自身が本の装幀に関わるようになったことによって、小説が美術品としての地位を獲得したことは明白である。漱石本の芸術的な趣は、書店から読者の書見台へ、さらには読者の部屋にまで広がっていった。高価な材料と一体となり、近代文学に贅沢な空気感を与える、商業的価値を持った美術品としての小説。それは様々な感触を与えるべく厳選した材料を用い、本という物理的な物体に読者を引きこんだ。挿絵は、挿絵同士が、あるいは挿絵と本文とが衝突したり調和したりしながら、物語のある場面を強調し、ほかの部分とは美学的に対照的なものを創りあげた。贅沢な美術品として作られたものではあるが、それだけでなく、表紙から本文から奥付にいたるまでのすべての要素が一体となって、読者に美的体験を与える総合的な芸術作品としても作られているのだ。「思ひ出した事ども」の中で、五葉は本の装幀の重要性を主張して、「小さな事の様でも、装飾的の形式に依つて自己の芸術を表現する事が、自分に最も便利な表現法だと経験してゐる、作家には注目す可き仕事であると思ふ」[70]と書いている。漱石ならおそらく賛同しただろう。なにしろ漱石は、贅沢なデザインと材料を用いた近代の本というものを丸ごと、自らの芸術の舞台として使っていたのだから。

（翻訳・桑原洋子）

（1）『漱石全集』第二二巻、岩波書店、一九九六年、四〇一頁。芳賀徹『絵画の領分――近代日本比較文化史研究』朝日新聞社、一九八四年、四九四頁に引用。

（2）橋口五葉は新版画の作品でもっともよく知られている。大正時代（一九一二―一九二六年）の美人画を綿密に模した作品は、新版画を代表するものだ。しかし、ここでは主に、彼の初期の装幀作品に焦点を当てて議論する。この点は岩切信一郎の『橋口五葉の装釘本』（沖積舎、一九八〇年）で深く論じられている。

（3）橋口五葉「思ひ出した事ども」五九頁。岩切『橋口五葉の装釘本』五八―六二頁に全文が収録されている。オリジナルは『美術新報』（第一二巻五号、一九一三年三月）掲載。

（4）この論文で参照した五葉や漱石や視覚芸術に関する資料のほとんどに、『吾輩は猫である』初版本上編に関して同様の記述がある。

（5）『生誕一三〇年　橋口五葉展』（東京新聞、二〇一一年）六二―六六頁、『橋口五葉展　カタログ』（東京新聞、一九九五年）

二六二—二六四頁、西山純子『橋口五葉——装飾への情熱』(東京美術、二〇一五年)八〇—八三頁を参照。

(6)『漱石全集』第二二巻、四〇〇頁。芳賀『絵画の領分』五〇〇頁に引用。のちに、五葉の手がけた『三四郎』(一九〇九)の表紙のデザインに関して、漱石は「表紙の色模様の色及び両者の配合の具合よろしく候。然し文字は背も表紙もともに不出来かと存候」と書いている。芳賀『絵画の領分』五一〇頁。

(7) Mihoko Higaya, "Soseki and Swinburne: A Source Study of the Pre-Raphaelite Features in Kairo-ko," *Comparative Literature Studies*, 30 (4), 1993, p. 377.

(8) Diane Waggoner, "Victorian Design," in Tim Barringer, Jason Rosenfeld, Alison Smith eds., *Pre-Raphaelites: Victorian Art and Design* (New Haven, CT; London: Yale University Press, 2012), p. 179.

(9) 漱石の本の挿絵を描いた五葉もアーツ・アンド・クラフツ運動に刺激されていて、装幀に関してはモリスの弟子ウォルター・クレインから最も影響を受けたと言っている。岩切『五葉の装幀本』八一頁を参照。

(10) 若林操子「『ステューディオ』特別冬号(一八九八—一八九九年)、特別冬号(一八九九—一九〇〇年)と五葉のアール・ヌーヴォー様式による装幀について」『生誕一三〇年　橋口五葉展』一七二—一七五頁。

(11) レアード・マクレオッドは、アール・ヌーヴォーの主な特徴として三点を挙げている。「三次元の視点による立体感を捨て、リアルな表現よりもあからさまに装飾的であることを好み……線による表現を多く用いた」。Laird McLeod, *The Red Count: Life and Times of Harry Kessle*, University of California Press, 2002, Berkley, p. 63. この特徴は、Nobert Wolf, *Art Nouveau*, Prestel, 2011, New York, p. 17 に要約されている。

(12) Wolf, ibid., p. 47.

(13)『生誕一三〇年　橋口五葉展』一一頁に、岩切により引用されている。

(14) 岩切信一郎「橋口五葉——装飾美術の軌跡」『橋口五葉展』二七頁。

(15) 前半二つに関しては、岩切信一郎、注(14)、二九頁を参照。後半二つに関しては、村上敬「図版目録」『夏目漱石の美術世界』東京新聞、二〇一三年、二一四頁を参照。

（16） Waggoner, op. cit., p. 38 参照。
（17） Wolf, op. cit., p. 38
（18） 実際、日本には豊富な挿絵入りの本はかなり前から存在した。これは漱石と五葉の装幀に関する研究で見過ごされてきたことだ。少なくとも五葉はこの歴史的事実に気づいていて、「思ひ出した事ども」の中で、日本の本は江戸時代（一六〇三—一八六八年）には美しいものが作られていたが、明治時代（一八六八—一九一二年）初期に、質の悪いものが作られるようになったと書いている。五葉の作品が明治以前の伝統と異なるのは、重量のある材料を使いデザインを統一することで三次元の物としての本に焦点を当てたところだ。
（19）『漱石全集』第二三巻、四〇一頁。芳賀『絵画の領分』四九四頁に引用。
（20）『漱石全集』第二二巻、四二一頁。芳賀『絵画の領分』四九三—四九四頁に引用。
（21） 芳賀『絵画の領分』四九二頁。
（22）『橋口五葉展　カタログ』二一〇—二一三頁、二二五—二三〇頁。
（23） 橋口五葉「思ひ出した事ども」五八—五九頁。
（24） 橋口五葉「思ひ出した事ども」六〇頁。
（25） 橋口五葉「思ひ出した事ども」五九頁。
（26） 橋口五葉「思ひ出した事ども」六二頁。
（27） 口絵の研究については、Helen Merritt and Nanako Yamada, *Woodblock Kuchie-e Prints: Reflections of Meiji Culture*, University of Hawaii Press, 2000, Honolulu を参照。
（28） ルビや挿絵が売りで読者の多い『朝日新聞』に漱石が小説を書いていたということは、漱石が自分の作品を大衆向けにしていたということを意味する。しかし、新聞が当時、小説を発表する上での一般的なメディアであったことは考慮すべきだろう。『朝日新聞』に掲載されるときでも、漱石の小説はコマ絵を活用して漱石らしいモダンなテイストを表した。とにかく、装幀に参加したおかげで、漱石は、作品の物理的な形を最も大きく支配できる段階から自分の作品の発表方法を指示することができたのだ。

(29) 名取春仙は五葉同様、新版画運動の担い手となっていくが、名取は美人画よりも似顔絵で知られるようになる。朝日新聞に連載された漱石の作品に描いた名取の挿絵、ことに『三四郎』と『明暗』は評判が良く、新聞で注目されるようになる。

(30) 岩切、注(14)、一六―一八頁を参照。

(31) 『漱石全集』第二二巻、三六二―三六三頁。岩切、注(14)、一八頁に引用。

(32) 注(6)を参照。

(33) 『漱石全集』第一六巻、二八頁。

(34) 若林操子、注(10)、一七四頁。若林は *The Studio* とその後の五葉考案の印刷所標章の図柄のさらなる類似点をさらに指摘している。

(35) 『漱石全集』第一六巻、三一四頁。

(36) 『漱石全集』第二二巻、四一九頁。芳賀『絵画の領分』四九九頁に引用。

(37) 岩切『五葉の装釘本』一四七頁。

(38) 若林操子、注(10)、一七五頁。

(39) 江藤淳『漱石とアーサー王伝説――『薤露行』の比較文学的研究』東京大学出版会、一九七五年同、講談社学術文庫、一九九一年、一〇二頁。芳賀『絵画の領分』五〇五頁に引用。

(40) 岩切『五葉の装幀本』一四七頁。

(41) 芳賀『絵画の領分』五〇六頁。

(42) 『漱石全集』第二二巻、四七九―四八〇頁。芳賀『絵画の領分』五〇八頁に引用。

(43) 『漱石全集』第二巻、一三七頁。

(44) 『漱石全集』第二巻、一三一頁。

(45) 『漱石全集』第二巻、一〇七―一〇八頁。

(46) 芳賀『絵画の領分』五一七頁。
(47) 『橋口五葉展　カタログ』一八一頁。
(48) 村上敬、注(15)、二〇八頁。
(49) 岩切『五葉の装釘本』一五〇頁。
(50) その図柄は当時、春陽堂の多くの出版物につけられた標準的な標章だった。
(51) 岩切『五葉の装釘本』一五四頁。
(52) 匠秀夫『日本の近代美術と文学――挿絵史とその周辺』沖積舎、二〇〇四年、一九九頁。
(53) 夏目漱石『草合』(春陽堂、一九〇八年)巻末。〝独逸〟式というのは、様式に関する当時の最先端の雑誌 *Jugend* に由来する "Jugendstil" として知られる、ドイツ流のアール・ヌーヴォーを指しているらしい。
(54) 若林操子、注(10)、一七五頁。
(55) 岩切『五葉の装釘本』一八四―一八五頁。
(56) 『橋口五葉展　カタログ』一八一頁。
(57) 『生誕一三〇年　橋口五葉展』六二頁。
(58) 『漱石全集』第一六巻、五〇七頁。この評論は東京上野で開催された第六回文展(文部省美術展覧会)を論じたものである。
(59) 「文展と芸術」『漱石全集』第一六巻、五一〇頁。
(60) 橋口五葉「思ひ出した事ども」五九頁。
(61) 芳賀『絵画の領分』五一二頁。
(62) 『漱石全集』第一六巻、五七〇―五七一頁。村上『漱石の美術世界』二一三頁、芳賀『絵画の領分』五一二頁に引用。
(63) 五葉の兄も、熊本の第五中学校で漱石の教えをうけた生徒だった。岩切『五葉の装釘本』一四―一六頁参照。
(64) 村上敬、注(15)、二一三頁。芳賀『絵画の領分』五一三―五一四頁。

(65) 村上敬、注(15)、二一三頁。
(66) 芳賀『絵画の領分』五一三頁。
(67)「津田清楓氏」『漱石全集』第一六巻、六一九―六二〇頁。
(68)「津田清楓氏」『漱石全集』第一六巻、六二一頁。
(69) 山田俊幸「橋口五葉と津田清風の漱石本――アール・ヌーヴォからプリミティズムへ」『漱石研究』第一三号、二〇〇〇年、一七五頁。
(70) 橋口五葉「思ひ出した事ども」五九頁。

参考文献

Barringer, Tim, Jason Rosenfeld, et. al., *Pre-Raphaelites: Victorian Art and Design*, Yale University Press, 2012, New Haven, CT.

Easton, Laird Mcleod, *The Red Count: The Life and Times of Harry Kessler*, University of California Press, 2002, Berkley.

江藤淳『漱石とアーサー王伝説――薤露行の比較文学的研究』東京大学出版会、一九七五年。

芳賀徹『絵画の領分――近代日本比較文化史研究』朝日新聞社、一九八四年。

――『夏目漱石の美術世界』東京新聞社、二〇一三年。

匠秀夫『日本の近代美術と文学――挿絵史とその周辺』沖積舎、二〇〇四年。

Higaya, Mihoko, "Soseki and Swinburne: A Source Study of the Pre-Raphaelite Features in Kairo-ko," *Comparative literature Studies*, 30 (4): 1993, pp. 337–387.

橋口五葉「思ひ出した事ども」『橋口五葉の装釘本』沖積舎、一九八〇年。

岩切信一郎『橋口五葉の装釘本』沖積舎、一九八〇年。

――「橋口五葉――装飾美術の軌跡」『生誕一三〇年　橋口五葉展』東京新聞社、二〇一一年。

Merritt, Helen and Nanako Yamada, *Woodblock Kuchi-e Prints: Reflections of Meiji Culture*, University of Hawaii Press, 2000, Honolulu.

『漱石全集』岩波書店、二〇〇二―二〇〇四年。

夏目漱石『草合』春陽堂、一九〇八年。

西山純子『橋口五葉――装飾への情熱』東京美術、二〇一五年。

若林操子「『ステューディオ』特別冬号(一八九八―一八九九年)、特別冬号(一八九九年―一九〇〇年)と五葉のアール・ヌーヴォー様式による装幀について」『生誕一三〇年　橋口五葉展』東京新聞、二〇一一年。

Wolf, Norbert., *Art Nouveau*, Prestel, 2011, New York, Munich.

山田俊幸「橋口五葉と津田清楓の漱石本――アール・ヌーヴォからプリミティズムへ」『漱石研究』第一三号、翰林書房、二〇〇〇年。

『橋口五葉展　カタログ』東京新聞、一九九五年。

『生誕一三〇年　橋口五葉展』東京新聞、二〇一一年。

竹井仁志（たけい　ひとし）
勉誠出版営業部．
アンジェラ・ユー「ユートピアへの迂回路――魯迅・周作人・武者小路実篤と『新青年』における青年たちの夢」河野至恩・村井則子編『日本文学の翻訳と流通――近代世界のネットワークへ』（翻訳，勉誠出版，2018）

本荘　至（ほんじょう　いたる）
一橋大学大学院言語社会研究科博士課程在籍．クィア理論専攻．
ジュディス・バトラー「非暴力，哀悼可能性，個人主義批判」（翻訳，『現代思想』vol. 47-3, 2019）

松田　潤（まつだ　じゅん）
工学院大学非常勤講師．近現代沖縄，日本文学・思想史研究専攻．
「清田政信の詩的言語における非在のイメージ」（『日本近代文学』95号，2016年）

【執筆者紹介】

多和田葉子(たわだ ようこ)
小説家，詩人．日本語とドイツ語の両方における創作は，世界的に高く評価されている．
2018年，『献灯使』で全米図書賞(翻訳文学部門)を受賞．

ブライアン・ハーリー(Brian Hurley)
シラキュース大学助教授．日本文学，映画，文化研究専攻．
"Toward a New Modern Vernacular: Tanizaki Jun'ichirō, Yamada Yoshio, and Showa Restoration Thought", The Journal of Japanese Studies (Summer, 2013)

中川成美(なかがわ しげみ)
立命館大学特任教授．日本近現代文学，文化研究専攻．
『戦争をよむ――70冊の小説案内』(岩波新書，2017)

ケン・イトウ(Ken K. Ito)
ハワイ大学マノア校教授，ミシガン大学名誉教授．日本文学専攻．
An Age of Melodrama: Family, Gender, and Social Hierarchy in the Turn-of-the-Century Japanese Novel (Stanford University Press, 2008)

ロバート・タック(Robert Tuck)
アリゾナ州立大学助教授．日本文学，19世紀詩学専攻．
Idly Scribbling Rhymers: Poetry, Print, and Community in Nineteenth-Century Japan (Columbia University Press, 2018)

高橋ハーブさゆみ(Sayumi Takahashi Harb)
独立系研究者．比較文学，幕末・近現代文学，ジェンダー研究専攻．
"Yoko Ono and the Poetics of the Vanishing Gift", in *Postgender: Gender, Sexuality and Performativity in Japanese Culture* (Cambridge Scholars Press, 2009)

アンジェラ・ユー(Angela Yiu)
上智大学教授．日本近代文学，モダニズム，都市文化研究専攻．
Three-Dimensional Reading: Stories of Time and Space in Japanese Modernist Fiction, 1911–1932 (University of Hawaii Press, 2013)

アンドレ・ヘイグ(Andre Haag)
ハワイ大学マノア校助教授．日本文学，文化研究専攻．
「植民地朝鮮の国境および国境警備文化」(三上聡太編『「外地」日本語文学研究論集』「外地」日本語文学研究会，2019)

ペドロ・バッソー(Pedro Bassoe)
パデュー大学助教授．日本近代文学，文化研究専攻．
"Eyes of the Heart: Illustration and the Visual Imagination in Modern Japanese Literature"(カリフォルニア大学バークレー校博士論文，2018)

【翻訳者紹介】

北丸雄二(きたまる ゆうじ)
ジャーナリスト，作家，翻訳家．
ジェローム・ポーレン『LGBTヒストリーブック』(翻訳，サウザンブックス，2019)

桑原洋子(くわはら ようこ)
翻訳家．
エリカ・ジョハンセン『ティアリングの女王』(翻訳，早川書房，2015)

安倍オースタッド玲子(Reiko Abe Auestad)
オスロ大学東洋言語文化学部教授．日本近代文学専攻．
Rereading Sōseki: Three Early Twentieth-Century Japanese Novels(CEAS at Yale University, 2016)

アラン・タンズマン(Alan Tansman)
カリフォルニア大学バークレー校教授．日本文学専攻．
The Aesthetics of Japanese Fascism (University of California Press, 2009)

キース・ヴィンセント(J. Keith Vincent)
ボストン大学准教授．日本文学，比較文学，ジェンダー研究専攻．
Two-Timing Modernity: Homosocial Narrative in Modern Japanese Fiction (Harvard University Asia Center, 2012)

漱石の居場所 ── 日本文学と世界文学の交差

2019年12月19日　第1刷発行

編　者　安倍《あべ》オースタッド玲子《れいこ》
　　　　アラン・タンズマン
　　　　キース・ヴィンセント

発行者　岡本　厚

発行所　株式会社 岩波書店
〒101-8002 東京都千代田区一ツ橋 2-5-5
電話案内 03-5210-4000
https://www.iwanami.co.jp/

印刷・精興社　製本・牧製本

ISBN 978-4-00-023741-3　　Printed in Japan